Ariane Grundies

Die Toten am Sund

Ein Ostsee-Krimi

PIPER

Mehr über unsere Autoren und Bücher:
www.piper.de
Aktuelle Neuigkeiten finden Sie auch auf Facebook, Twitter und YouTube.

Von Ariane Grundies liegen im Piper Verlag vor:
Gebrauchsanweisung für Mecklenburg-Vorpommern und die Ostseebäder
Die Toten am Sund

FSC
www.fsc.org
MIX
Papier aus verantwortungsvollen Quellen
FSC® C083411

ISBN 978-3-492-06068-4

Satz: Kösel Media GmbH, Krugzell
Gesetzt aus der Swift
Druck und Bindung: CPI books GmbH, Leck
Printed in Germany

I love Touris

In ihren *I-love-Touris*-Sweatshirts stehen sie vor dem Stralsunder Rathaus auf dem Alten Markt und warten auf Ingolf Wichmann aus dem sächsischen Merseburg. Neben sechs weiteren Touristen hat sich Herr Wichmann für einen Fischräucherkurs angemeldet. Verbindlich. Gisela schätzt Verbindlichkeit. Und Pünktlichkeit. Aber Touristen machen ja nicht zum Spaß Urlaub, sondern um aller Verbindlichkeit zu trotzen. Darum haben sich Gisela Klawitter und ihre Firmenpartnerin Rosi Hafenmeister darauf geeinigt, den Teilnehmern zehn Minuten Verspätung kommentar- und folgenlos zuzugestehen. Außerdem darf man nicht vergessen, dass es in Stralsund Altstadtgassen gibt, die extra so gebaut worden sind, dass Angreifer leicht die Orientierung verlieren können. Vielleicht hat sich Herr Wichmann also bloß verlaufen.

Rosi hüpft ein wenig auf und ab. Für »ohne Jacke« ist es heute eigentlich einen Tick zu frisch. Wahrscheinlich wird es sogar bald anfangen zu regnen. Der Himmel ist grau, grau und noch mal grau. Ein Allerweltshimmel für Einheimische. Für die Touristen hätte man den Himmel manchmal gern etwas freundlicher. Aber man kann nicht alles haben, und für die Touristen gibt es in Stralsund schon eine ganze Menge.

Als Herr Wichmann aus Merseburg um 15:12 Uhr noch

immer nicht am Treffpunkt erschienen ist, stimmt Gisela in ihrer unbeschwerten Art einen Wolfgang-Petry-Schlagerhit an, den sie umdichtet in: »Aaalsoo kommt er oder kommt er nicht, ganz egal, wir warten nicht!«

Die sechsköpfige Touristengruppe kichert.

»Hölle! Hölle! Hölle!«, sagt der kleine Dicke, während er sich fröhlichen Gemütes eine Banane schält. Auch das hat Gisela als Neuunternehmerin in der Tourismusbranche gelernt. Touristen sind ein dankbares Publikum, sehr leicht zu erheitern und nie um einen Draufsetzer verlegen.

»Geht lohos!«, ruft Rosi und reibt sich die kalten Hände, als hätte sie etwas ausgeheckt.

Gisela schaut noch mal auf die Uhr. Wieso kommt der Wichmann nicht? Der hat schon bezahlt. Und wer etwas bezahlt hat, der holt sich das auch ab. Gefälligst! Gibt doch sonst später nur Ärger; mühselige Diskussionen über Stornogebühren, Arztatteste oder verstorbene Schwiegermütter irgendwo in Sachsen. Über Vertragsbrüche haben sich Gisela und Rosi noch keine Gedanken gemacht. Das hier ist erst ihre dritte Stadtführung. Bisher lief alles reibungslos.

»Na ja, ein bisschen Schwund ist immer.« Gisela hebt ratlos die Schultern, was für Rosi der endgültige Startschuss ist. Etwas militärisch dreht sie sich auf den Absätzen ihrer Stiefeletten um 45 Grad nach links und marschiert los. Der Trupp folgt. Rosi macht Tempo. Gisela hat sie bereits zweimal darauf hingewiesen, dass sie viel zu schnell läuft. Als gebürtige Stralsunderin hat Rosi das Kopfsteinpflaster auch auf Absätzen gut im Griff, während die Touristen hinter ihr mit den Unebenheiten kämpfen und versuchen Schritt zu halten, ohne umzuknicken.

»Hast noch 'nen wichtigen Termin heute?«, versucht

Gisela ihre Kollegin erneut dezent auf das Problem hinzuweisen.

»Wieso?« Rosi kapiert es leider nicht.

»Entschuldigung?!«, ruft eine Frauenstimme.

»Haaaalt!«, brüllt der kleine Dicke, in dessen Hand die Bananenschale baumelt wie ein Wahrsagependel. Die Gruppe stoppt. Rosi und Gisela gucken den kleinen Dicken fragend an. Er deutet mit dem Daumen über seine Schulter auf die junge Frau in Jack-Wolfskin-Montur. Die wiederum zeigt auf ein herrschaftliches Gebäude. »Und was ist das?«

»Was? Ach das!« Rosi winkt ab. »Nichts Aufregendes!«

Gisela wirft ihr einen vorwurfsvollen Blick zu und erklärt etwas gestelzt: »In diesem wunderschönen Palais befindet sich seit 1920 unsere Stadtbibliothek. 1725 errichtet, wurde sie in den letzten Jahren aufwendig saniert und ganz modern ausgestattet.«

Nach einer kurzen Kunstpause fragt Rosi: »Ist das nicht aufregend?«

Die Touristen lachen und wenden den Blick erwartungsvoll zurück zu Gisela.

»Also, ich mag Bücher«, sagt sie und ärgert sich, dass ihr nichts Peppigeres eingefallen ist. Aber die Touristen grinsen.

Für den Anfang, haben sich die beiden Stadtführerinnen gedacht, machen sie ihre Touren zu zweit. Man kann von den Fehlern der anderen lernen, zum Beispiel langsamer zu gehen oder Nachfragen zu geschichtsträchtigen Gebäuden nicht leichtfertig abzubügeln. Gemeinsam wollen sie sehen, ob ihr Konzept der außergewöhnlichen Stadtführungen aufgeht. Apropos Konzept. Gisela will zur Einstimmung auf das anstehende Event noch ihre Räucheranekdote loswerden. Die hat sie sich gestern Abend vor dem

Schlafengehen überlegt und heute früh immer noch für gut befunden. Nachdem sich der Tross wieder in Bewegung gesetzt hat, legt sie los. Einmal habe ihr Mann Rainer ja auch versucht zu räuchern, aber am Ende des Versuchs habe die Feuerwehr anrücken müssen. In Wirklichkeit hat zwar bloß jemand eine Hundedecke über den stark qualmenden Räucherofen geworfen, aber das macht nichts. Die Touristen glucksen vor Freude. Und das ist die Hauptsache.

»Kein Mensch will die Wahrheit wissen, Mutti«, hat Kati prophezeit. »Die Leute wollen nur entertaint werden.« Diesen Ratschlag ihrer Tochter will Gisela beherzigen. Kati hat Werbepsychologie studiert. Für irgendwas muss das ja gut gewesen sein.

»Schnucki, ich versuch's noch mal!«, ruft Rosi, die ihr Tempo nun so gedrosselt hat, dass sie ganz am Ende der Gruppe angelangt ist. Sie soll doch vor den anderen nicht Schnucki sagen! Das ist so unprofessionell. Gisela dreht sich um und nickt. Diese kurze Schrittverzögerung nimmt die Dame in der roten Windjacke gleich zum Anlass, um Gisela aus Versehen in die Hacken zu treten. »Uuups«, lautet die Entschuldigung. Schuldbewusst schiebt sie ihren Fotoapparat zurück in die Jackentasche. Ein Graus ist das mit den Fotoapparaten. Sind denn nicht mittlerweile genug Kirchtürme und Möwen fotografiert worden? Trotzdem, lieber hat Gisela am Ende des Tages ein paar blutige Hacken als verdrehte Däumchen, so wie in den letzten 22 Monaten der Arbeitslosigkeit.

Rosi nimmt ihr Handy vom Ohr und verzieht den Mund zu einer vielsagenden Schnute. Wichmanns Telefon ist offenbar noch immer ausgeschaltet. Dabei hat er so getan, als könne ihn nichts von dem heutigen Räucherkurs abhalten. Ganz begeistert, geradezu aufdringlich, hat er sich im Anschluss der Premierenstadtführung vor sechs Tagen nach weiteren Terminen erkundigt. Die Aussicht auf den heutigen Räucherkurs schien unfassbare Glücksgefühle in ihm auszulösen. »Woahnsinn!«, hat er sich gefreut. »Dass isch nochämo räuschorn würrde. Hab doch das Roochn vor siebn Joahrn erfolgreisch uffgegähm!«

»Warum?«, hat die ständig rauchende Rosi keck gefragt. »Räucherware hält sich doch viel länger!«

In Vorkasse ist Wichmann übrigens auch getreten, mit immerhin 40 Euro.

Plötzlich geht ein Raunen durch die Gruppe. Fast gleichzeitig schießen Knirpse zu Regenschirmen auf.

»Keine Sorge!«, ruft Gisela und zieht nun ihrerseits das Tempo an. »Fietes Kutter hat 'ne Plane. Da kuscheln wir uns gleich drunter. Dat is nur 'n büschen Niesel jetzt!«

»Nur 'n bisschen Niesel!«, mault der Typ, der für seinen klassischen Schnauzer eigentlich viel zu jung ist. Schnurrbart ist in großen Städten wahrscheinlich gerade angesagt. Gisela und Rosi müssen sich als Gästeführerinnen noch daran gewöhnen, dass sie vom Wettergott abhängig sind. Und auch das schlechte Gewissen in Augenblicken wie diesem müssen sie ertragen lernen. Noch fühlen sie sich, als würden sie persönlich Wasser über den Köpfen ihrer zahlenden Gäste ausschütten. Dabei hat Gisela ihren Schirm zur Sicherheit extra zu Hause gelassen. Jeder Mensch weiß ja, dass man in der Wohnung keinen Schirm aufspannen sollte, wenn man Zank und Streit vermeiden will. Aber Gisela geht da noch einen Schritt weiter. Sie findet es mehr als logisch, dass das Öffnen eines Regenschirms, egal ob drinnen oder draußen, Regen überhaupt erst heraufbeschwört. Wenn sie eine höhere Macht wäre und hier unten auf Erden etwas zu sagen hätte, dann würde sie die Menschen, die mit Regenschirmen das Haus verlassen, nicht enttäuschen wollen und einen kleinen Guss hinunterschicken. Gisela ist passionierte Anhängerin einer weitverbreiteten Glaubensform im Nordosten: dem Aberglauben. Sie dreht sich um, wenn sich von links eine schwarze Katze nähert, und wenn sie sich die Fingernägel schneidet, dann starrt sie danach eine Weile auf ihre Füße. Händegucken bringt Unglück, aber anschließendes Füßegucken vermag das Unheil noch abzuwenden. Es ist wirklich nicht so schwer, Unheil zu vermeiden. Man muss nur wissen, worauf man achten muss.

Wenn es dann aber tatsächlich regnet, so wie jetzt, hat Gisela natürlich nichts gegen Schirme. Sie duckt sich unter Rosis und hakt sich bei ihrer Freundin unter.

»Sag mal, müssen wir uns Sorgen machen?«, flüstert sie.

»Mit Sorgen bleib mir weg!«, sagt Rosi. »Bin gerade gut versorgt.«

»Ich meine wegen dem Sachsen. Der hat doch schon bezahlt.«

»Was willst du dir denn da für Sorgen machen?«

»Müssen wir im Krankenhaus anrufen oder die Polizei verständigen? Das ist doch komisch, dass der bezahlt und nicht kommt. Findste nicht?«

»Nö.«

Am Hafen hört man die Seile gegen die Segelmasten schlagen. Himmel und Sund haben beinahe die gleiche Farbe, Grau. Hat man, wie Gisela, reichlich Niesel auf der Brille, ist es schwer zu sagen, wo der Himmel in diesem Grau beginnt und der Sund aufhört. Auf der Mole stehen nur noch wenige Heringsangler, gleichmäßig bewegen sie ihre Ruten auf und ab. Die Heringssaison ist vor Kurzem zu Ende gegangen.

»Tach auch!«

Gisela dreht sich um. Sie sieht Karlchen auf seinem Fahrrad nur noch von hinten. Er hält grüßend die Hand hoch. Unter seinem dicken Hintern federt das klapprige Rad so langsam über das feuchte Kopfsteinpflaster, dass man sich wundern muss, warum es nicht den physikalischen Gesetzen folgt und samt Karlchen einfach zur Seite kippt. »Tach!«, ruft Gisela ihm hinterher.

»Hier kommen unsere Freiwilligen!«, kündigt Rosi ihr Grüppchen an und trippelt ein paar Schritte nach vorne in Richtung des Kutters.

Fiete Marquart streckt den Kopf aus der Kajüte und wischt sich mit einem alten Lappen die Hände sauber.

»Die Freiwilligen *der besonderen Art*!«, sagt er, ohne dabei durchblicken zu lassen, ob er das albern findet oder ob es einfach nur eine Feststellung ist.

Den Touristen ist alles egal. Sie interessieren sich jetzt weder für Ironie noch für den prämierten Museumsbau des Ozeaneums hinter ihnen, der einige Stralsunder an gigantische Klorollen erinnert. Es will auch niemand wissen, ob das die echte Gorch Fock ist, die hier einen Liegeplatz im Stralsunder Hafen hat. Die Touris haben nur noch eine Mission: Raus aus dem Regen! Noch bevor Fiete sie dazu einlädt, entern sie seinen Räucherkutter und schauen von dort aus ihre Führerinnen erwartungsvoll an. Eingeschüchtert starrt Gisela zurück. Angesichts all der auf sie gerichteten Regenschirme fühlt sie sich ein wenig bedroht. »Wenn ihr die Schirme schließt«, sagt sie, »passen wir auch noch drauf!«

»Uuups«, macht die Frau in der roten Windjacke. Vielleicht wegen ihres Schirms. Vielleicht aber auch, weil sie gerade neben sich den großen Eimer mit Aalen entdeckt hat.

»Hast du Räucheraal mitgebracht?« Rainer schließt die Tür hinter Gisela. Sie zieht den Aal aus der Tüte und drückt ihn ihrem Mann wortlos in die Hand. Etwas unschlüssig steht er da in seinen Römerlatschen aus den Achtzigern. Sein Pullover hängt an ihm, wie unsorgfältig auf einen Bügel gehängt. Er hat zwei, drei Kilo abgenommen. Dürr ist er eigentlich nicht, dick natürlich auch nicht. So, wie er weder groß noch klein ist, weder eine besonders laute noch eine auffällig leise Stimme hat. Er ist nicht sehr humorvoll, aber auch nicht unbedingt humorlos, durchschaubar in manchen Dingen, in anderen rätselhaft. Er ist, wie er ist, Rainer Klawitter, grundsolide, zuverlässig und, wenn er gute Laune hat, ein klitzekleines bisschen übermütig. Leider bekommt ihm die Arbeitslosigkeit nicht besonders gut, und so hat er nicht sehr oft gute Laune. Meistens hat er gar keine Laune, bewegt sich durch den Tag wie eine träge Stubenfliege, lässt sich mal hier nieder, mal da. Irgendwo fehlt vielleicht eine Schraube, und wenn er sie ersetzt hat, dann ist es auch schon Zeit für den täglichen Spaziergang um den Ententeich. Gisela hat ihren Mann nicht für einen Ententeichspaziergänger gehalten. Und das ist er in Wirklichkeit bestimmt auch nicht. Sie glaubt an ein Missverständnis. Aus unerfindlichen Gründen scheint er die Kündigung nicht nur auf seine Arbeit, sondern auch auf alle seine Interessen bezogen zu haben. Eines Tages wird ihm das wie Schuppen von den Augen fallen, und dann wird alles wieder ganz normal, so wie früher. Das wird schon wieder!

»Und lieb, dass du fragst«, sagt sie. »War zwar blöd mit dem Nieselregen, aber hat trotzdem allen gut gefallen. Traut man Fiete gar nicht zu, ist aber ein echter Entertainer.«

»Na, das ist doch gut«, antwortet Rainer und trägt den Aal schlurfenden Schritts in die Küche.

»Ja, das ist echt gut«, murmelt Gisela. »Sehr gut!« Sie ist mächtig stolz auf ihren Neuanfang. Rainers Gleichgültigkeit macht ihr bald die ganze Freude kaputt. Als sie in die Küche kommt, hat er dem Aal bereits den Kopf abgeschnitten und leckt sich die Finger.

»Schmeckt?«, fragt sie.

Er nickt.

»Hab ich selber geräuchert.«

»Schmeckt!« Rainer nickt noch mal.

Giselas Blick fällt auf die Zeitung, die neben dem kopflosen Aal auf dem Küchentisch liegt. *Wer hat Christiane Lohmeier gesehen?* Die Frage steht über dem Foto einer etwas mürrisch dreinblickenden Frau; kinnlanges Haar, randlose Brille, Ende 40. »Ich!?«, sagt Gisela erschrocken und greift nach der Zeitung.

»Was?«, fragt Rainer.

»Scht!«, zischt Gisela und macht die dazugehörige Handbewegung.

> Seit dem 12. Mai wird Christiane Lohmeier aus Baden-Baden vermisst. Familie Lohmeier bittet um Hinweise zum Aufenthalt von Christiane L. Sie war auf dem Pilgerweg der Hanse-Route unterwegs, in Stralsund verliert sich ihre Spur. Christiane Lohmeier gilt als sehr zuverlässig, daher hält ihre Familie ein freiwilliges Verschwinden für ausgeschlossen. Sachdienliche Hinweise nimmt jede Polizeidienststelle entgegen.

Gisela schaut auf den Wandkalender, ein Werbegeschenk von Mitsubishi. Am 12. Mai hat Christiane Lohmeier definitiv noch gelebt, jedenfalls so gegen 14:30 Uhr. Gisela steigt das Blut in den Kopf, wie ein 20-cl-Fläschchen halbtrockner Rotkäppchensekt auf ex. Ihr wird heiß und düsig. Wen zuerst anrufen? Rosi? Jede Polizeidienststelle? Familie Lohmeier aus Baden-Baden? Gisela kann es nicht fassen. Gerade erst letztes Jahr konnte sie einen entscheidenden Hinweis zur Auflösung eines Verbrechens liefern. In der ZDF-Sendung *Aktenzeichen XY ungelöst* hatte man sich an die Bevölkerung gewandt: Wer hat einen grünen Ford mit auffälliger roter Beifahrertür und polnischem Kennzeichen nach dem 23. August 2008 gesehen?

Gisela hat sich in jenem Moment gefühlt, als hätte sie im Lotto gewonnen. Aufgeregt hat sie zum Hörer gegriffen und dem ZDF erzählt, dass sie sich immer über diese Art von Fragen lustig gemacht habe, aber tatsächlich könne ausgerechnet sie nun mit sehr großer Sicherheit sagen, dass sie diesen Ford Anfang September 2008, also nach dem 23. August, auf Usedom gesehen habe, auch wenn das ein paar Jahre zurückliege. Weil ihr Sohn Christoph für seine Diplomprüfung in Wirtschaftsinformatik habe lernen müssen, sei sie nämlich das erste Mal alleine mit ihrem damals knapp zweijährigen Enkel nach Zinnowitz unterwegs gewesen. Zur Ablenkung des quengelnden Enkels habe sie Geschichten erzählt. In diesem Moment sei sie von einem grünen Ford mit roter Tür überholt worden, der sie zu einer Geschichte um ein verzaubertes Feuerwehrauto inspiriert habe. Ganz bestimmt sei das im September gewesen, nicht im August, weil Christophs Prüfung eben Mitte September stattgefunden habe. Auf Nachfrage war sich Gisela dann mit dem polnischen Kennzeichen doch nicht mehr ganz sicher, und ob das Auto tatsächlich ein Ford war, hätte sie nicht unter Eid schwören wollen. Aber grün sei es ganz sicher gewesen, mit einer roten Tür und eigentlich auch mit einem polnischen Nummernschild.

»Polizeidienststelle Stralsund, Krüger?«

»Guten Tag, Klawitter, ich habe Hinweise!«

»Tach. Was für Hinweise haben Sie denn?«

»Wegen der Vermissten.« Gisela wischt sich ihre schweißnassen Hände am *I-love-Touris*-Sweatshirt trocken.

»Vermisste?«

»Christiane Lohmeier aus Baden-Baden.«

»Da müssten Sie sich an meinen Kollegen wenden«, antwortet die nette Polizistin.

»Ach so«, sagt Gisela.

»Ja«, heißt es am anderen Ende der Leitung. Nach einer kurzen Pause wagt Gisela einen weiteren Vorstoß:

»Verbinden Sie mich?«

»Nee, geht nicht.«

»Und können Sie nicht einfach meine Hinweise weiterleiten?«

»Nee, das geht auch nicht.«

»Warum nicht?«

»Bin nicht zuständig.«

»Okay.«

»Ja.«

Pause.

»Ähm, können Sie mir dann die Nummer geben?«

»Sicher. 5466554.«

»Momentchen. Muss mir mal einen Kuli besorgen.« Sie streckt die Hand aus. Rainer reicht ihr den Kugelschreiber, der seinen Stammplatz auf dem speckigen Küchenradio hat. Da könnte man mal wieder mit *Fit* drüberwischen. Die Polizeibeamtin wiederholt die Nummer und legt dann grußlos auf. Es gibt sicher viel zu tun.

»Wat für 'ne Vermisste?« Rainer pflückt sich Weintrauben aus der Obstschale.

Gisela hält ihm die Zeitung hin und tippt auf den Artikel.

»Woher kennst du denn …«, er kneift die Augen zusammen und zieht den Kopf etwas zurück, um besser lesen zu können, »Christiane Lohmeier aus Baden-Baden?«

»Sie hat das Saßnitzer Kreidepeeling gewonnen. War unsere allererste Teilnehmerin bei unserer Jungferntour am 12.!«

»Und jetzt isse weg!«, stellt Rainer nicht ohne einen leicht gehässigen Unterton fest.

Seit Gisela in der Tourismusbranche arbeitet, hasst er Touristen noch mehr. Jetzt verderben sie ihm nicht nur die sommerlichen Ostseefreuden, sondern beanspruchen auch noch die Zeit seiner Frau.

»Aber mach dir nichts draus«, er zeigt auf den Artikel neben der Vermisstenmeldung, »wenn die damit erst mal anfangen, sind wir noch viel mehr Touristen los!«

Gisela schnaubt ungeduldig durch die Nase. Sie interessiert sich nicht für die Erdölbohrungen in Vorpommern. Jetzt nicht. Jetzt ist erst mal Christiane Lohmeier aus Baden-Baden verschwunden, und zwar seit dem 12. Mai, dem Tag, an dem Gisela und Rosi ihren Einstand als selbstständiges Zwei-Frau-Unternehmen gefeiert haben. Und vielleicht, vermutlich sogar, sind sie die Letzten, die Frau Lohmeier lebend gesehen haben.

Rainer wickelt den Aal wieder ins Papier und schlurft rüber ins Wohnzimmer.

»Füße heben!«, ruft Gisela und erschrickt ein bisschen über sich selbst. Nicht mal in dieser angespannten Situation vergisst sie, es ihm hinterherzurufen. Vielleicht hat der mysteriöse Wichmann mit dem Verschwinden zu tun?

Gisela wählt die Nummer, die die Polizeibeamtin ihr diktiert hat, und hält sich den Hörer ans Ohr.

»Kohlhaase!?«

Erschrocken legt Gisela auf. Mit Andreas Kohlhaase spricht sie nicht. Schon seit 38 Jahren nicht mehr. Am Tag, als alle Sigmund Jähns Weltraumflug feierten, legte der damals 19-jährige Andreas Kohlhaase Gisela eine tote Ratte vor die Tür. Er fand das wohl passend, um seiner verschmähten Liebe Ausdruck zu verleihen. Weil Gisela ihn jedoch auch weiterhin ignorierte, wurde im Verlauf der einseitigen Lovestory die tote Ratte zunächst gegen einen Kackhaufen und schließlich gegen eine Mausefalle ausgewechselt. Giselas gequetschte Zehen waren tagelang lilablaugrünrot. Unverzeihlich findet sie das, auch wenn Kohlhaase stets behauptet hat, mit der Mausefalle nichts zu tun zu haben. In den vergangenen Jahrzehnten hat er wirklich oft versucht, sich zu entschuldigen. Das letzte Mal Anfang des Jahres im Netto, sogar im Beisein seiner Frau. Und wer weiß, vielleicht wird Gisela seine Entschuldigung eines Tages annehmen, aber heute passt es ihr nicht so gut.

Kurz überlegt sie, ihre Stimme zu verstellen und bei der Personalienaufnahme zu schummeln, aber das traut sie sich nicht. Kackhaufen hin oder her, Andreas Kohlhaase ist immerhin eine Staatsgewalt. Rosi muss den Job übernehmen. Gisela wählt ihre Nummer.

»Rosi? Gisela!«, sagt Gisela, um es kurz zu machen. »Du, hast du's noch mal bei dem Wichmann probiert?«

»Ach, Schnucki. Wenn der wat will, meldet er sich schon.«

»Ist der nicht wieder aufgetaucht?«

»Bei mir nicht!« Rosi lacht.

»Da ist jetzt noch eine von unseren Leuten verschwunden«, sagt Gisela. »Du musst bei der Kripo anrufen und das melden. Also, dass die halb drei noch gelebt hat am 12. Mai, diese Christiane Lohmeier aus Baden-Baden.«

»Wer?«

»Das war die mit dem Kreidepeeling, du weißt schon, unsere Erste, und du musst sagen, dass der Wichmann auch weg ist!«

»Ich ruf doch nicht *deswegen* bei der Polizei an. Wir wissen doch gar nicht, ob der *weg* ist«, protestiert Rosi.

»Wo soll der denn sein? Natürlich ist der weg. Versuch's doch noch mal auf seinem Handy, und wenn das immer noch aus ist, dann rufst du aber die Polizei an, ja?«

»Wahrscheinlich ist der Wichmann mit der Lohmeier durchgebrannt!«, vermutet Rosi. Diese Bonnie-und-Clyde-Romantik passt zu ihr. Sie ist schon ein bisschen eine Wilde, hat sich einen kleinen Anker auf den Knöchel tätowieren lassen und einen Exmann.

»Oder er hat sie umgebracht!«, sagt Gisela streng.

»Oder sie ihn!«, überlegt Rosi. »Warum sollen's immer die Kerle gewesen sein? Du, Schnucki, ich muss los. Ruf mal selber bei der Polizei an, wenn du meinst, das nützt was. Bis denne.« Und dann legt sie einfach auf. Gisela lässt sich auf den Küchenstuhl fallen. Sie wickelt den Aal wieder aus und zieht ihm mit den Fingern etwas von der ledernen Haut ab. Es kann natürlich Zufall sein, dass in Stralsund eine Frau aus Baden-Baden ebenso plötzlich verschwindet wie ein Mann aus einer sächsischen Kleinstadt. Vielleicht passiert so etwas öfter. Wenn man nicht beruflich mit Touristen zu tun hat, bekommt man das ja nicht unbedingt immer mit. Es kann aber auch kein Zufall sein. Erst recht nicht, wenn beide an der gleichen Stadtführung teilgenommen haben. Nun mal immer schön mit der Ruhe!, mahnt sich Gisela selbst und pult mit dem

Zeigefinger etwas vom Aal ab. Erst mal abwarten. Solange keiner tot ist, ist's ja vielleicht nicht so schlimm. Sie leckt sich die Finger. Schmeckt.

Moin, moin

Die Möwen, die sind immer da. Und natürlich wissen sie Bescheid, als Fiete Marquart seinen Kutter *Sprotte* aus der Hafeneinfahrt Richtung Nordwesten steuert. Die Sonne ist auf dem Weg und kündigt sich bereits mit einem tief orangefarbenen Himmel am Horizont an.

Fiete war früher Fischer und ist ein glücklicher Mann. Er hat aufgegeben. Seinen seit Jahren nicht mehr seetauglichen Zweitkutter *Scholle* hat er vor wenigen Wochen endlich abwracken lassen. Lange musste er das kaputte Boot an der Küste liegen lassen, weil er auf die Fangquoten, die er darauf bekam, angewiesen war. Seitdem ihm Fangquoten und auch der ganze andere Irrsinn der EU-Fischereipolitik egal sein können, macht er sich Gedanken über Sonnenaufgänge und deren Farbspektren. Dieses dunkle Orange, kurz bevor die Sonne hinter der Rügenbrücke aus dem Sund steigt, das an anderen Tagen altrosa ist, fliederfarben sein kann oder so dunkellila, dass Schwarz nur noch einen Moment entfernt ist. Und ja, auch schwarz wie Öl kann der Sund sein, im Winter, wenn die Sonne erst spät aufgeht. Es macht Fiete fassungslos, dass das schon immer so gewesen sein soll. Früher, als er jeden Morgen rausfuhr, um zu arbeiten, war der Himmel für ihn stets derselbe.

Langsam tuckert Fiete über den Sund. Er hat Zeit. Die

kleinen ochsenblutroten Fähnchen der Reusenmarkierungen flattern im Fahrtwind. Im Netz liegt sein Rollkoffer wie sein größter Fang.

Gegen 6:30 Uhr erreicht Fiete den Neuendorfer Hafen an der Küste von Hiddensee. Genau genommen darf er nicht mehr im Bereich des Fischereihafens festmachen, sondern nur auf einem der Wasserwanderrastplätze, aber Manfred Schülke hat nichts dagegen. Und hier in Neuendorf kommt es nur darauf an, ob Manfred Schülke etwas dagegen hat oder nicht. Fiete hat seine Kindheit in Neuendorf verbracht. Seine Großeltern sind Süder gewesen, wie man auf der Insel die Neuendorfer nennt. Sie besaßen hier eines der Häuser, die wie hingeworfene weiße Perlen verstreut auf der Wiese stehen. Einmal, Fiete war neun oder zehn Jahre alt, da hatte Manfred Schülke etwas gegen Fietes imposanten Bernsteinfund. Schülke hat am Strand versucht, den Bernstein mit einem herben Faustschlag einzukassieren. Aber als dann Blut aus Fietes aufgeschlagener Lippe in den Sand tropfte, ist Schülke lieber nach Hause gerannt. Seitdem kommen die beiden eigentlich gut miteinander aus. Dieses Bernsteinplätzchen am Strand hat Fiete heute im Sinn, während er den Rollkoffer über den unebenen Sandweg gen Süden zieht. Praktisch ist der Koffer nicht, aber man bekommt eine Menge in ihn hinein. Eine Menge Papier und eine Menge Farben, eine Thermoskanne Tee, eine zerschnitte Isomatte, Pinsel, Bleistifte und zwei Marmeladengläser voll Wasser. Hiddensee ist der farbenprächtigste Ort, den Fiete kennt. Im August blüht die Heide lila, und im Herbst besprenkeln orange Sanddornfrüchte das Inselbild. In zwei Wochen wird der Ginster gelb blühen. Fiete freut sich darauf. So lange will er mindestens noch weitermalen. Neben Himmel und Meer sind seine bevorzugten Motive

Möwen. Die bekommt er gut hin, wie er findet. Farblich sind die auch nicht so anspruchsvoll wie ein Sonnenaufgang, nur ein bisschen Weiß und Rot für die Beinchen. Die rotbeinigen Möwen mag er am liebsten. Natürlich hat er sich auch schon an Schiffen, Reetdachhäusern, Windflüchtern, Schilf und Dünen versucht. Auch den Leuchtturm von Dornbusch hatte er schon am Wickel. Fiete legt ein Stück Isomatte in den Sand und packt seine Malutensilien aus. Er beginnt den Pinselkopf in der blauen Farbe kreisen zu lassen. Zwei Stunden hat er bereits mit dem Versuch verbracht, das Meer in seinen changierenden Farbtönen auf Papier zu bannen, als er mit einem herzhaften »Moin, moin!« begrüßt wird.

Keine Einheimischen, weiß Fiete sofort. *Moin* sagen nur die aus'm Westen.

»Tach«, antwortet er so freundlich, wie es ihm gelingt, und schaut hoch. Nur kurz.

»Sieht man auch nicht alle Tage, einen Fischer in Klamotte, der auf seinem Koffer Aquarellbilder malt«, sagt der Mann um die 50 zu seiner Frau, als sei der Fischer in Klamotte persönlich gar nicht anwesend.

»Ach«, macht Fiete und versucht seinen Körper ein wenig mehr zwischen Bild und Pärchen zu schieben.

»Doch, doch«, sagt die Frau und reckt den Hals, wobei ihr der Trageriemen der Strandmuschel von der Schulter rutscht und die Strandmuschel in den Sand fällt. »Hat schon was, so 'n Fischer, der malt. Kommen Sie von hier?«

»Nee!« Fiete bleibt einsilbig. Betreten blickt er auf sein Bild. Das Blau darauf hat mit dem wirklichen Meeresblau nichts zu tun. Die beiden wissen ja nicht, dass das nicht so soll, aber trotzdem ist es ihm unangenehm.

»Wir kommen aus Flensburch. Ist unser erster Urlaub

hier, also eigentlich in Stralsund, sind sozusagen nur Tagestouristen auf Hiddensee.« Der Mann bückt sich, um die Strandmuschel aufzuheben. »Ist ja praktisch, mit der Fähre hier fix mal rüber.«

Er klopft den Sand ab, hält eine Sekunde inne und sieht seine Frau an, überrascht von seinem eigenen Einfall. Sie versteht wortlos, verzieht ihren Mund zu einem spontanen *Warum nicht?* und nickt.

Bloß nicht, denkt Fiete, aber da wird schon der Reißverschluss gezogen. In Sekundenschnelle ploppt die Strandmuschel auseinander. Sandkörner rieseln auf das Aquarellbild. Während der Mann den Strandmuscheleingang gen Ostsee dreht, bemerkt die Frau: »Ist wirklich goldig hier, ja, aber auch viel Seetang, oder? Kommt da nachher noch einer, der das wegmacht? Bei uns wird der Strand regelmäßig aufgeräumt.«

»Ist eben Naturstrand, ne!« Fiete versucht vorsichtig mit dem Fingernagel die Sandkörner aus der Farbe zu kratzen.

»Sieht irgendwie nicht aus!«, kommentiert der Mann.

Fiete findet das unverschämt, bemerkt dann aber, dass gar nicht sein Bild gemeint ist. »Wir sind ja auch von der Küste«, sinniert der Flensburger weiter. »Und kommen mit der Natur gut klar, aber so ’n bisschen die Algen wegmachen, also, das könnte man schon für seine Badegäste! Man zahlt ja auch Kurtaxe. Für was eigentlich?«

Als wäre die Kurtaxe seine Angelegenheit, versucht Fiete tatsächlich eine Antwort zu geben: »Ist auf Hiddensee eben bisschen schwierig, wenn es bei ungünstigen Windlagen zu Aufwurf von Seegras kommt, nich?«

»Tja«, lacht die Frau. »Wer Autos verbietet, muss mit verdreckten Stränden leben, was?«

Mit dieser Weisheit krabbeln die beiden Touristen endlich in ihre Muschel, die in einem Abstand von drei oder vier Metern neben Fiete ihren endgültigen Platz gefunden hat. Fiete versucht sich wieder auf sein Bild zu konzentrieren, zu malen, aber das ist unmöglich.

»Und wie lange malen Sie schon so schöne Bilder?«, fragt die Frau aus der Muschel heraus, während sie beginnt ein Ei zu pellen.

»'ne Weile!« Fiete atmet tief ein. Über Leute wie ihn sagt man: *Er hat die Ruhe wech*. Aber das ist bei Fiete nur der Fall, wenn man ihn auch in Ruhe lässt. Er säubert die Pinsel und dreht die Deckel auf die beiden Marmeladengläser mit dem schmutzig grünblau verfärbten Wasser. Er hebt die Gläser hoch und hält sie gegen die Sonne. Der Inhalt ist so trüb wie das Wasser kurz über dem Meeresboden, wo kaum noch Licht hinfällt. Der Zufall hat die Farben des Meeres besser hinbekommen, als Fiete das je auf einem Blatt Papier passieren wird. Er packt seine Sachen zusammen und wünscht anstandshalber noch einen schönen Urlaub. Unschlüssig schaut er auf die Uhr. Für das Mittagessen ist es noch etwas früh. Er beschließt trotzdem schon nach Vitte zu fahren. Der Ort liegt nur sechs Kilometer entfernt, und dennoch spricht man da angeblich einen anderen Dialekt.

Mit dem Boot braucht Fiete 20 Minuten bis zum dortigen Hafen. Nach der Ankunft bleibt er noch eine Weile an Bord, macht Skizzen der Segelboote, Bojen, Reusen, der Fischtonnen und seiner Kollegen in den gelben Öllatzhosen. Schwere Zeiten kündigen sich an. Noch schwerere Zeiten. Aber ihn geht das nichts mehr an, wenn die Stellnetze wegen der geplanten Ölförderung an den angestammten Fangplätzen bei Sundhagen nicht mehr aufgestellt werden dürfen. Der Dorsch ist so oder so schon weg. Letztes Jahr konnte er die

Dorschfangquote nicht mal abfischen. Und die Heringe? Sind ja nicht blöd. Sind dann natürlich auch längst über alle Berge, wenn das schwarze Gold erst mal das Meer verseucht. Die Natur wird sich rächen. Das wird böse enden, denkt Fiete. Ganz, ganz böse.

Gegen viertel zwölf gießt er sich den letzten Schluck Hagebuttentee aus der Thermoskanne in den Becher, trinkt aus und geht an Land. Ein einziges Mal hat er in seinem früheren Leben im Vittener *Kombüsenstübchen* gegessen, zu Renates 40. Geburtstag. Was ganz Besonderes hatte sie sich damals gewünscht, und *vielleicht ein bisschen nobel.*

Im *Kombüsenstübchen* bestellt Fiete zwei Spiegeleier mit Bratkartoffeln und Flundern. Dazu einen schwarzen Tee. Er lässt es sich schmecken und zahlt, gibt ein gutes Trinkgeld. Das gehört sich so, wenn man es sich leisten kann. Sicherlich zerreißt man sich das Maul über ihn, aber so viel die Leute hier oben auch tratschen, so verschwiegen sind sie, wenn es drauf ankommt. Fiete glaubt nicht daran, dass seine Renate was erfährt, bevor er die Situation selber erklären wird.

Am Hafen hilft Ullrich ihm, vier Kisten Fisch in den Kutter zu laden, heute vor allem Heringe, aber auch Aale, einige Barsche und zwei Hechte. Auch ihm gibt Fiete ein großzügiges Trinkgeld. Seit sieben Wochen kauft er jetzt Ulli Fisch ab, um ihn am frühen Nachmittag in Stralsund zu räuchern und zu verkaufen. Einmal hat Ullrich gefragt, wat dat eigentlich solle. Warum er denn nicht mehr selber fische.

Fiete antwortete: »Dat is numa so, neuerdings!«

Fiete käme es wie ein Verrat vor, wenn er es zuerst jemand anderem erzählen würde als Renate. Er will ihr bald die Wahrheit sagen, aber erst mal noch nicht. Erst will er die

Farben auf den Bildern so hinbekommen, wie die Natur das hinbekommt. Renate besteht darauf, immer alles mit eigenen Augen zu sehen. Wenn er ihr von dem vielen Geld erzählen würde, dann würde sie gleich die ganze weite Welt mit eigenen Augen sehen wollen. Als die beiden Söhne Rad fahren lernten, lief sie mit den Worten »Das will ich mit eigenen Augen sehen« auf die Straße. Und wurde beinahe überfahren. So wollte sie auch den Mauerfall mit eigenen Augen sehen und musste am Morgen des 10. November unbedingt zum nächstgelegenen Grenzübergang fahren. Eine kleine Weile möchte Fiete noch seine Ruhe genießen, bevor Renate die Welt mit eigenen Augen sehen und bereisen will. Ein bisschen Gnadenfrist hat sich Fiete verdient, nach all den Jahren des Unterwegsseins. Diese Ruhe von innen, die Sicherheit. Das beruhigt. Fisch ist natürlich immer da, aber wenn die Dieselpreise höher sind als der Gewinn, den der Fisch bringt, dann fällt es nicht leicht, zuversichtlich zu bleiben. Mit einem stattlichen Lottogewinn geht das schon besser. Die Fische zappeln in der Kiste, schlagen verzweifelt die Schwänze auf den Boden.

»Na denn!«, sagt Ulli.

»Jo! Danke, ne!?« Fiete springt ins Boot. Während er die Festmacherleine vom Poller wickelt, sieht er seine neuen Flensburger Freunde aus einer Pferdekutsche steigen. Wäre man hier nicht auf die Touristen angewiesen, könnte man wirklich gut auf sie verzichten.

»Wie kann man sich denn die Strandmuschel klauen lassen?«, schimpft der Mann.

»Du hast sie doch dahin gelegt«, beschwert sich seine Frau.

»Ich verpass doch jetzt nicht die Fähre wegen einer Strandmuschel.«

»Aber du hast sie dahin gelegt! Zusammen mit der Tasche. Wo is'n eigentlich die Tasche?«

»Die hast du.«

»Hab ich nicht.«

»Musst du aber haben!«

»Siehst du irgendwo eine Tasche, du Witzbold?«

Im Wasser spiegeln sich die Wolken. Fiete zieht kräftig am Starterseil des Motors. Zeitgleich legt die Fähre ab. Ohne die beiden Flensburger.

Die Listen

Rainer hatte schon immer etwas gegen Rosi. Als Gisela im März letzten Jahres vom Zahnarzt nach Hause kam und sagte: »Stell dir vor, ich habe Rosi Hafenmeister gesiezt!«, da meinte er bloß: »Die? Die waren wir doch schon mal los!«

Dabei kann Rosi wirklich nichts dafür. Im Nordosten hat sich im Laufe der Jahrhunderte eine genetische Disposition für Mauligkeit durchgesetzt, gegen die sich kaum einer wehren kann. Rosi besitzt eine besonders starke Vorbelastung, stammt sie doch nach eigenen Angaben ohne Beimischung eines friedlicheren Bluts, wie dem der gemütlichen Sachsen oder der fröhlichen Rheinländer, zu 100 Prozent von Wikingern ab.

Über 30 Jahre lang hatten sich Gisela und Rosi aus den Augen verloren. Nachdem Rosi damals aus dem Nachbarhaus in die Siedlung am nördlichen Stadtrand gezogen war, besuchten sie sich noch eine Weile gegenseitig, tranken Kaffee, lästerten über neue und alte Nachbarn. Aber jede hatte ihr Leben, ihre Arbeit, ihren Mann und kein Telefon. Dafür hatte Gisela noch zwei kleine Kinder, Kati war damals sechs und Christoph, der so gut wie immer Bronchitis hatte, erst drei. Zu guter Letzt gab auch noch das Schicksal auf und ließ die beiden Freundinnen stets zu verschiedenen Zeiten an verschiedenen Orten verschiedenen Tätigkeiten nachgehen.

Bis zum Frühjahr letzten Jahres.

»Könnte ich mich mal an Ihnen vorbei zur Garderobe drängeln?«, fragte Gisela im zahnärztlichen Wartezimmer.

»Aber gerne doch, Frau Exnachbarin!«, antwortete Rosi und stand auf, um Platz zu machen.

»Ach Gott, Rosi, du!« Gisela schlug sich die Hand vor den Mund, als wollte sie vor Überraschung gleich ihren schmerzenden Zahn ausspucken. Man hätte sich auch in den Arm fallen können, aber Gisela war einen Moment zu lang irritiert von Rosis Stinktierfrisur, Deckhaar schwarz, untendrunter rot. Im nächsten Augenblick schämte sich Gisela dann für die 15 Kilo, die sich in den letzten drei Jahrzehnten an sie drangeschummelt hatten. Und vielleicht wäre eine Umarmung so oder so zu viel des Guten gewesen. Die ehemaligen Freundinnen gaben sich die Hand, kamen schnell und vorwurfslos ins Gespräch und stellten fest, dass sie beiderseits nicht nur von Zahnschmerzen, sondern auch von Arbeitslosigkeit geplagt waren. Und so, wie sie sich schon damals, als Nachbarinnen, nicht gegen ihre vielen Flausen im Kopp wehren konnten, war die Sache mit der gemeinsamen Selbstständigkeit fix, noch bevor eine der beiden ins Behandlungszimmer gerufen wurde.

Der Einfall mit den *Stadtführungen der besonderen Art* ist dann etwas später auf Katis Mist gewachsen.

»Dann macht was mit Touristen«, schlug Giselas Tochter vor, als sie von der Idee Wind bekam. »Was will man da oben sonst machen?«

Mit den Worten: »Wat ich mach, is mir eigentlich völlig wurscht im Moment, Hauptsache, ich mach wieder wat!« hatte Rosi Katis Vorschlag abgenickt und war mir nichts, dir nichts mit an Bord gegangen.

»Und du findest das gar nicht komisch?« Gisela guckt Rosi eindringlich an. Doch die lässt sich nicht aus der Ruhe bringen und schiebt ihren Zeigefinger auf der fettigen Mittagskarte im dicken grünen Ledereinband weiter nach unten.

»Gar nicht?« Gisela lässt nicht locker.

»Was denn jetzt?« Rosi tut gleichgültig.

»Das mit den beiden Vermissten.«

Rosi schaut auf: »Nö, nicht so.« Und dann lächelt sie. Hinter Gisela steht Sakis, der Grieche, dessen Imbissbude *Bella Asia* hier unten am Hafen vor allem bei Jugendlichen hoch im Kurs steht. Tagsüber bekommt man bei Sakis die Alternative zu rohen Zwiebeln mit salzigen Fischlappen im Brötchen und nachts alles, was der Säufermagen begehrt: China-Bratnudeln, Pizzastücke und, na klar, auch Gyros. *Internationale Spezialitäten zum Abgewöhnen*, so beschreiben die Stammgäste das kulinarische Angebot des *Bella Asia* liebevoll. Dass die Bude, in der Sakis kocht, früher mal ein großzügiges Toilettenhäuschen war, daran stört sich niemand.

»Nudeln«, sagt Rosi.

»Scharf?«

»Ohne.«

Gisela schaut über ihre Schulter zu ihm hoch. »Ich nehme so ein Stück Pizza mit Brokkoli.«

»Was zu trinken?«

»Ja.« Rosi nickt.

Sakis wartet.

»Malzbier«, ordert Gisela.

»Gute Idee.« Rosi nickt, womit sie ihre Bestellung komplettiert hat.

Nachdem Sakis in der Küche verschwunden ist, um die

Mikrowelle in Gang zu setzen, lehnt sich Gisela ein Stück über den Plastiktisch. Am liebsten möchte sie ihre Geschäftspartnerin an der Jeansjacke packen und schütteln. »Mann, Rosi, wir müssen doch mal darüber reden. Warum bist du denn so doof?«

»Du, ich mach mir da einfach nicht so 'ne Birne wie du. Ich kapier deine Aufregung auch gar nicht. Die ist doch gepilgert! Also die, die weg ist, die Lohmann, oder wie sie heißt. Solche Leute laufen nicht zum Spaß irgendwo rum, die suchen was. Glück, irgendeine Erkenntnis oder sonst was, keine Ahnung. Und solange die noch nicht gefunden haben, wat se suchen, latschen sie eben weiter und machen dat Handy aus. Ist ja auch klar, weil jeder stört, wenn man einfach nur mal in Ruhe rumlatschen will. Versuch du mal eine Stunde in Ruhe durch H&M zu stromern. Vergiss es. Dauernd will einer wat am Handy.«

»Ach, und der Wichmann? Der *stromert* jetzt auch ohne Handy durch den H&M, oder was?!« Gisela lässt sich nicht so leicht von Rosis wilder Theorie überzeugen.

»Nein!« Rosi zupft an ihrem Pony, der vor lauter Haarspray nichts mit sich machen lässt und immer wieder stumpfsinnig zurück in seine alte Position fällt. »Der Wichmann pilgert mit. Die pilgern längst in ein gemeinsames Leben. Ganz sicher. War doch offensichtlich, dat die geflirtet haben.«

Rosi hat recht. Jede von Lohmeiers Fragen hatte der Sachse mit »Eene sehr gute Froche!« kommentiert. Dabei waren die Fragen ziemlich dämlich gewesen. Warum ist Stralsund heutzutage nicht mehr so reich wie zur Hansezeit? Tja, eene sehr gute Froche! Genauso gut wie die Frage, ob es im Ozeaneum auch einen lebendigen Wal oder Delfine gebe. Sehr gute Froche! Und woher wissen Wildgänse, wo sie hinmüssen, wenn ihnen kalt wird und sie gen Süden fliegen?

Diese Frau hatte mit ihren sehr guten Frochen so dermaßen die Stadtführungspremiere gestört. Am liebsten hätte ihr Gisela am Ende das gewonnene Kreidepeeling wieder weggenommen. Aber ob die mit dem Wichmann wirklich einfach bloß durchgebrannt und darum unauffindbar ist? Rosi will sich auf das Thema partout nicht einlassen. Sie stürzt sich auf ihr Essen, das Sakis mittlerweile auf den Tisch geschoben hat, und gibt Gisela mit hemmungslosem Kauen zu verstehen, dass sie sich jetzt für nichts außer unscharfe Nudeln begeistern kann. Oder will. Weder für zukünftige Werbemaßnahmen, wofür dieses Geschäftsessen überhaupt einberufen worden ist, noch für vermeintlich entführte oder unfreiwillig aus dem Leben geschiedene Touristen.

»Mahlzeit!«, wünscht Gisela und klingt dabei eingeschnappter, als sie ist. Sie ist vielmehr verwundert über Rosis Desinteresse. So stur kann doch nicht mal eine Vorpommerin sein. Am Hafen legt die Hiddensee-Fähre an. Im Hochsommer spuckt sie mehrmals täglich braun gebrutzelte Touristen aus. Jetzt, im Mai, sind die alle noch ziemlich blass, aber schon ziemlich entspannt. Sakis kommt mit dem Pizzateller. Gisela lehnt sich etwas zurück, damit er freie Bahn hat. Als der Teller vor ihr steht, erschrickt sie. Nicht wegen des Brokkolis auf ihrer Pizza, der eine eindrückliche Leidensgeschichte hinter sich zu haben scheint; angekokelt, labberig, heiß und kalt zugleich liegt er vor ihr. Nein, nicht wegen des ramponierten Brokkolis erschrickt Gisela, sondern wegen der Liste.

»Wo sind eigentlich die Listen geblieben?« Es geht nicht anders. Und es hilft ja nichts. Sie muss Rosi mit ihren

Gedanken an die zwei Halbtoten weiter belästigen. Schließlich sind die Listen Rosis Job gewesen, und somit kann nur Rosi wissen, was aus ihnen geworden ist.

»Welche Listen?«

»Die von unseren Touren, wo die Teilnehmernamen, Telefonnummern und Hotels draufstehen.«

»Schnucki, jetzt mach aber mal ’nen Punkt!«

Der Punkt klatscht zeitgleich in Form eines weißen Möwenschisses gegen die Scheibe, wo er herunterläuft und sich zu einem Ausrufezeichen verformt.

»Die schon wieder«, meckert Sakis und eilt mit dem Lappen, mit dem er hin und wieder über die Tische wischt, zum Fenster. »Diese Kackmöwe.«

Bereits zur ersten Stadtführung hatte Rosi eine Liste mitgebracht. Hinter jeden Namen, der in persona aufgetaucht war, setzte sie ein Häkchen. »Damit hinterher keiner sagen kann, er wäre nicht dabei gewesen«, scherzte sie. Das allererste Häkchen galt also Christiane Lohmeier. Auch Wichmann stand auf dieser Liste. So wie sieben weitere Namen. Insgesamt gibt es bisher drei Listen und 31 Namen. Diese Listen mit Personen, von denen bereits zwei fehlen, gehören zur Polizei, findet Gisela. Es sollte jemand diese Listen haben, der Menschen mit einer Pistole vor anderen, und ganz besonders vor bösen Menschen, beschützen kann. Vielleicht ist ein Serienmörder am Werk, der – aus welchen Gründen auch immer – Rosis Listen abarbeitet? Steht ihr eigener Name auch drauf? Nicht, wenn Rosi vergessen hat, den neuen Firmenstempel draufzustempeln. Gisela legt sich die Hände an die Wangen. Warum hat sie damals Andreas’ Liebesbekundungen nicht nachgegeben? Dann wäre sie heute mit einem Polizisten verheiratet.

»Rosi, wo! Sind! Die! Listen!?«

Vermutlich vor lauter Schreck über Giselas strengen Ton gibt sich Rosi nun kooperativ: »Weggeschmissen.«

»Wohin?«

»Mann, ich habe die halt am Schluss immer in irgendwelche Mülleimer geschmissen. Keine Ahnung. Was ist denn mit den Listen?« Rosi schaut auf die Uhr. »Ach Gott!« Sie springt auf und kramt hektisch in ihrer Tasche nach dem Portemonnaie. »Ich muss los. Sakis, einmal zahlen!« Sie legt sechs Euro auf den Tisch, ohne auf Sakis zu warten. »Danke, dass du das mit dem Fisch-Heini Hoheisen alleine übernimmst!«, sagt sie und eilt nach draußen. Dort wirft sie die Handtasche in den Lenkerkorb ihres Fahrrads, das neben dem *Bella Asia* an einem Laternenpfahl lehnt. Sie winkt noch mal, bevor sie in die Pedale tritt. Gisela läuft zur Tür. »Die Liste!«, ruft sie ihrer Firmenpartnerin beschwörend hinterher. Auch wenn sie es in Anbetracht der ernsten Lage unangemessen findet, muss sie jetzt über ihre eigene Missmarplehaftigkeit lachen. Rosi antwortet etwas Unverständliches gegen den Wind. Wahrscheinlich etwas wie »Bis denn, Schnucki!«.

Drüben, auf der kleinen Hafeninsel, versammelt sich in diesem Augenblick ein Polizeiaufgebot vor dem Fähranleger. Es sind bereits drei Polizeiwagen vor Ort, und aus der Wasserschutzpolizeiwache eilen zusätzlich Beamte herüber. Nicht minder eilig haben es die üblichen Verdächtigen, die immer zur Stelle sind, wenn es irgendwo »wat zu kieken« gibt. Der Kraushaar, zum Beispiel, der nicht mehr gut zu Fuß ist. Und wie der sich plötzlich beeilen kann. Und Inge Schulknecht, die wetzt auch wie damals, wenn es Ketchup im HO gab. Gisela ahnt sofort: Jemand ist ins Hafenbecken gefallen. Und ist vielleicht sogar tot. Eine Wasserleiche. Oder etwa zwei? Ja, zwei Wasserleichen. Sie tippt: einmal männlich und Sachse, einmal weiblich und aus Baden-Baden. Gisela muss hin.

»Hiergeblieben!«, pfeift Sakis sie zurück. Wie peinlich. Vor Schreck hätte Gisela beinahe die Zeche geprellt.

»Wollt nur mal sehen, ob du aufpasst«, sagt sie. Schuldbewusst gibt sie ihm ein besonders hohes Trinkgeld – fast einen ganzen Euro.

Als Gisela unter den Uniformierten ihren ehemaligen Verehrer Andreas Kohlhaase erkennt, ändert sie ihre Laufrichtung. Sie nimmt Kurs auf einen Polizeibeamten, der mit einem Funkgerät in der Hand lässig an seinem Auto lehnt.

»Wasserleiche?«, fragt sie unverhohlen. Wie ein Sektkorken ist es aus ihr herausgeplatzt, so fühlt sie sich wegen der ganzen Ereignisse irgendwie sektflaschenmäßig, wie durchgeschüttelt und unter starkem Druck.

Der Polizist zieht den Kopf erstaunt zurück. Das macht ein hässliches Doppelkinn. Er grinst, wodurch er nicht schöner wird. Gisela kann sich keinen Reim auf seine Reaktion machen.

»Ich meine ja nur«, murmelt sie.

»Na, lassen Sie die Leichen mal schön unsere Sorge sein, Frau Klawitter«, sagt er.

Ach, Gisela erkennt ihn erst jetzt, Klausis Ältester. Wie unangenehm. »Nee, es ist ja nur, weil, also …«, versucht sie sich in Erklärungen, »weil ja jetzt wegen der Vermissten, da dachte ich, vielleicht ist einfach nur jemand aus Versehen ins Wasser gefallen oder so.«

Klausis Sohn hebt die Augenbrauen. Für eine Wasserleiche ist er zu vergnügt. Für keine Wasserleiche ist hier zu viel Polizei. Gisela stellt sich auf die Zehenspitzen und reckt den Hals. Fiete Marquart ist von fünf Polizisten umringt und sieht dabei nicht aufgeregter aus als sonst.

»Verhören die Fiete?«, fragt Gisela. »Hat der was gemacht?« Sie fragt eigentlich sich selber, aber Klausis Sohn fühlt sich angesprochen. »Kein Verhör, keine Festnahmen, keine Auskünfte«, sagt er. »Und jetzt mach ich mal meine Arbeit weiter.« Er beugt sich in sein Auto, um das Funkgerät in die Halterung zu hängen. Dann lehnt er sich zurück an die Autotür, verschränkt die Arme und schaut gedankenverloren aufs Wasser. Derweil drängelt sich Rainers Cousine Martina vom *Sundblatt* hektisch zwischen den Schaulustigen hindurch. Die selbst ernannte rasende Reporterin, wie immer als Letzte am Ort des Geschehens. Gisela überlegt, ob sie vielleicht doch näher ransoll, auch auf die Gefahr hin, dass ihr Kohlhaase dann wieder auf die Pelle rückt. Unentschieden schaut sie an sich hinunter. Auf die Schuhspitzen ist Verlass, wenn man nicht weiß, wohin man gehen soll. Sie weisen die Richtung. Das Geheimnis der Schuhspitzen hat ihr die Handauflegerin Frau Cziewatzki verraten, irgendwann Anfang der Achtziger. Da war die Cziewatzki schon fast 90. Die hat gewusst, wie's kommt. Schon damals prophezeite sie, Deutschland würde noch mal ganz groß werden und Russland in alle Einzelteile zerfallen. Man hielt sie für übergeschnappt. Apropos übergeschnappt. Giselas Schuhspitzen zeigen zur Mönchstraße, sind also der Meinung, Gisela sollte jetzt lieber, wie geplant, zum Hoheisen gehen. Und mit dieser Entscheidung ihrer Schuhe ist Gisela absolut einverstanden. Wenn da tatsächlich *ihr* Wichmann und *ihre* Lohmeier als Wasserleichen aufgetaucht oder angespült worden sind, dann sollte sie sich ohnehin besser zurückhalten.

Wenig später stemmt sich Gisela gegen die Tür des Fischladens in der Mönchstraße, die nur mit einigem Schwung zu öffnen ist. Wer hier zu zögerlich ist, geht ohne Fisch nach Hause. Oft denken die Touristen, der Laden hätte geschlossen. *Natürliche Auslese von zu viel Beifang*, nennt Heiner Hoheisen sein Türproblem. Heiner Hoheisen, der Chef persönlich, steht hinter der Theke und verdreht die Augen zur Begrüßung: »Die Antwort bleibt Nein!«, sagt er in seiner höchst liebevollen Art. Es riecht nach nassem Hund, nicht nach Fisch.

»Selber schuld, Herr Hoheisen!« Gisela hebt theatralisch die Nase in die Luft.

»Wirklich, ich habe keine Zeit für so was!«

Mit *so was* meint Hoheisen eine Zusammenarbeit, die ihm Rosi und Gisela vorgeschlagen haben. Sie wollen ihn für ein kleines Event mit ihren Touristen gewinnen – ein Rollmopswettrollen haben sie sich ausgedacht.

»Dann muss ich Fiete fragen. Der hat Unternehmergeist!« Drohend stemmt Gisela die Fäuste in die Hüften.

»Ha!«, macht Heiner Hoheisen und schiebt seine blaue Mütze aus seinem von der Seefahrt zerfurchten Gesicht. Er hat recht. Landesweit ist niemand in seiner Branche erfolgreicher als er. Kein Fischer, kein Fiete weit und breit hat mehr Unternehmergeist als er. Seine Rollmöpse sind Blitzlichtgewitter gewöhnt, national und international. Seine Geheimrezepte sind Gold wert. Jeder will lieber mit ihm Geschäfte machen als mit Fiete Marquart, der irgendwann im letzten Jahrhundert aufgehört haben muss, seine rote Wattejacke auszuziehen. Dass sich Fiete Marquart nicht wegen seines unternehmerischen Gespürs auf eine Zusammenarbeit eingelassen hat, sondern weil er es finanziell bitter nötig hat, ist kein Geheimnis.

»Kann ich Ihnen denn sonst was Gutes tun?«, fragt der berühmte Fischhändler und greift sich in seinen grauen Bart. Gisela zögert. So, wie er da steht, denkt sie, so stattlich mit diesem mürrischen Blick und der Warmherzigkeit, die trotzdem von ihm ausgeht, tut er bereits sehr viel Gutes. Gisela hätte nichts dagegen, öfter in seiner Gegenwart zu sein. Aber wenn man hier nicht von Anfang an privat miteinander verkehrt, dann ist es sehr schwierig. Und wenn man auf seine alten Tage noch ein Gefühl für jemanden bekommt, hat man auf eine gewisse Weise Pech gehabt. Sie wirft einen Blick auf die Mittagskarte, aber dann fällt ihr der verkohlte Brokkoli wieder ein, den sie gerade gegessen hat, und so lässt sie sich von ihm nur zwei Schillerlocken zum Mitnehmen einwickeln.

»Gut, ich geb's auf!«, sagt sie zum Abschied.

»Schade«, antwortet Heiner Hoheisen und schenkt ihr ein angedeutetes Lächeln. Sie findet ihn einfach gut.

Der Himmel ist klar an diesem Tag im Mai, herrlich blau, blauer als überall sonst, wo Gisela schon gewesen ist. Anders blau. Klarblau eben. So blau, dass man unter keinem anderen Himmel sein mag an solch einem Tag. Höchstens vielleicht irgendwo, wo man es nicht mit Wasserleichen zu tun hat. Gisela atmet tief ein. Sie spürt die Unruhe aus dem Hafen wie eine Welle auf sich zurollen. In der Heilgeiststraße haben sich Grüppchen zusammengefunden, die die Ereignisse per stille Post in die Innenstadt tragen. Gisela versucht die Worte *Leichen* oder *Tote* oder *Baden-Baden* im Gemurmel wahrzunehmen, aber die Worte fallen nicht. Die Leute reden nicht von Toten, sondern von Marquardt. Hoffentlich hat der nichts angestellt. Das wäre wirklich ungünstig, weil sie doch mit ihm kooperieren. Gisela mahnt sich zur Besonnenheit. Die Fakten: eine pilgernde Vermisste. Einer, der nicht an sein Handy geht, vermutlich aus Scham wegen eines vergessenen Räuchertermins, ein Polizeiaufgebot sondergleichen und…

»Entschuldigung?«

Wie vom Donner gerührt, erstarrt Gisela. Eine solche Stimme, so dunkel wie Salmiak, hat sie im Leben noch nicht gehört. Sie hasst Salmiak, und sie weiß nicht, warum ihr das gerade jetzt in den Sinn kommt. Zeitlupenartig dreht sie sich um. Da steht einer. Hinter ihr. Einer in schwarzer Kluft, mit noch schwärzeren Augen, auffällig buschigen Augenbrauen und osteuropäischem Akzent. Sein Blick ist durchdringend. Gisela bricht der Schweiß aus. Was will der von ihr? Sie hat doch niemandem etwas getan. Seine Augenbrauen muss sie sich für das Phantombild merken. Die werden wichtig sein.

»Wie spät ist es bitte?«

Gisela zieht zögerlich ihr Handy aus der Hosentasche. »13:32 Uhr«, antwortet sie heiser. Sie räuspert sich und wiederholt: »13:32 Uhr.«

Der Mann legt den Kopf schief, als hätte er immer noch nicht richtig verstanden. Ganz unvermittelt macht er einen Schritt auf sie zu und greift gleichzeitig in seine Jackentasche. Erschrocken weicht Gisela zurück.

»Tach, Gisela!« Karlchen kommt auf seinem Klapperrad um die Ecke gebogen. Seit Kindheitstagen fährt er an Gisela vorbei, mal viermal die Woche, mal vier Wochen lang nicht. Sie kennen sich aus der Badeanstalt. Als Teenager hatten sie sich im Bodden stehend mit Algen beworfen. In den letzten 40 Jahren hat Karlchen nicht mehr für Gisela angehalten. Dementsprechend verstört wirkt er, als sich Gisela ihm in den Weg stellt und ihn damit aus dem festgefahrenen Trott reißt. Karlchen, beleibt und ungeschickt, bleibt beim Absteigen an der Kette hängen. Nur mit Mühe kann er das Gleichgewicht halten.

»Karlchen!«, sagt Gisela voller Überschwang. »Wie geht's?«

»Jo!« Karlchen nickt. Gisela schielt zu dem Fremden, der seine Hände und eine mögliche Waffe nun in der Jackentasche belässt.

»Halb zwei!«, sagt sie nun selbstbewusst in seine Richtung und wagt mit Karlchens Rückendeckung einen aufmüpfigen Blick, der sagen soll: »Ich hab hier viele Freunde in der Stadt. Wenn Ihnen Ihr Leben auch lieb ist, lassen wir uns beide besser in Frieden.«

»Danke!« Der vermeintliche Russe hat es plötzlich eilig und setzt seinen Weg Richtung Ossenreyerstraße fort.

Karlchen hat sich mittlerweile orientiert. »Und dir?«, fragt er.

»Gut. Und deine Frau?«

»Ja, ne«, antwortet er, »hat jetzt eben auch nix mehr zu tun. Ist schon schiete. Und auch gesundheitlich ist nicht so doll. Wird hoffentlich wieder. Müssen mal sehen, ob dat wat wird. Is ja so, ne, die Hoffnung stirbt zuletzt.« Er ringt sich ein Lächeln ab, aber das reicht nicht, um über den Eindruck hinwegzutäuschen, dass da irgendwas nicht wieder wird. Gisela schluckt. Ihr fällt nichts, aber auch gar nichts Schlaues ein dazu. Müsste vielleicht auch nicht besonders schlau sein, aber irgendwas muss sie doch dazu sagen. Karlchen wartet eine Weile ab, dann setzt er einen Fuß auf die Pedale und gibt mit dem anderen Anschwung. »Dann grüß mal deinen Rainer!«, sagt er. Als er wieder fest im Sattel sitzt, hebt er die Hand.

»Tschüss, Karlchen«, ruft Gisela. Und weil ihr immer noch nichts Schlaues oder Tröstendes einfallen will, sagt sie einfach noch mal: »Tschüss!«

Marderbiss

Rainer ist unentschieden wegen der Krawatte, hatte schon zweimal die rote umgebunden und steht jetzt wieder mit der quer gestreiften blauen da. Ist einfach nicht sein Metier. Als er den Schlüssel in der Haustür hört, nimmt er sich fest vor, nicht zu drängeln, aber er schafft's nicht: »Und, können wir dann los?« Es ist aber auch jedes Mal das Gleiche mit Gisela.

»Kann ich mir vielleicht noch was Nettes anziehen?«

Gisela hängt ihre Tasche an den Garderobenhaken und zieht sich die Schuhe aus, als hätten sie Zeit. Ihre Füße sind geschwollen. Das beklagt sie jedenfalls, seit sie diese Stadtführungen macht. Er findet, ihre Füße sehen nicht dicker oder dünner aus als sonst.

»Warum kommst du dann nicht netterweise eine halbe Stunde früher?«, fragt er. »Wir haben gesagt, fünfzehn Uhr geht's los!«

»Es ist zehn vor!«

»Ja, *noch*!« Rainer zieht den Krawattenknoten fest und seufzt. Dann belässt er es jetzt eben bei der blau gestreiften. Hat alles seine Vor- und Nachteile. Er folgt Gisela ins Schlafzimmer und setzt sich auf die Bettkante. Nicht, dass ihr jetzt noch irgendwas anderes einfällt, Kleingeld im Portemonnaie zählen, etwas in den Taschenkalender eintragen, solche Mätzchen. Gisela entscheidet sich ohne zu zögern für eine rote Bluse. Rainer bleibt sitzen, während sie sich umzieht. Ihr bisschen Bauchspeck hat ihn nie gestört. Und sie hat ja auch recht, wenn sie sagt, den könne man mit Disziplin wenigstens loswerden, bei zu viel Speck im Kopf werde es schon schwieriger. Gisela ist eine tolle Frau, höchstwahrscheinlich die beste, die er kriegen konnte. Mit ihrem Kopf ist auch alles in bester Ordnung, aber bei ihrer Freundin Rosi Hafenmeister, da läuft es kopfmäßig nicht ganz rund. Merkt man schon daran, dass es kein Typ länger als ein paar Jahre bei der aushält. Bei Rosi Hafenmeister kommt am Ende nie was Vernünftiges bei raus. Dass sich Gisela ausgerechnet von der wieder so einen Floh hat ins Ohr setzen lassen! Ärgerlich! Am Ende wird diese Schnapsidee alle ruinieren. Touristen sind vielleicht eine sichere Bank, wie Gisela meint, aber nichts ist weniger sicher, als mit Rosi Hafenmeister gemeinsame Sache zu machen. Mit der stimmt was nicht. Rainer spürt das ganz genau. Aber wenn er das Gisela sagt, dann lacht sie bloß und antwortet, dass es nur einen gibt, mit dem was ganz gehörig nicht stimmt.

»Nimmst mich so mit?« Gisela dreht sich einmal um die eigene Achse. Rainer hält den Daumen nach oben.

Seit mehr als 40 Jahren sind sie ein eingespieltes Team. Zwar kann er das Auto notfalls auch ohne Gisela aus der Garage fahren, aber wenn sie in der Auffahrt steht und nach links und rechts zeigt, hat er einfach bessere Orientierungspunkte, um den Wagen heile aus dem engen Garagentor herauszumanövrieren.

Giselas kreischendes »Eyyy« muss die ganze Straße aufschrecken. Warum bleibt sie denn mitten in der Auffahrt stehen? Rainer tritt fester auf die Bremse, aber sie funktioniert nicht. Das Auto rollt unbeirrt rückwärts. Warum springt Gisela nicht zur Seite, verdammt? Sie bleibt wie angewurzelt stehen. Rainer reißt geistesgegenwärtig die Handbremse hoch. Und erst als das Auto zum Stehen kommt, rettet sich Gisela, indem sie rückwärtsstolpert und in die Tulpen fällt. Rainer steigt aus dem Wagen. Ihm schlottern die Knie, wie das letzte Mal vor über 55 Jahren am Tag seiner Einschulung.

»Hast du sie noch alle?« Gisela tippt sich erst an die Stirn, hält ihm dann die Hand hin, damit er ihr aufhilft.

»Ja, und hast du sie denn noch alle? Denkst du, ich wollte dich überfahren, oder was?« Mit einem kräftigen Ruck zieht er sie hoch. »Warum bleibst du denn da stehen, wenn du siehst, dass ich Probleme habe?«

»Was hattest du denn bitte für *Probleme?*« Gisela versucht die Erde von der Hose zu klopfen.

»Die Bremse hat nicht funktioniert.«

»Wie, die Bremse hat nicht funktioniert?« Entgeistert guckt sie ihn an.

»Ich habe raufgetreten, und sie hat halt nicht gebremst.« Er greift nach ihrer Hand und drückt sie. »Mensch, und du bleibst da so stehen.«

»Pfff«, macht sie. »Ich glaube doch nicht, dass du wirklich einfach weiterfährst. Wo sollte ich auch hin?« Sie guckt zum Tulpenbeet, in dem sie gelandet ist, und versucht sich den Rest Erde von der Hose zu klopfen. Bestimmt will sie sich jetzt wieder umziehen. Rainer guckt auf die Uhr.

»Na toll!«, sagt er.

»Na toll, dass ich noch lebe, oder was?«

»Na toll, dass du wieder so knapp nach Hause gekommen bist, dass man nicht mal ein kaputtes Auto mit einberechnen kann!«

»Ich geh mir fix 'ne andere Hose anziehen, und dann

nehmen wir den Bus.« Gisela geht Richtung Haustür, jedoch alles andere als fix. Der Vorfall hat bereits Nachbarn alarmiert. Durch die Lücke, da, wo die Hecke eingegangen ist und der neue Abkömmling gerade mal 20 Zentimeter hoch ist, sieht Rainer Jürgen Schlünz auf der anderen Straßenseite vor seinem Haus stehen und glotzen. Jetzt hebt der Nachbar langsam die Hand. Soll wohl ein Gruß sein. Wie ein Psychopath steht der da. Fremde könnten ihn tatsächlich für einen halten, aber hier in der Nachbarschaft ist er eben nur Jürgen Schlünz, den man kennt, den man grüßt, der mit Mitte 50 noch bei Muttern wohnt, von der er seinen Sockenschuss geerbt haben muss. Rainer hebt ebenso die Hand zum Gruß. Dann öffnet er die Motorhaube, stemmt die Hände in die Hüften und wirft einen Blick in das Innenleben des Autos. Beinahe hätte er seine Frau überfahren! Um Gottes willen. Er ruckelt etwas an dem Kabel, das da so im Weg hängt, und guckt in den Kanister der Scheibenwaschanlage. Ist auch schon wieder fast leer. Ob man den ADAC später anrufen kann? Vielleicht verfällt der Versicherungsschutz auch, wenn man den Schadensfall nicht gleich meldet. Jetzt noch auf den ADAC zu warten ist allerdings unmöglich. Mit dem Bus brauchen sie eine halbe Stunde bis ins Pflegeheim, sie sind sowieso spät dran jetzt. Ausgerechnet heute. Auch wenn seine Mutter ihren 89. Geburtstag feiert und sich nicht mehr alleine einen Rock anziehen und den Hintern abwischen kann – wenn einer zu spät ist, merkt sie das. Sie merkt *sich* das. Für immer und ewig.

»Und was hat er nun?« Gisela, in Jeans, schließt die Haustür hinter sich ab.

Mit einem kräftigen Wumms lässt Rainer die Motorhaube zufallen. »Wahrscheinlich ein Marder.«

»Ja, ist gerade schlimm mit den Mardern.« Rainers Cousine Martina bestätigt seine Vermutung etwas später im Pflegeheim. Sie hatte mal überlegt, für das *Sundblatt* was über Marder zu schreiben. »Viele Leute haben Probleme mit den Viechern«, sagt sie. »Zahlt zwar die Versicherung, aber nützt dir ja auch nix, wenn du dann auf der B96 an einem Baum landest wie einer von den Rügen-Raser-Idioten. Und alle denken am Ende, du wärst auch so 'n Idiot, dabei war's der Marder.« Sie lacht, sodass man ihre goldenen Backenzähne sieht. Wenn Martina ins Reden kommt, dann dauert das. Meistens ist das gut, wenn nämlich kein anderer der Mischpoke zu solchen Anlässen was zu erzählen hat. Aber manchmal ist es auch unpassend, zum Beispiel wenn man sich erst mal zehn Minuten über Marder unterhalten muss, bevor man seiner Mutter endlich zum 89. gratulieren und ihr ein Küsschen schenken darf.

»Danke, min Jung, aber ihr seid zu spät, nich?!«

Die Mutter tätschelt Rainer das Gesicht.

»Habe gerade schon erzählt, das Auto ist uns eben kaputtgegangen, bremst nicht mehr, wahrscheinlich Marderbiss.«

»Und hast du nicht auch eine rote Krawatte?« Streng schaut sie Gisela an, schüttelt ihrer Schwiegertochter dann aber im nächsten Moment versöhnlich die Hand. Mag sein, sie wird altersmilde, aber Rainer machen diese Zugeständnisse seiner Mutter nervös. Er glaubt, es könnte ein Zeichen dafür sein, dass es langsam dem Ende entgegengeht. Er überreicht den rosafarbenen Umschlag. Ist ein Gutschein drin für den Pflegeheimfriseur. Was soll man sonst schenken? Sie hat ja alles. Eigentlich hat sie außer ein paar gerahmten Familienfotos und einigen Klamotten gar nichts mehr, seitdem sie vor fast einem Dreivierteljahr hier eingezogen ist. Die Zeit vergeht schnell. Am Anfang haben alle gedacht, diese Angelegenheit hier sei für niemanden länger als zwei Wochen zu ertragen, aber seine Mutter wusste die Gesellschaft im Heim schnell zu schätzen. Sie lässt sich gern vor das Aquarium in der Eingangshalle schieben und hat ein Klopfalphabet erfunden, um sich mit den Guppis unterhalten zu können. An manchen Tagen hat sie das Glück, dass sich der hagere Kater erbarmt und eine Stunde auf ihrem Schoß vor sich hin döst. Am Anfang waren diese Anblicke für die Familie schwer zu ertragen, aber man gewöhnt sich dran. Das Personal ist freundlich. Keiner macht auf den ersten Blick den Eindruck, als hätte er eine dunkle Seite und würde die Alten piesacken. Das Pflegeheim hat sogar einen Extraraum für familiäre Feierlichkeiten. Wären heute alle Familienmitglieder gekommen, wäre es dort vielleicht etwas eng. Aber bestimmte Kandidaten heben sich ihr Erscheinen für den 90. im nächsten Jahr auf. Heute sind sie nur zu neunt. Reicht auch. Rainers Bruder Frank ist leider tot. Der wäre sonst auf jeden Fall gekommen. Herzinfarkt, wie der Vater. Krebs gibt's nicht in der Familie.

»Selbstbedienung!« Mit diesen Worten und einem aufmunternden Lächeln schließt die Pflegerin hinter sich die Tür. Rainer schiebt den Rollstuhl samt Mutter an die Kaffeetafel. Die Familie meint es gut. Sechs Thermoskannen Kaffee und vier Torten sollten reichen. Gisela hat dieses Mal nicht gebacken, wegen der ganzen Vorbereitungen für ihre Touren. Das hat sie allen unverblümt ins Gesicht gesagt: »Schaff ich nicht, wegen meiner Touren.« Man hatte das stillschweigend hingenommen, aber Rainer möchte lieber nicht wissen, wie sie sich hinter verschlossener Tür darüber das Maul zerfetzt haben, dass Gisela sich weigert, ihren Apfelkuchen zu backen.

Kaum sitzen alle, springt Martinas Mann Olaf wieder auf und inspiziert mit verschränkten Händen auf dem Rücken die Torten: »Hmmm«, macht er, »was gibt's denn hier heute Leckeres? Yummie, yummie.«

Martina schnappt sich das Messer und hält es Gisela drohend auf die Brust. Mit reichlich übertriebenem Schwung zuckt Gisela zurück. Sie scheint seit dem Fastunfall etwas schreckhaft zu sein. Es dauert ein bisschen, bis sie die Geste richtig einordnet und die ehrenvolle Aufgabe übernimmt. Mit dem Messer in der Hand erhebt sie sich und fragt: »Also, wer will was?«

Rainer versucht sich seine Frau vor so einem Grüppchen Fremder vorzustellen, wie sie abwechselnd Witze reißt und schlaue Dinge über Stralsund erzählt. 1-2-3-4 kann sich jeder merken, Stralsunds Gründungsjahr. Solche Dinge. Bestimmt macht Gisela das ganz fantastisch, passt zu ihr, so eine Mischung aus Klamauk und Ernst. Das kann sie. Rainer ist stolz auf sie. Sehr sogar! Wenn sie sich bloß nicht auf die Hafenmeister eingelassen hätte, die mit ihrer ordinären Art. Erträgt doch kein Mensch. Bald ist das Geschrei groß und das ganze Geld futsch. Sich in diesen Zeiten mit dem Ersparten selbstständig zu machen, und er auch noch arbeitslos, das grenzt doch an Wahnsinn! Aber wenn sich Gisela was in den Kopf gesetzt hat, dann gibt's kein Pardon.

»Und was macht eure Lieselotte Zimtstern?«, fragt Rainers Schwägerin Paula scheinheilig, als würde sie das wirklich interessieren.

»Macht sich gerade selbstständig, hat viel um die Ohren!«

»Wie die Frau Mama«, sagt Paula und guckt demonstrativ zu Gisela, die das Kuchenmesser hingelegt hat und mit ihrem klingelnden Handy eiligen Schrittes den Raum verlässt.

Rainer weiß nicht, worüber er sich gerade mehr aufregen soll, über Gisela, der er schon hundertmal gesagt hat, sie soll das Handy auf lautlos stellen, wenn sie in Gesellschaft ist, oder über Paula, diese Hexe mit den pechschwarzen Haaren, in deren berühmt-berüchtigten Doppelkopfrunden es nie um Füchse und Hochzeiten mit zwei Kreuzdamen geht, sondern immer um echte Hochzeiten und wer-mit-wem-und-warum-das-nichts-werden-kann. Vier Enkelkinder von vier verschiedenen Fast-Schwiegertöchtern, und nur eines bekommt Paula einmal im Monat zu Gesicht. Das muss ihr und ihren Söhnen auch erst mal einer nachmachen. Und ausgerechnet die fragt nach *Lieselotte Zimtstern*?! So 'ne typische Ökotante aus Berlin sei Kati ja, hat Paula mal gesagt, 'ne richtige Lieselotte Zimtstern.

Rainer hat versucht, seine Tochter in Schutz zu nehmen. Kati würde doch in einer sehr großen Stadt leben, da habe man sicher genug Probleme. Berlin sei ein hartes Pflaster, auf dem man erst mal zusehen müsse, wie man zurechtkommt, und so weiter.

»Mit Milchkaffee, einer selbst gehäkelten Mütz' und einem Huhn auf'm Teller, das vor dem Schlachten noch mal gestreichelt worden ist? Nee«, seine Schwägerin hatte verächtlich den Kopf geschüttelt, »kann mir keiner erzählen, dass diese Lieselotte Zimtstern Probleme hat.«

»'tschuldigung«, sagt Gisela und zieht die Tür hinter sich zu. »War wichtig!«

»Ja, so ist das, wenn man sein eigener Chef ist, dann ist man plötzlich wichtig«, weiß Paulas Sohn Micha. Alle fallen in sein gehässiges Gelächter ein, sogar Gisela selbst. Rainer lehnt sich zu Gisela rüber: »Hast auf lautlos jetzt?«

»Ja, ja.«

Im weiteren Verlauf des fröhlichen Kuchenessens erzählt Micha von seinen Erfolgen als Autoverkäufer im Mercedesautohaus Boris Becker. Er hat Boris auch schon mal die Hand schütteln und ihm Hoheisen-Rollmöpse überreichen dürfen. Rainer nutzt die Gelegenheit und holt noch mehr Sektflaschen aus dem Zimmer seiner Mutter, wo er sie im Vorfeld gebunkert hat. Vor dem Nebenzimmer wird gerade ein Kondolenzbuch auf einen kleinen Tisch drapiert. Als Rainer mit dem Sekt zurückkommt, sitzt Martina auf seinem Platz neben Gisela, ganz vorne an der Stuhlkante, und prahlt mal wieder mit investigativem Journalistenwissen. Ihre Wangen glühen dazu rot. Und Gisela hat auch schon Feuer gefangen. »Und der Fiete Marquart war auch auf dem Sund?«

Martina nickt. »Will da so 'n Boot gesehen haben, mit den Opfern. Und einer dritten Person.«

»Waren also zwei?«, will Gisela wissen.

»Drei.«

»Ich meine, die Opfer.«

»Gisela!«, versucht Rainer seine Frau zu bremsen. Er kennt ihr kleines Faible für Kriminalfälle. Sie hat sogar schon mal bei *Aktenzeichen XY ungelöst* angerufen.

»'n Typ und 'ne Frau«, erläutert Martina. »Und die dritte Person hat er wohl nicht erkannt.«

»Wie sahen die Opfer aus?« Gisela kann's nicht lassen.

»Fett!«, sagt Micha. »Hab schon mal eine Wasserleiche bei YouTube gesehen. Aufgedunsen und fett sehen die aus, echt eklig.«

»Schönes Partythema!«, findet seine Mutter Paula und schiebt die Kuchengabel unter die Kirsche auf der Torte.

Gisela ist voll bei der Sache. »Diese vermisste Lohmeier und ein Sachse zufällig?«

»Wie kommst'n auf einen Sachsen?«, fragt Martina. »Vermisst du einen?« Alles lacht.

»Irgendwie gruselig.« Micha putzt seine Brille, während er über die neuerlichen Geschehnisse philosophiert. »Zwei Tote im Sund, und ich geh da immer baden.«

»Also, die Lohmeier aber?«

»Mensch, Gisela, jetzt lass Martina doch damit mal in Ruhe«, sagt Rainer. Und weil er findet, das übersteigerte Interesse seiner Frau an der Lohmeier bedarf einer Erklärung, verrät er: »Diese Lohmeier war nämlich bei Giselas Stadtführung.«

»Lohmeier?« Fragend legt Martina die Stirn in Falten. Der Name scheint ihr was zu sagen. »Ich glaube, Flensburger waren das. Und die hießen anders.«

»Flensburger? Und die Lohmeier ist gar nicht tot?« Verstört lässt Gisela ihr Handy fallen. Weil Gisela keine Anstalten macht, bückt sich Rainer nach dem Ding. Das hat über 170 Euro gekostet, als Selbstständige darf man angeblich auf ein sogenanntes Smartphone nicht verzichten. Sieht noch heile aus. Rainer wischt mit dem Ärmel über das Display. »Was hat eigentlich die Polizei gesagt?« Er versucht sich seinen Ärger über ihren laxen Umgang mit dem teuren Gerät nicht anmerken zu lassen. »Musst du da noch mal hin und was erzählen wegen deiner Lohmeier?«

»Hä?« Gisela guckt genauso entgeistert wie damals, als der Brief mit der Ankündigung kam, dass die Mülleimer zugeschweißt werden, wenn der amerikanische Präsident kommt. »Weiß jetzt nicht, was du meinst.«

»Wurscht«, findet Paula und lehnt sich mit verschränkten Armen zurück. »Jetzt kriegen wir wenigstens mal ein büschen was anderes zu lesen als immer nur diese öden Erdöldiskussionen, ne, Olaf?«

Nun hat sie Olaf am Wickel, der im Bergamt seit geraumer Zeit an der Quelle öder Diskussionen sitzt. Er holt tief Luft, aber seine reizende Gattin Martina kommt ihm zuvor. Theatralisch, mit erhobenem Kinn, guckt sie Gisela an: »Sei ehrlich. Hast du was mit der verschwundenen Touristin zu tun? Du bist doch jetzt in der Branche unterwegs.«

»Genau«, nickt Paula. »Jetzt siehst du mal, wie das ist mit denen.«

»Mit wem?«

»Mit den Touristen. Ihr habt uns ja nie geglaubt, wie ätzend die sind. Stimmt's, die sind schlimm? Hast du doch jetzt bestimmt auch schon gemerkt.«

»Also, bis jetzt…« Gisela schiebt die Unterlippe vor und zuckt mit den Schultern.

»Wir machen das jedenfalls nicht mehr lange«, sagt Paula und guckt ihren Mann auffordernd an. Das 89-jährige Geburtstagskind schenkt sich derweil Kaffee nach. Eine ganze Thermoskanne geht damit allein auf das Konto von Rainers Mutter. Aber das ist schietegal. Ob gut oder schlecht für Blutdruck, Cholesterin oder Herz – darauf kommt es mit 89 Jahren nicht mehr an.

»Thomas?!« Paula drückt ihren Ellenbogen in Thomas' Oberarm. Er nickt. Sieht nicht so aus, als wüsste er, warum er das tut. Zufrieden schaut Paula in die Runde und wiederholt: »Wir machen das nicht mehr lange mit!«

Als würden sie gezwungen, ihren Keller zu vermieten. Seit über 20 Jahren haben sie im Sommer fremde Leute aus aller Herren Bundesländer in ihrem Keller und auf ihrer Terrasse hocken, und mindestens ebenso lange verkünden sie schon das Ende dieser leidvollen Zeit.

»Wir haben gerade so Bayern«, sagt Paula. »Echte!«

»So richtig echte!« Micha sperrt die Augen bedeutungsschwanger auf. »Dicke Bayern auf Weißwurstentzug.«

»Die wollen hier bestimmt ein paar Immobilien kaufen«, glaubt er. Thomas, sein Vater, zuckt mit den Schultern. »Die sind doch eigentlich ganz in Ordnung. Die kommen uns sogar in …«, er streckt den Arm aus, damit der Ärmel etwas hochrutscht und den Blick auf die Uhr freigibt, »vierzig Minuten abholen.«

»Oh, das ist ja nett«, findet Rainer.

»Ja, aber das machen die auch nicht freiwillig«, beeilt sich Paula klarzustellen. »Die wollten wissen, wie sie sich erkenntlich zeigen können, weil wir denen unsere Klapperscheesen für umsonst ausleihen. Da habe ich gesagt, die können uns heute gerne von der Familienfeier abholen. In ihrem BMW.«

»Soll der Bayer euch nicht auch nach Hause fahren?«, fällt Thomas ein. »Wegen eurem Marder?«

Rainer hätte nichts dagegen, aber Gisela scheint sich vom Schock noch immer nicht erholt zu haben. »Ich steige heute in kein Auto mehr«, sagt sie. »Schon gar nicht in das von Touristen.«

Olaf öffnet die nächste Flasche Sekt. Mit einem anständigen Plopp schießt der Korken durch den Raum, trifft die Grünpflanze, die im Prinzip auch ein bisschen Flüssigkeit gebrauchen könnte. Martina zieht eine Schachtel Zigaretten aus der Handtasche und hakt bei Gisela nach: »Wie muss man sich das denn nun vorstellen mit dir? Erzählst du Wildfremden jetzt was von Wallenstein und so? Hanse. Schwedenzeit. Dass man in der DDR nicht auf der Ostsee surfen durfte. Dass Handy auf Vorpommerisch Ackerschnacker heißt? So was alles?«

»Mhm. Wir machen aber nicht nur klassische Stadtführungen, sondern auch bisschen was Besonderes, kleine Events, also so Extras am Ende.«

»Events!? Wow!« Micha macht sich über seine Tante lustig. Rainer an seiner Stelle würde die Klappe halten, wenn er im Boris-Becker-Autohaus Autos verticken würde. Micha kann ja sonst nichts. Gisela arbeitet wenigstens richtige Konzepte aus, macht sich eigene Gedanken und stellt alles allein auf die Beine, ohne Chef. Sie ist der Chef.

»Ich geh mal frische Luft schnappen.« Martina schüttelt ihre Zigarettenschachtel. Gisela nimmt die Aufforderung zur Begleitung gerne an. »Ich komm mit.« Sie sind noch gar nicht aus der Tür, da fragt sie Martina schon wieder nach dem Marquardt. Der scheint neuerdings extrem interessant für Gisela zu sein. Sie hat sogar schon eine Kooperation mit ihm am Laufen. Ob Rainer sich Sorgen machen muss?

»Aaah!« Ein furchterregender Schrei fährt Rainer ins Knochenmark. Das Geburtstagskind hat den Sekt umgekippt. Geistesgegenwärtig greift Rainer in Giselas Handtasche. Doch statt einer Packung Zellstoff oder Tempo, wie es ja nun schon seit einigen Jahren heißt, ertastet Rainer etwas Kleines, Hartes. Ein Mundspray? Kann nicht sein, so was benutzt Gisela nicht. Hat sie auch nicht nötig. Er hält die Tasche mit beiden Händen auf und späht hinein. Ein Pfefferspray, noch mit Preisaufkleber dran. Ob sie von einem ihrer Touristen belästigt worden ist? Nun gut, wenn man mit Menschen arbeitet, muss man sich wahrscheinlich schützen. Heutzutage hat ja jeder Zweite psychische Probleme. Wer kein Burn-out hat, hat Depressionen, und wer keine Depressionen hat, der kriegt sie irgendwann. Spätestens, wenn er ein Elternteil im Pflegeheim abgibt.

Pimm's und Butterfly

Da stimmt was nicht. Gisela hat sich auf den Weg gemacht. Im Gepäck zwei Theorien und das Pfefferspray. Die eine Theorie: Rosi antwortet seit der Früh nicht auf Giselas Handynachrichten, weil sie nicht *will*. Zweite Möglichkeit: Rosi reagiert nicht, weil sie nicht *kann*. Wenn Rosi nicht ans Telefon gehen und nicht zurückrufen *will*, dann hat sie in dieser ganzen Touristensache vielleicht Dreck am Stecken, und das könnte für Gisela im Moment gefährlich werden. Wenn Rosi nicht antworten *kann*, dann sitzt sie höchstwahrscheinlich in der Klemme und braucht Hilfe. In letzterem Fall, hofft Gisela, hat die Hilfe noch einen kleinen Augenblick länger Zeit, denn wenn sie schon mal hier in dieser Gegend ist, dann schuldet sie ihren Eltern einen kurzen Besuch. Gisela steigt aus dem Bus. Augenblicklich überfällt sie Orientierungslosigkeit inmitten der Plattenbauten, die sich in den Farben der Balkone unterscheiden, sonst aber kaum. Wer hier wohnt, ist irgendwie anders. *Abgebrühter.* Die, die es nicht besser wissen, würden vielleicht sagen: ärmer dran. Gisela hat Respekt vor dem Leben im Plattenbau. Was dort alles die Nachbarn mithören können, bei den dünnen Wänden. Da muss man schon einigermaßen schmerzfrei sein, auf beiden Seiten der Wände. Für Rainer wäre das nichts. Und ja!, Gisela hat Vorurteile. Zum Beispiel findet sie, dass die hiesigen Straßennamen überhaupt nicht in diesen Stadtteil passen, weil hier Heinrich Heine, Arnold Zweig und Maxim Gorki wohl die wenigsten lesen. Man vergnügt sich, wenn überhaupt, bestimmt eher mit Biografien von Menschen, die man aus dem Fernsehen kennt. Aber sie kann sich auch täuschen. Gisela ist selten in Knieper West unterwegs. Eigentlich nur, wenn sie ihre Eltern besucht, die hier beide auf dem Zentralfriedhof begraben sind. Gisela versucht 14-tägig nach dem Rechten zu sehen. Manchmal vergehen aber auch drei oder vier Wochen, und dann sind Blumen und Gewissen schon ganz welk. Dabei sind drei oder vier Wochen eigentlich ein ganz guter Schnitt. Wenn Rainer und sie erst unter der Erde liegen, wird keiner so häufig vorbeikommen können, um die Stiefmütterchen zu gießen. Kati wohnt in Berlin und Christoph in Bremen. Immer mal wieder versucht Gisela ihren Mann von einer Seebestattung zu überzeugen. Sie persönlich fände das praktisch. Plumps! Man würde einfach über Bord geworfen und wäre keine Belastung mehr für die Hinterbliebenen, auch nicht finanziell. Aber es ist schwierig, mit Rainer über Beerdigungen zu reden. Er verdreht dann bloß die Augen und geht woandershin. Ja, aber wenn's jetzt passieren würde? Dann wäre das Gejammer groß. *Wohin mit meiner Gisela? Unter die Erde? Über Bord?* Die Zweifel und Selbstvorwürfe würden seiner ohnehin schon vorhandenen Depression den Rest geben. Und dann bliebe alles wieder an Kati und Christoph hängen.

Gisela stellt den Blumenstrauß vor das Urnengrab. Mit den Nelken von Lidl hat sie nur gute Erfahrungen gemacht. Die halten sich ganz prima. Mit der Zeitung von heute fegt sie kleine Stöckchen vom Grab und entschuldigt sich für den flüchtigen Besuch. An das Reden mit dem Nichts hat sie sich gewöhnt, so wie man sich eben an alles gewöhnt.

»Hab gerade viel am Hut. Ich geh noch mal rüber, Mutti Guten Tag sagen. Bis denn, ne, Papa!? Ach, und keine Sorge, hab alles im Griff. Könnt ja trotzdem ein bisschen auf mich aufpassen von da oben und ab und zu mal Zeichen geben. Okay? Tschüss.«

Die Gräber ihrer Eltern liegen ein Stück auseinander. Das ließ sich nicht anders einrichten, aber Gisela hatte auch vergessen danach zu fragen. Man hätte sie damals ruhig darauf hinweisen können, dass es sinnvoll wäre, ein Doppelgrab zu reservieren. Hinterher ist man immer schlauer. Und Gisela ist guter Hoffnung, dass die Seelen der Verstorbenen mühelos über die Distanz hinweg in Kontakt treten können, wann immer sie wollen. Irgendeinen Vorteil muss das Körperlose ja haben. Apropos Körper, Gisela muss mal. Auf dem Weg zur Friedhofstoilette sieht sie ihren Nachbarn Jürgen Schlünz zwischen Gräbern harken. Interessant. Es geht das Gerücht, er hätte Burn-out. Ist wohl tatsächlich nur ein Gerücht. Und ein dämliches dazu. Ein Friedhofsgärtner mit Burn-out. Das müsste dem Jürgen dann allerdings auch erst mal jemand nachmachen. Hoffentlich sieht er sie nicht. Gisela huscht im Schutz einiger Büsche zur Friedhofstoilette. Als sie vom Klo kommt, steht er vor ihr, bedrohlich nah, mit einer Sense in der Hand. Wie der Sensenmann, denkt Gisela und schluckt nervös.

»Hallo, Gisela.«

»Hallo, Jürgen«, sagt sie und tritt sicherheitshalber einen Schritt zurück. »Na? Alles gut? Ich hab's leider eilig.«

»Na, denn wünsch ich einfach ma 'nen schönen Tach.« Jürgen lässt die Sense sinken und stützt sich auf den Stiel.

»Joa, danke. Grüß deine Mutter. Tschüssing.« Sie dreht sich um. Aber so leicht lässt er sie nicht davonkommen.

»Ach, Gisela?!«

»Ja?«

»Sechstausendsechshundert waren es. Deutlich weniger als letztes Frühjahr. Da waren es zwölftausendzweihundert. Glaube nicht, dass jetzt noch welche kommen.«

Gisela braucht einen Augenblick, um zu kapieren, wovon er redet. »Ach, echt?« Interessiert sie natürlich nicht die Bohne, wie viele Kraniche im Frühjahr über Stralsund hinweggeflogen sind. Aber Touristen interessiert so was. Und wie! Als neulich ein Kranichzug den Himmel für einen kurzen Moment verdunkelte, machten ihre Touristen nur noch *aaah* und *oooh*. Die Leute sind ganz verrückt nach Kranichen und Wildgänsen. Das muss die Faszination für Freiheit sein, das alte Lied vom Fliegen, die Sehnsucht nach Natur, Nils Holgersson oder so was in der Art. Jürgen war damals zufällig an der Touristengruppe vorbeigelaufen. Seither hält er seine Nachbarin in Sachen Kranichsichtungen auf dem Laufenden. Ob sie will oder nicht. Sie tut, als würde sie wollen. Man will ja weder einen Nachbarn vor den Kopf stoßen noch sich die Möglichkeit verbauen, eines schönen Herbsttages eine Stadtführung der besonderen Art mit ornithologischem Extra anzubieten. Kurz: Gisela kann Jürgen und sein Expertenwissen zum vorpommerschen Federvieh später vielleicht noch gut gebrauchen. Als Selbstständige muss sie sich so jemanden warmhalten.

»Jürgen, ich muss los.«

Jürgen sieht ein bisschen unzufrieden aus. Vielleicht doch Burn-out. Oder er hätte gerne noch was über diesen kleinen braunen Vogel erzählt, der fröhlich über das Grab von Frau Pfennig hüpft.

Rosi wohnt nur ein paar Schritte vom Friedhof entfernt, in der Hans-Fallada-Straße 7. Eine unheimliche Hausnummer.

Gisela verlangsamt ihren Schritt, ihr kommt ein Gedanke. Ja, was, wenn Rosi sich so vehement gegen ihre investigativen Überlegungen wehrt, weil sie tatsächlich selber etwas mit dem Touristensterben zu tun hat? Auf irgendeine Weise. Als Täterin. Oder als Opfer. Vielleicht ist Rosi auch schon tot!? Zuzutrauen ist ihr alles. Nein, Rosi ist eher der Typ Täterin und nicht Opfer. Gisela muss an den Staatsbesuch denken, damals zu DDR-Zeiten, als alle Fähnchen schwenkend auf den Fensterbrettern saßen, während die schwarze Staatslimousine durch die Straße fuhr und Rosi – peng! peng! – mit einer Wasserpistole schoss und das witzig fand. Die darauffolgenden zwei Wochen Knast und Verhör waren bestimmt nicht zum Lachen. Gisela bleibt stehen. Eine Katze. Von links nach rechts. Oh nein! Soll sie umkehren und zurück nach Hause fahren? Schon ist die Katze wieder weg, verschwunden hinter einer der unzähligen Häuserecken, die hier in der Plattenbausiedlung alle so gleich aussehen, dass Gisela im nächsten Moment schon nicht mehr sagen kann, von wo nach wo die Unglücksbringerin gelaufen ist. Gisela atmet tief durch und gibt sich einen Ruck. Sie beeilt sich die letzten Schritte. Vielleicht ist Rosi ja noch nicht ganz tot – falls diese Option tatsächlich zur Debatte steht. Es dauert eine Weile, bis Gisela unter den 80 Klingelschildern den Namen Hafenmeister findet. Pagels? Ob das der ehemalige Kollege von Rainer ist, *der* Pagels? Ah, hier, und Siefers? Guck mal an, Heidi und Bernd wohnen zufällig bei Rosi im Haus. Ja klar, Hans-Fallada-Straße 7, fällt Gisela ein, da wohnen Siefers schon immer. Die Welt ist klein. Besonders in Stralsund. Der Türöffner summt. Eine Männerstimme bestellt Gisela ohne weitere Fragen in den achten Stock. Gisela drückt gegen die Tür. Huch! Dieser Hausflur. Komplett versteinert und verfliest; steril, kahl, kalt, unwohnlich, ungemütlich. Irgendwie gruselig, wenn man's nicht gewohnt ist. Oder ist es gar nicht dieser Hausflur, der einem diese unheimlichen Gefühle macht, sondern die Vorstellung, man könnte im achten Stock gleich einer Knarre oder einer Toten gegenüberstehen? Gisela nimmt den Aufzug. Sie schwitzt. *Love you to death,* hat jemand mit einem Edding an die Fahrstuhlwand geschrieben. Im Türspalt steht Rosis neuer Mann Markus oder Matthias. Oder so ähnlich. Und was heißt schon neu? Zwölf Jahre hat sie den wohl nun auch schon wieder, denkt Gisela.

»Tach. Rosi nicht da?«

»Uuups«, sagt er. Ein echter Meister Proper; muskulös, aufgepumpt, Glatzkopf, Tarnfarbenhose. Bestimmt ein Angler, einer von denen, die es kaum übers Herz bringen, den Wurm aufzuspießen. Meister Proper zieht ein Handy aus einer seiner unzähligen Hosentaschen und schaut drauf.

»Rosi ist seit ungefähr einer Stunde mit Ihnen verabredet.«

Gisela schaut ihrerseits auf die Uhr. Seit halb vier soll sie mit Rosi verabredet sein? Das wüsste sie aber. Und warum siezt er sie?

»Ähm«, macht Gisela.

Er bedenkt sie mit einem vorwurfsvollen Blick an, sieht aus wie: Na toll. Versetzt meine Frau und stehst hier noch blöde rum.

Gisela weiß nicht, wie weiter. Immerhin scheint es Rosi bis vor anderthalb Stunden noch gut gegangen zu sein. »Sie war heute Vormittag hier, oder?«, fragt sie zur Sicherheit.

»Nee, da war sie auch schon unterwegs, irgendwat wegen der Stadtführungen erledigen.« Meister Proper schaut schon wieder auf die Uhr. »Ich ruf sie mal an und sag ihr, dass da wat schiefgelaufen ist.« Er hält das Handy an sein

Ohr, ohne den vorwurfsvollen Blick von Gisela abzuwenden. Vielleicht guckt der einfach von Natur aus so, denkt Gisela. Sie versucht es nicht persönlich zu nehmen. Es dauert eine Weile, aber dann nimmt Rosi seinen Anruf tatsächlich entgegen.

»Schatz, wo bist du? ... Ah, aber ohne Gesellschaft, stimmt's? ... Na, ohne deine Kollegin. ... Äh, weil sie hier ist?! Ach soo. Ach, dann hab ich das ... okay. Na, das hätte sie mir ja auch ... Gut, bis denni. Knutscher.«

Er steckt das Handy zurück in seine Hosentasche. »Seien Sie ehrlich«, sagt er. »Sie haben es vergessen?!«

»Was?«

»Ihre Verabredung mit Rosi um fünf.«

»Ähm, nee, ich war nur gerade, also, bei meinen Eltern auf'm Friedhof und dachte, ich nehm Rosi gleich mit.«

»Warum sagen Sie das denn nicht gleich? Na dann mal hoppigaloppi.« Meister Proper klatscht in die Hände.

Gisela imitiert den Sitz auf einem Pferd und schnalzt mit der Zunge. Das Eis ist gebrochen. Meister Proper grinst zum Abschied. Beunruhigt steigt Gisela in den Fahrstuhl. Auch um 17 Uhr ist sie nicht mit Rosi verabredet. Ganz sicher nicht. Um 17 Uhr will sie heute mit Rainer die Vermisstensendung auf Vox gucken. Da finden laut Vorschau heute 80-jährige Zwillingsschwestern nach Jahrzehnten der Trennung wieder zusammen. Das wollen Rainer und Gisela nicht verpassen. Kurz bevor sich die Fahrstuhltür schließt, schiebt sich eine Faust dazwischen. Mit einem Ruck hält die Tür kurz inne, bevor sie sich wieder öffnet. Meister Proper sieht besorgt aus: »Frau, äh, Gisela. Kann man dat glauben?«

»Was denn?«

»Na ja, die ist ja heute schon den ganzen Tag unterwegs, und jetzt wollte sie angeblich noch Fischfutter für das

Aquarium kaufen. Ich bin mir sicher, sie hat heute Morgen vier gesagt und nicht fünf, also, dat ihr euch um vier trefft. Und jetzt fünf? Ob da wat anderes los ist?«

Gisela wirft den Kopf nach hinten und lacht, so laut sie kann, dabei hat sie ja selber das Gefühl, dass da was anderes los ist. Und zwar nichts Gutes.

Meister Proper lächelt verlegen. »Hätt ja sein können.«

An der Bushaltestelle setzt sich Gisela auf die Bank und braucht erst mal ein paar Tic Tac. Sie mag die orangen, was Rainer *typisch* findet. *Bloß nicht die ganz normalen! Immer eine Extrawurscht, seine Gisela.* Aber zum Durchatmen bleibt keine Zeit. Das Handy klingelt. Hektisch wühlt sich Gisela durch ihre Tasche, vorbei an Pfefferspray, Taschenkalender, Flyern der Konkurrenz und Schlüsselbund. »Mann, wo ist das blöde Ding?« Es hat sich zwischen die Seiten der Zeitung geschoben. *Wkstatt,* steht auf dem Display. Hat sie mal nachlässig abgespeichert, die Nummer der Autowerkstatt.

»Klawitter?«

»Autoteile Kruse. Tach. Ihr Auto ist fertig.«

»Gut, hol ich ab. Danke.«

»Und dann fahren Sie damit am besten gleich zur Polizei.«

»Polizei?«

»Da hat jemand an den Bremsschläuchen rumgemacht.«

Gisela sackt in sich zusammen. »Kein Marder?«

»Nee«, er lacht, als sei es lustig. »Höchstens ein Marder mit Bohrerzähnen. Da hat jemand die Bremsleitungen angebohrt. Das ist heutzutage nicht mehr so mit Schläuchen und Mardern.«

»Oh. Aha.«

»Ich kann Sie aber beruhigen. In den allermeisten Fällen

handelt es sich nicht um einen echten Mordanschlag. Meistens wollen sie einem nur einen Schrecken einjagen und gehen von einem Blechschaden aus.«

»Ja, na gut. Danke.« Gisela legt auf. Ihr Herz wummert. Mordanschlag. Hitze steigt in ihr auf wie zu den besten Wechseljahreszeiten. Sie leert die Tic-Tac-Dose direkt auf die Zunge.

Gehe jetzt zur Polizei. Kann 17 Uhr nirgends sein. Glg Gisela, tippt sie ins Handy. Dieses Mal kommt Rosis Antwort prompt: *Stopp! Bleib, wo du bist.* Bling! Gleich noch eine SMS hinterher. *Ich ruf dich an. Warte.*

Gisela versucht sich zu sammeln, an dieser Bushaltestelle in Knieper West. Auf vier Spuren rasen die Autos an ihr vorbei, wie in einer großen Stadt. Auf dieser Straße kommt höchstens ein Tourist auf 2000 Autofahrer, einer, der den Eingang vom Tierpark verpasst hat. Das Smartphone klingelt. Zur Melodie von *Guantanamera* erscheint Rosis Name auf dem Display.

»Na, hallöchen.« Giselas Begrüßung fällt schnippisch aus. »Du warst bei mir zu Hause?«

»Du rufst ja nicht zurück. Und Festnetz hast du auch nicht. Ich habe mir Sorgen gemacht, Mensch. Wird ja wohl erlaubt sein. Schon mal heute einen Blick in die Zeitung geworfen?«

»Hast du mit meinem Matze gesprochen?«

»Klar.«

»Was hat er gesagt?«

»Dass du mit mir verabredet bist.«

»Was hast du gesagt?«

»Ich hab natürlich gelogen. Toll. Hab gesagt, dass ich dich abholen wollte. Ich habe mir wirklich Sorgen gemacht. Wo bist du denn?«

»Mist. Und was hat Matze dann gesagt?«

»Dass du Fischfutter kaufst.«

»Und hat er das geglaubt?«

»Das ist mir doch egal. Rosi! Wo! Bist! Du?«

»Du, das erzähl ich dir mal in Ruhe. Versprochen. Geht jetzt nicht. Du brauchst aber jedenfalls nicht zur Polizei. Ich lebe noch.«

»Schön. Freut mich für dich. Aber ich lebe vielleicht nicht mehr so lange.« Gisela hält die Hand vor den Mund und spricht flüsternd weiter. »Unsere Bremsschläuche waren manipuliert. Da wollte mich jemand aus dem Weg schaffen. Ich habe Angst! Also, ich habe wirklich richtig dolle Schiss.« Dann spricht sie laut und deutlich weiter. Falls Mörder in der Nähe sind, sollen sie es ruhig hören. »Ich fahre jetzt mit dem Bus zur Polizei.«

»Nein, Gisela. Warte. Ich muss mit dir reden. Komm ins Mariencafé. Bitte!«

»Jetzt?«

»Ja.«

»Warum?«

»Bitte.«

Eine Falle? Immerhin belügt Rosi auch ihren Matze.

»Also, ich weiß nicht, ich glaub, ich muss erst mal zur Polizei, wegen der Bremsen, und danach können wir Kaffee trinken.«

»Gisela! Ist wirklich wichtig. Erst Kaffee und dann weitersehen, okay?«

Gisela zögert. Bevor sie sich im Wartezimmer über den Weg gelaufen sind, hat sie Rosi viele Jahre nicht gesehen. Wer weiß, vielleicht war sie sogar mal im Knast. Es soll ja Menschen geben, die sich dort radikalisieren.

»Rosi?«

»Ja?«

»Ich hab Familie, die mich braucht, ne?«

»Also, ich glaube, deine Kinder kommen schon gut ohne dich zurecht«, findet Rosi. »Bis gleich, ja?«

»Okay!« Gisela gibt nach, weil der Bus kommt. Und im Bus telefonieren ist wie in Knieper West mit dünnen Wänden wohnen. Das ist ihr viel zu privat. Da geht sie doch lieber das Risiko ein, ein Kaffeetrinken mit Rosi nicht zu überleben.

Noch immer unversehrt und ziemlich erleichtert, dass ihr auf dem Weg nichts zugestoßen ist, betritt Gisela das Mariencafé auf dem Neuen Markt. Die Bedienung lehnt gelangweilt am Tresen und starrt zur Bumm-bumm-Musik aus den mannshohen Fenstern. Rosi sitzt vor einem Bild, das aussieht wie die Bilder, die von Straßenhändlern entlang der Seine verkauft wurden, 1990, als Gisela mit Rainer und den Kindern das erste Mal im kapitalistischen Ausland war. Solche Bilder mit Straßenlaternen, grazilen Katzen, Dirnen und Cancan-Tänzerinnen. Aufregend war das, zu aufregend für Rainer und Christoph. Beide hatten an drei von den sieben Tagen in Paris Kotzeritis! Gisela hat sich eingeredet, sie würde später noch mal nach Paris fahren und in dieses Pyramidenmuseum gehen. Aber da gab es ja plötzlich noch die anderen 100 Länder, in die sie nun reisen konnte, und außerdem hatte sie im Nachhinein gedacht, schönere Bilder als die, die am Seine-Ufer verkauft wurden, würde es im Louvre sowieso nicht geben.

Rosi winkt ungeduldig. Sie hat eine Art Cocktail in Orange vor sich stehen. Gibt es was zu feiern?

»Einen Eiskaffee, bitte!«, bestellt Gisela, während sie sich einen Weg durch die leeren Stühle hindurchbahnt.

»Nun mal nicht so hektisch, junge Frau.« Die Bedienung stößt sich mit der Hüfte vom Tresen ab. »Ich komme gleich zu Ihnen.«

Rosi zupft an ihrem Pony und nimmt einen gewaltigen Schluck von dem Orangen. Gisela muss an den Marder denken. Ob die Polizei so etwas ernst nimmt? Und ob Rosi tatsächlich schon mal im Gefängnis war?

»Na? Schieß los!« Gisela lässt sich auf den Stuhl fallen. Früher ging das noch etwas galanter, mit zunehmendem Alter ist sie irgendwie schwerfälliger geworden. Bevor Rosi sagen kann, was los ist, hat sich nun die Bedienung herbeibemüht und will wissen, was es denn jetzt sein dürfe.

»Eiskaffee«, wiederholt Gisela.

»Aha.« Die Bedienung schreibt sich das auf einen Zettel, bevor sie wieder geht.

»Also, Rosi«, Gisela lehnt sich über den Tisch. »Warum lügst du uns alle an?«

»Pfff«, macht Rosi. »Euch alle!?«

»Dein Matze denkt, du bist mit mir verabredet, und mich rufst du nicht zurück. Warum?«

»Ja, das kann ich dir erklären«, behauptet Rosi. »Irgendwann mal. Aber erst mal haben wir ein anderes Problem.« Sie zieht aus ihrer bunten Stofftasche die Zeitung von heute – die, die Gisela auch mit sich herumträgt, die mit den Wasserleichen.

»Du darfst NICHT wegen der Bremsschläuche zur Polizei gehen«, sagt Rosi beschwörend.

»Ich *muss*«, antwortet Gisela mit Nachdruck. »Man will mich töten.«

»Gisela.« Rosi greift nach ihrer Hand. »Das geht nicht.«

»Warum nicht?«

»Weil du recht haben könntest mit den Listen und so.«

Sie legt ihre flache Hand auf die Zeitung. »Schon gelesen heute?«

Gisela nickt. »Sind unsere, oder?«

Rosi kneift bestätigend die Lippen zusammen: »Die Flensburger. Weißte noch, die sind uns mit Lübeck und so die ganze Zeit auf den Senkel gegangen.«

Klar weiß Gisela das noch. »Und die sind jetzt wirklich tot, ne?«

Rosi atmet tief ein und aus. »Mensch, Gisela, Wichmann nicht zu erreichen und die Flensburger tot.«

»Und die Lohmeier vermisst«, ergänzt Gisela.

»Alle von uns!«, fasst Rosi das Problem zusammen. »Das ist doch kein Zufall.«

»Sag ich doch!«

»Sag ich ja jetzt auch.« Rote Flecken bilden sich auf Rosis Hals. Endlich! Endlich begreift sie den Ernst der Lage. Und jetzt nichts wie ab zur Polizei. Gisela schiebt mit den Kniekehlen den Stuhl nach hinten und steht auf. »Wir nennen der Polizei jetzt Namen. Alle, die bei unseren Stadtführungen dabei waren, brauchen Polizeischutz. Sonst gehen die alle hops. Und wir vielleicht auch. Komm.« Gisela greift nach Rosis Ärmel. Aber Rosi bewegt sich kein Stück.

»Eiskaffee!« Die Bedienung stellt das Getränk für 5,20 Euro auf einen Wernesgrüner-Untersetzer. Auffordernd guckt sie Gisela an. Sie stehen sich für einen Moment wie Cowboys gegenüber, Auge in Auge. Gisela gibt nach und setzt sich wieder. Wenigstens die Hälfte kann sie ja noch trinken. Zufrieden mit dieser Entscheidung macht die Bedienung kehrt.

»Pass mal auf, Schnucki.« Rosi steckt die Zeitung zurück in ihre bunte Eulenhandtasche, die ihr angeblich jemand aus Korea mitgebracht hat. Jemand, der wirklich dort gewesen sein soll. »Von mir aus können wir der Polizei die Namen schicken. Aber anonym. Also, die dürfen nicht wissen, dass wir was damit zu tun haben.«

»Wir haben doch auch nichts damit zu tun.«

»Gisela, wenn rauskommt, dass das unsere Leute sind, von denen gerade einer nach dem anderen abgemurkst wird, können wir einpacken.«

Rosi trinkt das Glas leer. Statt es abzustellen, hält sie es hoch und ruft mit befremdlicher Selbstverständlichkeit: »Noch einen Pimm's bitte.«

Noch bevor der nächste Pimm's serviert wird, hat Rosi all ihre Bedenken offengelegt. Sie habe viel investiert und alles, wirklich alles, auf diesen Neuanfang gesetzt. Sie könne es sich nicht leisten, das Unternehmen gegen die Wand zu fahren. Sie hat sogar einen kleinen Kredit aufgenommen, falls sich Gisela bitte daran erinnern möge!

»Verstehe«, sagt Gisela. Und das tut sie auch. Die Gefahr, dass die *Stadtführungen der besonderen Art* nicht mehr gebucht werden, wenn die besondere Art darin besteht, dass die Teilnehmer kurz nach der Führung tot im Wasser schwimmen, ist tatsächlich groß. Und auch Gisela hat einiges riskiert mit der Selbstständigkeit. Die Ersparnisse hat sie trotz Rainers Protest – »Dat wird doch alles nüscht mit der Hafenmeister!« – in die Neugründung des Unternehmens gesteckt, für Werbekosten, Flyer, Recherche, Anträge und solche Dinge. Rainer würde ziemlich triumphieren, wenn dat nun wirklich nüscht würde. Und das Ersparte wäre futsch. Andererseits, was wäre Rainers Triumph, das Misslingen vorhergesagt zu haben, wert, wenn Gisela am Ende mit Foto in der Zeitung erschiene: *Gisela Klawitter, rundliche Statur, blondes kurzes Haar, bekleidet mit einer Jeans, einer Windjacke und einem roten Halstuch. Wer hat sie gesehen? Sie wird vermisst!*

»Noch 'n Pimm's.« Die Bedienung stellt das Orange vor den beiden ab, lustlos, so, wie sie auf dem Rückweg gen Tresen zwei Stühle an einen Tisch zurückschiebt. Gisela denkt kurz darüber nach, sich einen Pflaumenschnaps zu bestellen, falls die hier so was überhaupt haben. Dann sagt sie: »Du, Rosi, du hast ja irgendwie recht, aber wegen der Bremsen, also, ich geh wirklich lieber zur Polizei.«

Rosi greift nun in einer merkwürdig dramatischen Weise nach der Hand ihrer Kollegin. Rosis Finger sind kalt, ihr Griff wie der einer Schraubzwinge. Der Körperkontakt ist Gisela unangenehm.

»Schnucki!« Beschwörend faltet Rosi nun die Hände wie zum Gebet. »Überleg doch mal. Wenn du ein Mörder wärst, und dann sind da zwei, die wissen Bescheid und die wollen zur Polizei gehen, würdest du die dann nicht zur Sicherheit unterwegs abfangen und ...« Rosi streckt Mittel- und Zeigefinger aus und legt sie Gisela an die Schläfe. Gisela zuckt zusammen. Was soll die Bedienung denken?

»Zweimal peng, und der ist solche Nervensägen wie uns los«, glaubt Rosi. »Das geht total schnell.«

»Meinst du echt, der hat uns auch auf dem Kieker?«

»Na sicher. Denk an deine Bremsen.«

Gisela kann eigentlich an nichts anderes mehr denken.

»Ich glaube einfach«, sagt Rosi, »es ist sicherer, sich so unauffällig wie möglich zu verhalten, solange nicht klar ist, was genau hier läuft. Vielleicht ruft der uns ja mal an oder so. Dann haben wir was in der Hand. Aber so? So haben wir nur die Namen von Leuten, die an unseren Stadtführungen teilgenommen haben, und die können wir ja auch der Polizei per Post schicken. Ob wir die nun persönlich übergeben oder anonym, is doch wumpe.« Und um Gisela noch das letzte Fünkchen Angst zu nehmen, tritt sie ihrer Firmenpartnerin dezent gegen das Schienbein und öffnet unter dem Tisch ihre Korea-Handtasche. Gisela versucht unauffällig hineinzuspähen. So ein Messer hat Christoph eine Weile mit sich herumgetragen, als er 17 war. Ein Butterfly. Das ist natürlich noch mal eine andere Nummer als das Pfefferspray, das sich Gisela neulich im Zoogeschäft geholt hat.

»Gehört Matze«, flüstert Rosi und guckt rüber zur Bedienung. Die schert sich aber gerade nur um etwas, was ihr zwischen den Zähnen festhängt.

»Und wer weiß«, Rosi stellt die Tasche zurück unter den Stuhl und lehnt sich entspannt zurück, »ob es nicht doch Zufall ist. Am Ende machen wir uns lächerlich. Wenn das Gerücht erst mal in der Welt ist – weißt ja, wie dat is. Dann sind wir für immer und ewig die, bei denen alle abgemurkst werden.«

»Also, meine Bremsen waren angebohrt. Das ist kein Gerücht.« Beim Gedanken daran, auf jemandes Kieker zu sein, läuft Gisela ein Schauer über den Rücken. Sie schlürft mit dem Strohhalm die Sahne von der inneren Glaswand ab. Jetzt hat sie doch den ganzen Eiskaffee geschafft. Und möglicherweise hat Rosi recht. Mehr als die Namen haben sie sowieso nicht. Im Zweifel kommen die Listen lieber unauffällig zur Polizei. Der Mörder weiß Diskretion vielleicht zu schätzen. Rosi ist bereits einen Schritt weiter in den Überlegungen. Das mag an ihrem Pimm's liegen.

»Ich habe über Karin Blohm nachgedacht«, sagt sie. »Weißt du, ich hab mich gefragt, wer was gegen uns haben könnte. Wer könnte versuchen wollen, unser Business kaputtzumachen? Da fällt mir sofort die Blohm ein.«

»Die Blohm. Wie meinst'n das?«

»Ja, die fällt mir halt ein. Die ist doch stinksauer, dass wir ihr jetzt Konkurrenz machen. Stinksauer ist die. Hat sie selber zugegeben. Gedroht hat sie uns sogar. Weißt nicht mehr? ›Wenn ihr mir Leute abzieht‹, hat sie gesagt, ›dann …‹«

»Hat sie nicht gesagt, dass es genug Touristen für uns alle gibt?« So erinnert Gisela das.

»Sie hat gesagt: Solange es noch genug Touristen für uns alle gibt, ist es ja kein Problem. Aber wenn die mal knapp werden und wir ihr Leute abziehen, dann …«

»Das war 'n Witz, Rosi, wegen dem Erdöl. Weil alle so tun, als würde hier keiner mehr Urlaub machen, wenn die hier einen Bohrturm aufbauen.«

»In jedem Witz steckt ein Körnchen Wahrheit«, meint Rosi und erhebt ihren Pimm's auf diese Weisheit.

»Sie war es aber nicht«, ist sich Gisela sicher. »Fiete hat den Täter nämlich gesehen, und die Blohm hätte er wohl erkannt.«

»Woher weißt'n dat schon wieder?« Rosi stellt das Glas ab, ohne einen Schluck getrunken zu haben.

»Von Rainers Cousine Martina. Die ist doch beim *Sundblatt.*«

Rosi greift erneut nach ihrem Glas und leert es dann in einem Zug.

Vor der Hacke ist es duster

Vor der Hacke ist es duster. Mit diesen Worten begann Olafs Studium des Markscheidewesens an der TU Freiberg, und mit ebendiesen Worten endete sein Referendariat beim sächsischen Oberbergamt. Auch während seiner Beflissenenausbildung musste er sich einige Male darüber aufklären lassen, dass es vor der Hacke duster sei. Sogar an seinem Hochzeitstag ist er nicht verschont worden. Gleich mehrere Freunde haben ihm diese Weisheit vor sechs Jahren mit auf den Weg in die Ehe gegeben.

Ungewissheit hat Olaf nie beunruhigt. Was immer ihn im Inneren eines Bergs erwartet, er hat keine Angst davor. Keinen Augenblick hat er gezögert, als ihn die auf den Monat genau zehn Jahre ältere Martina fragte, ob er ihr nicht vielleicht einen Heiratsantrag machen wollte. Klar. Er wollte. Als er es tat, war er 32 Jahre alt, bereits drei Jahre mit Martina liiert und gerade zu ihr gezogen, zurück in seine Heimatstadt Stralsund. Mittlerweile leitet Olaf das Dezernat 3 in der überflüssigsten Behörde Deutschlands. Diesen Titel hat ein bekanntes Nachrichtenmagazin dem Stralsunder Bergamt vor seiner Zeit verliehen. Überflüssig – nun, überflüssig findet seine Arbeit mittlerweile wohl niemand mehr. Das beweisen zahllose Telefonanrufe, Mails, Briefe und unangenehme Begegnungen mit ungeduschten Greenpeace-Aktivisten im Fahrstuhl, wo man sich neuerdings Fragen zur eigenen Moral, zu Verantwortung und Gewissen stellen lassen muss. Olaf locht zwei weitere Einwendungsformulare, die im Rahmen der Umweltverträglichkeitsprüfung bei ihm eingegangen sind. Seit die Firma Oiltec hier oben erfolgreich ihre Testbohrungen beendet hat und nun die weiteren Schritte zur Erdölförderung vorantreibt, herrscht Aufregung in der Bevölkerung. Vorpommern schwimmt auf Millionen, vielleicht Milliarden, und Herr Thiedemann aus dem Ahornweg 12a möchte nicht jeden Morgen vom Abtransport des Erdöls geweckt werden. Er möchte ausschlafen können. Das sei unzumutbar. Und Familie Winschelwo hat noch ein paar ganz neue Hinweise zu den Gefahren des Fracking. Olaf hat den Eindruck, dass die Stralsunder zu viele amerikanische Ölfilme geguckt haben. Wirklich ärgerlich, dass sich die Leute mit ihrem Halbwissen öffentlich so ereifern. Höchstwahrscheinlich kommt das Fracking-Verfahren hier überhaupt nicht zum Einsatz. Alle wollen sie mit ihren Autos zu Real oder ins Küchenstudio fahren, aber das Öl, das sie für ihre Autos brauchen, soll bitte schön nicht vor ihrer Haustür gefördert werden. Lässt ja auch jeder seinen Hund nur vor fremde Haustüren kacken. So ist der Mensch eben. Ganz ehrlich, Olaf kann die Aufregung nicht verstehen. Die sehr ernst zu nehmenden Hinweise auf ein riesiges Erdölvorkommen an der Küste Vorpommerns sollten Grund zur Freude sein. Das sind doch durchaus positive Nachrichten für das Land. Dafür verschieben andere Länder Landes- und Naturreservatsgrenzen. Erdöl könnte Mecklenburg-Vorpommern finanziell sanieren und die Region reich machen, wie zur Hansezeit. Jeder einzelne Bürger würde davon profitieren. Das Erdöl könnte das Land unabhängiger machen vom Rest der Welt, stark wie nie in Europa. Aber Herr Thiedemann möchte ausschlafen, und Winschelows haben irgendwo das Wort Fracking aufgeschnappt. Klar, Fracking birgt Gefahren. Angeblich hat es gerade in Amerika ein riesiges Erdbeben ausgelöst. Ein Restrisiko bleibt. Aber im Moment besagen die Fakten, dass dieses Verfahren hier nicht unbedingt zum Einsatz kommen muss. Und falls doch, dann heißt es noch lange nicht, dass auch hier die Erde beben wird. Auch die Befürchtungen, man würde mit einer Erdölförderung das Gesamtkonzept von Vorpommern als Tourismusregion gefährden, hält Olaf für übertrieben. Und wer Olaf nicht glauben will, den verweist er gerne auf die Pferdeköpfe in Lütow. Was? Wie? Wo? Pferdeköpfe auf Usedom? Welche Pferdeköpfe? fragt man erstaunt. AHA! Und dann erzählt Olaf den Leuten von der bereits seit Jahrzehnten andauernden Erdölförderung auf Usedom. Bereits seit DDR-Zeiten wird hier oben Erdöl gefördert. Olaf bezweifelt, dass Winschelows und Thiedemann und all die anderen, die ihn mit ihren Einwendungen aufhalten, die Fördertürme in Lütow kennen.

Olaf stellt den Ordner ins Regal. Ja, die Zeiten sind stürmisch, und er, Olaf Rothbart, befindet sich mittendrin im Geschehen; verbeamtet, verheiratet, verliebt. Nein, die Dunkelheit macht ihm keine Probleme. Viel eher die Klarheit, die bringt ihn völlig aus dem Trott. Es ist ihm so dermaßen klar, dass er sich Hals über Kopf verliebt hat. Er ist richtig verknallt, in der dunklen Nacht wie am helllichten Tag. Am liebsten möchte er Einwendungen gegen das Verlieben schreiben, die ganze Zeit. Jemandem *Fuck* an die Hauswand sprayen und sich selbst zu Moral, Verantwortung und Gewissen befragen. Und wie ist das überhaupt mit unkontrollierten Gefühlen bei Beamten? Ist das zulässig? Er will nicht zynisch sein, aber er hat, als es losging, tatsächlich recherchiert, wie es sich mit Beamtentum und Ehebruch verhält. Dabei ist ihm der Paragraf 77 aufgefallen: die Nichterfüllung von Pflichten. Darin heißt es: *Beamtinnen und Beamte begehen ein Dienstvergehen, wenn sie schuldhaft die ihnen obliegenden Pflichten verletzen. Außerhalb des Dienstes ist dieses nur dann ein Dienstvergehen, wenn die Pflichtverletzung nach den Umständen des Einzelfalls in besonderem Maße geeignet ist, das Vertrauen in einer für ihr Amt oder das Ansehen des Beamtentums bedeutsamen Weise zu beeinträchtigen.*

Nach einigen Überlegungen hat Olaf entschieden, dass hauptsächlich das Vertrauen seiner Frau futsch wäre und sein Amt nicht unbedingt in bedeutsamer Weise beeinträchtigen würde.

Freitag, 13 Uhr, Feierabend. Und trotzdem klingelt das Telefon. Olaf zögert, guckt auf seine Armbanduhr. Na, er will mal nicht päpstlicher sein als der Papst.

»Olaf? Hier ist Heinz. Du, wir haben ein Problem. Irgend 'ne Mauschelei. Müssen wir uns drüber verständigen. Ich komm vorbei.«

»Warte mal.« Olaf guckt auf die Uhr. 13:02. »Jetzt?«

»Jo.«

»Können wir das auf Montag verschieben?«

Am anderen Ende der Leitung bleibt es einen Augenblick still. »Ähm, es geht um Korruption. Das hast du schon verstanden, oder?«

»Ja.«

»Irgend 'ne Mauschelei.«

»Hab's verstanden«, versichert Olaf, »aber ich hab schon was vor jetzt. Hat das denn nicht Zeit bis Montag?«

»Doch, klar«, sagt Heinz. »Montag um 9:30 Uhr steh ich aber auf der Matte.«

Olaf fährt den Laptop runter, schnappt sich seine Siebensachen, schließt das Büro ab und steigt in den Fahrstuhl. Heute muss er pünktlich raus. Er ist verabredet. Mit seiner Frau. Heute wird er Rosi nicht treffen. Rosi! Allein ihren Namen zu denken berauscht ihn. Rosi, die einfach so in sein Leben beziehungsweise über die Türschwelle in sein Büro gestolpert war. Sie hatte sich im Stockwerk geirrt, wollte sich eigentlich ein Stockwerk tiefer über die Fördermöglichkeiten bei Unternehmensgründung beraten lassen. Olaf hätte nie gedacht, dass ihm das passieren könnte. Weil er überhaupt nicht der Typ ist. Er hat noch nicht mal drüber nachgedacht, über eine Affäre und Fremdgehen und all das. Und dann erwischt es ausgerechnet ihn. Scheiße. Ja, er ist verknallt, aber Liebe? Ob er Rosi liebt? Er möchte mit ihr durchbrennen; Hawaii, Havanna, da kann er sich Rosi gut vorstellen, mit ihrer bunten Eulenhandtasche aus Korea. Und hier? Hier, in seiner schönen Wohnung im denkmalgeschützten Haus, Innenstadtlage, Hafennähe, mit Martina, ist es auch sehr schön. Wenn man sich im Schlafzimmer mit dem Rücken an den Schrank und auf Zehenspitzen stellt, kann man im Sommer die Segelmasten sehen. Man weiß die Dinge ja erst zu schätzen, wenn man sie nicht mehr hat. Wie hat er in Freiberg den Hafen vermisst! Und eine Frau wie Martina, eine Hanseatin, mit der man Schwarzbier trinken kann und die furchtlos jeglichen Stürmen trotzt – Olaf war glücklich. Er *ist* glücklich. Schrecklich, dieser Zustand.

»Ein Strohfeuer«, schwört seine Mutter, der er sich in seiner Verzweiflung anvertraut hat. Er solle bloß die Nerven behalten und keine Dummheiten machen. Er hätte halt als Kind nicht so vernünftig sein und ein bisschen kokeln sollen, sagt Olaf sich, dann wüsste er heute, wie Strohfeuer funktionieren. Wie lange brennt es denn bloß noch?

Bevor Olaf den Motor startet, atmet er tief durch. Er wird jetzt seine Martina abholen, seine Frau, und sie werden sich einen schönen Tag machen, wie es Eheleute dann und wann tun. Und er wird versuchen, nicht an Rosi zu denken. Rosi.

Auf der Fahrt nach Putbus, entlang der alten Allee, gibt es nicht viel zu erzählen. Martina findet, sie müsse erst mal runterkommen. Alles Vollidioten in der Redaktion und auch alle anderen. Es sei doch nicht normal, dass im regionalen Teil über die Berliner Bratwurstmeisterschaft größer berichtet werde als über den heimischen Fischbrötchenwettbewerb, nur weil gewissen Leuten diese Veranstaltung nicht passe. Es gehe ums Prinzip. Das sei symptomatisch für einfach alles hier, findet sie.

Das Kopfsteinpflaster rüttelt das Paar ordentlich durch. Über ihnen berühren sich die Kronen der alten Bäume, die beiderseits die Straße säumen. Die Blätter noch zart, hell das Grün. Knallgelb blüht der Raps. Und den riecht man auch. Leben, wo andere Urlaub machen. Aber das Leben ist eben doch etwas anderes als Urlaub. An Rosi will Olaf nach wie vor nicht denken. Auf keinen Fall. Martina lehnt sich rüber und gibt ihm einen Kuss, ganz unvermittelt. Sie ahnt was! Ahnt sie was? Olaf will jetzt wirklich aufhören an Rosi zu denken, an die Art, wie sie ihn anguckt, den Blick senkt und ihren schönen Mund so vielsagend verzieht. Er will nicht an ihre Brüste denken, in den immer zu knappen Blusen. Er will wirklich nicht daran denken, aber ein bisschen wundert er sich doch, warum Rosis Blusen so eng sind, ob sie das gut findet oder ob sie die zu heiß wäscht. Wenn man Rosi nicht kennt, kann man denken, sie ist so eine, die es mit ihren Brüsten in den knappen Blusen darauf anlegt, aber so ist sie nicht. Er weiß, wie sie ist. Vom ersten Moment an hat er das gefühlt. Ja, sie hat ihn verführt. Sie hat angefangen. Aber sie sagt, sie hat sich Hals über Kopf verliebt. Und was soll er denn da machen? Dass sie sich in ihn verliebt hat, kann er ihr beim besten Willen nicht vorwerfen. Und sie hat auch nur angefangen, er hat dann ja mitgemacht.

»Wir sind verrückt«, sagt Martina. »Wann bist'n du das letzte Mal mit dem Roland gefahren?«

»Ähm, keine Ahnung, früher.«

»Also, ich saß schon Jahrzehnte nicht mehr in der alten Dampflok. Waren da nicht so Öfen in den Abteilen?«

»Kann sein.«

Ja, er hat etwas Verrücktes vor mit seiner Ehefrau, abseits der alltäglichen Trampelwege, etwas, das eigentlich nur Touristen machen. Sie wollen mit dem Rasenden Roland fahren. Das war Olafs Idee. Eine Beziehung ist Arbeit, und darum muss man sich manchmal was Besonderes einfallen lassen.

»Doch ganz schön was los«, sagt Martina beim Betreten des Putbuser Bahnsteigs. Olaf nickt. Er hätte auch nicht erwartet, dass außerhalb der Saison noch fünf weitere Menschen im beschaulichen Putbus auf die Schmalspurbahn warten. Ein Kindergartenkind fordert lauthals die Öffnung der Prinzenrolle. Die Eltern versuchen das Ereignis hinauszuzögern: »Wenn wir im Zug sitzen.« Aber das Kind will einen Schokokeks, jetzt, auf der Stelle, denn der blöde Roland komme ja gar nicht. »Aber nur zwei«, bestimmt der Vater. Die Mutter rollt ergeben mit den Augen und ist dann die Erste, die in einen Keks beißt. Auch zwei ältere Damen, beide in beigen Hosen und blauen Jacken, warten auf Roland.

»Als mir in Tibet wandra waret, da hemmir au bloß so a läbbrigs Kaugummibrot kriagt. Genaaaauso hat des heit im Hodel gschmeckt. Wiiiiderlich.«

»Ja, un des isch au so a ohgmiadlichs Klima da hanne. I komm uff koin Fall wiedr. Des isch sooo ohahgnähm.«

Martina findet die Unterhaltung so witzig, dass sie Olaf fortwährend in die Rippen stößt. Olaf bewundert Rosi, die solche Gespräche jetzt ständig ertragen muss.

»Hier isch net ordntlich butzt, des isch a Zuhmuhdung. Ond dann hat der Zug au no Verschbädung. Des isch a Ohding!«

»Die lassen ja kein Klischee aus«, flüstert Martina amüsiert. Olaf mag den schwäbischen Dialekt nicht. Vielleicht mag er auch einfach keine Schwaben, obwohl man das ja so nicht einfach denken darf, ohne dass man schlechte Erfahrungen mit denen gemacht hat. Er mag sie trotzdem nicht. Grundlos. So, wie man sich grundlos verliebt. Das Kind bekommt seinen vierten Keks, und vom Rasenden Roland ist weit und breit noch immer nichts zu hören oder zu sehen.

»So, jetzt bin ich aber mal gespannt«, sagt Martina, als Karin Blohm, die stadtbekannte Stralsunder Nachtwächterin, mit ihrem Collie den Bahnsteig betritt.

»Wieso? Was ist mit der?«, fragt Olaf. Rosi hat ihm erzählt, dass die Blohm sie nicht mehr grüßt, seitdem Rosi auch was mit Touristen macht.

»Ihr Hund. Jetzt will ich mal sehen, ob sie dem was gibt.«

»'n Leckerli?«

»Nee, 'ne Schlaftablette. Der liegt immer wie betäubt auf dem Beifahrersitz, wenn sie ihre Touristen rumkutschiert. Das haben schon ganz viele Leute beobachtet. Die gibt ihm bestimmt irgendwas. Das ist doch nicht normal für 'nen Hund. So alt sieht der nicht aus.«

»Der Köter interessiert doch keinen«, gibt Olaf zu bedenken.

»Pfff!« Martina rollt mit den Augen. »Muss man natürlich ein bisschen größer denken. Tier ruhigstellen. Tierquälerei, Hunde bei Hitze im Auto lassen, so was. Kann schon ›'ne Story‹ geben.«

»Un des Schloss, des woa au net doa.«

»Oh, das Schloss«, mischt sich Frau Blohm sogleich in die Unterhaltung der Schwäbinnen ein. »Ja, hahaha, das Schloss!« Sie hebt den Finger in die Luft. So sieht man sie oft mit einem Umhang und einer Laterne in der Hand in der Dämmerung auf dem Alten Markt stehen, umringt von Touristen, die gerne mit ihr durch dunkle Gassen schleichen wollen. Am Tag fährt Karin Blohm seit einiger Zeit Gehbehinderte und -faule mit einem Kleinbus, dem Pendant zur Bimmelbahn, durch die Stralsunder Straßen.

Mit durchdringender Hupe und schwarzem Qualm über den Baumwipfeln kündigt sich dann doch noch die alte Schmalspurbahn an, bevor sie sich, dampflokschwarz mit roten Rädern, in den Putbuser Bahnhof schnauft. Das Kind hat mittlerweile die halbe Prinzenrolle intus, die Mutter die andere Hälfte.

»Bitte nicht ins Abteil mit den schwäbischen Schreckschrauben«, flüstert Olaf Martina ins Ohr. »Des isch wiiiiiderlich.«

Martina haut ihm belustigt den Handrücken vor die Brust. Sie müsse doch noch weiter beobachten, wie Blohm das mit dem Hund mache, und wo das Putbuser Schloss abgeblieben sei, wisse sie auch gerne. So sitzen sie kurz darauf doch in einem Abteil mit den schwäbischen Schreckschrauben. Martina hat sich das Plätzchen vor dem Ofen gesichert, der nicht in Betrieb und also kalt ist. Olaf ist auch kalt, während er auf den grünen Ledersitzen versucht, nicht an Rosi zu denken. Der Collie pennt zwischen Blohms Beinen, während sie die Geschichte um das Putbuser Schloss am Putbuser Circus, dem letzten Rondellplatz Deutschlands, beginnen lässt, bevor sie auf die vielen Rosenstöcke vor den schneeweißen Putbuser Häusern zu sprechen kommt, den Schlosspark mit den seltenen uralten Bäumen und weißen Hirschen erwähnt und schließlich Fürst Malte den Soundsovielten als einen der wichtigsten Visionäre Rügens preist. So mag man sich Putbus als sagenhaft schöne Kulisse vorstellen. Aber in Wirklichkeit besteht dieser Ort nur aus Fassaden, findet Olaf, mit wenig Substanz dahinter. Der Rasende Roland dampft sich durch dichte Wälder und leuchtende Rapsfelder. Ab und zu vernebelt er für Sekunden die Sicht aus den Fenstern. Mal hüllt er den Wagon in rußgeschwärzten Qualm, mal in weißen Dampf. Martina hat ihren Kopf an Olafs Schulter gelehnt und starrt den schlafenden Collie an. Olaf versucht konsequent, nicht an Rosi zu denken. Es gelingt ihm in den Momenten, in denen er die Schwäbinnen hasst. Die Geschichte des Putbuser Schlosses endet damit, dass es in den Sechzigerjahren abgerissen worden ist. Es fehlte an Geld, an Material und am Willen der DDR-Regierung, das Schloss instand zu setzen. »Tja«, beendet Frau Blohm ihren kleinen Vortrag. »Links ein Schloss, rechts ein Schloss, in der Mitte ein Luftschloss.«

»Des isch schön«, findet die schwäbische Touristin.

Nachdem sie in Binz den Roland verlassen haben, muss Martina sofort einen Witz loswerden: »Ein Paar aus Stuttgart fragt einen Psychotherapeuten: ›Würden Sie uns bitte beim Sex zuschauen?‹ Der Therapeut stimmt erstaunt zu und sagt, als das Paar fertig ist: ›Es tut mir leid, aber ich finde nichts Außergewöhnliches an Ihrer Art, Sex zu haben.‹ Als Honorar für die Sitzung verlangt er achtzig Euro. Im folgenden Quartal wiederholt sich das Ganze: Zweimal in der Woche kommt das Paar, hat Sex, bezahlt achtzig Euro und geht wieder. Nach einiger Zeit fragt der Therapeut: Was genau versuchen Sie eigentlich herauszufinden? Sagt der Mann: Nix! Aber sie isch verheiratet, zu ihr könnet mer net, i bin au verheiratet, zu mir könnet mer also au net! Das Holiday Inn verlangt hundertfünzig Euro für oi Zimmer, das Graf Zeppelin dreihundertsechzig. Wenn mir zu Ihne kommet, dann henn mir a saugut's Alibi, 's koschtet uns nur achtzig Euro, und die Krankenkasse erstattet uns siebenundsechzig, sechzig zurück!«

Olaf stimmt in Martinas Gelächter ein. Ein Paartherapeut – vielleicht wäre das eine Lösung. Die Luft ist frisch, so windig. Man sollte sich öfter durchpusten lassen, aufs Meer schauen, ohne zu wissen, was alle immer daran finden, auf das Meer zu schauen. Tut eben irgendwie gut, berührt einen, macht was mit einem. Ja, aber was? Es bewegt, bewegt die Gedanken. Olaf versucht sich nicht vorzustellen, wie er mit Rosi in einer dieser wunderschönen weißen Jugendstilvillen entlang der Promenade verschwindet. Von dort im weißen Bademantel auf den hölzernen Balkon tritt, seinen Blick über die anderen Bädervillen und die Kiefern schweifen lässt, um auf das Meer dahinter zu schauen, bewegt ist, den Horizont weit, weit weg wähnt. Rosi legt von hinten die Arme um ihn. Drinnen wartet der eisgekühlte Sekt, ein Geschenk des Hauses, für einen angenehmen Aufenthalt.

»Warte mal!« Martina zieht an seiner Jacke. Sie bewundert den Bernsteinschmuck im Schaufenster. »Du hast mir immer noch keinen gefunden«, sagt sie, »und jetzt ist zu spät.«

Er erstarrt. Jetzt lässt sie die Bombe platzen. Weiß sie von ihm und Rosi? Er macht sich bereit. »Warum zu spät?«

»Na ja, weil man jetzt doch keine Bernsteine mehr aufheben soll, weil das alles Phosphor sein kann, von Brandbomben aus dem Zweiten Weltkrieg, hochgradig gefährlich. Brennt so heiß, dass man das nur mit Spezialfeuerlöschern löschen kann. Dachte immer, Feuer ist Feuer. Aber dass ein Feuer heißer sein soll als ein anderes …«

Gemeinsam schlendern sie die Promenade weiter, vorbei an Crêpes, Outdoorjacken, Fischrestaurants, Porträtmalern, allen möglichen Sanddornprodukten, *Waffeln wie zu DDR-Zeiten* und an dem vielen »echten« italienischen Eis. Sie essen jeder einen Eisbecher mit Schirmchen und Streuseln, bevor sie sich die Seebrücke vornehmen. Sie spazieren darauf, als könnten sie über das Wasser laufen wie Jesus. Olafs Gewissen wiegt schwer. Es würde ihn nicht wundern, wenn das Holz unter ihm splitternd zerbräche und ihn ins kalte Wasser fallen ließe. Doch noch bevor ihn eine höhere Macht zur Rechenschaft ziehen kann, dreht sich Martina abrupt um und stürmt los. »Komm«, ruft sie. »Komm mal mit!«

Olaf versucht Schritt zu halten. Er hat in den letzten Jahren etwas zugelegt. Jedes Beziehungsjahr macht ein Kilo mehr, sagt man. Dazu ein Bürojob, und das Unheil nimmt ungehindert seinen Lauf. Weniger ungehindert gerät Martina auf der Seebrücke in eine Busladung fröhlicher Menschen. Ungeduldig versucht sie sich durch die enthemmten Bustouristen hindurchzudrängeln, bleibt aber für einen Moment sogar ganz stecken. Olaf kommt ihr zu Hilfe und entheddert ihre Tasche vom Arm eines älteren Herrn. Genervt bahnen sie sich den Weg weiter durch die urlaubenden Langsamgeher und Stehenbleiber. Als endlich wieder Platz ist, zieht Martina eine Flunsch.

»Das war Christiane Lohmeier«, sagt sie. »Ich bin doch nicht blöd.«

Noch bevor Olaf der Name Lohmeier irgendwie bekannt vorkommen kann, hat Martina das Handy am Ohr: »Martina hier, sagt mal, ist die Lohmeier offiziell wieder aufgetaucht? Die Lohmeier, Christiane aus weiß nicht mehr. Die vom Pilgern nicht wieder nach Hause gekommen ist. Diese Vermisste halt ... Müsst ihr doch wissen. Einer muss es doch wissen, ob die wieder da ist ... Frag den mal. Ich warte. Na, weil ich die eben gesehen habe ... hundertpro. Das war sie. Muss ich die Polizei anrufen? ... Was? ... Wo? O je ... Ach Gott. Im Moment is ja doll. Ja, bin in Binz, ich könnt mal schnell hin, wenn das was nützt ... Na ja, Handykamera halt ... Ja, kann ich machen. Ach so, unser Auto steht in Putbus ... Kann ich ein Taxi? ... Okay, Quittung reich ich dann ein. Ich seh zu, dass ich erst mal hinkomme. Melde mich.«

»Du«, hektisch stopft Martina das Telefon zurück in ihre Hosentasche, »ich muss zum Kreidefelsen.«

»Jetzt!?«

»Ja.«

»Du hast Feierabend«, sagt Olaf, der schließlich auch pünktlich Feierabend gemacht hat, trotz kurzfristig entstandener Korruptionsvorwürfe und einem halben Meter hohem, nicht gesichtetem Stapel Einwendungen.

»Aber in Wirklichkeit bin ich Journalistin«, antwortet Martina stolz. »Wir haben Glück, dass hier so selten was passiert, sonst müsste ich spontan viel öfter ran. Bin im Grunde so was wie die Freiwillige Feuerwehr. Immer auf Abruf.«

»Brennt's denn irgendwo?«

»Da sind zwei vom Kreidefelsen gestürzt. Tot. Alle beide.«

»Oh.«

»Kannst du das Auto in Putbus holen und mich in Saßnitz abholen kommen?«

Da hat sie nun ihre Story. Olaf nickt, bevor er von der zurückkehrenden Meute Bustouristen überrannt wird.

Ein kleiner Schwächeanfall

Die Notaufnahme. Gisela kommt sich deplatziert vor, wie sie da sitzt, auf der Bettkante mit baumelnden Beinen. Die anderen Patienten sehen irgendwie mitgenommener aus, demolierter. Es ging alles hoppladihopp. Zuerst hat Gisela an einen Giftanschlag gedacht. Ihr war plötzlich schwindelig geworden und übel. Puls auf 180, Herzrasen, Schweißausbruch, Enge im Hals, als würde ihr jemand die Kehle zudrücken. Rainer fackelt bei so was nicht lange. Hypochonder eben. Er hatte keine Skrupel, den Notruf zu wählen.

»Vielleicht eine Vergiftung«, hat Gisela auch gleich der Krankenschwester beim Blutabnehmen erzählt.

Was sie denn gegessen habe, wollte die Schwester wissen. Ein Käsebrötchen, bisschen Gurke und einen Kaffee hatte Gisela zum Frühstück gehabt.

»Und wat soll davon vergiftet gewesen sein? Oder haben Sie sich unter die Käsescheibe aus Versehen zu viele Tabletten gelegt?« Die Krankenschwester hielt sie für eine Selbstmörderin.

»Nein, nein, keine Tabletten. Eher die Gurke.«

»Die Gurke!?«

Ohne das im Zusammenhang mit manipulierten Bremsschläuchen und Todesfällen nach einer Stadtführung der besonderen Art zu sehen, klingt eine Gurkenvergiftung dämlich. Zugegeben. Gisela fiel erst etwas später Martinas Anruf während des Frühstücks wieder ein, der wohl der wahre Auslöser dieses Unwohlseins gewesen sein dürfte.

»Hallo, Gisela. Du, wollte nur Bescheid geben, dass ich heute nicht zum Kaffeeplausch zu deiner Schwiegermutti kann. Da muss sich jemand anderes für Ingeborg erbarmen. Man braucht mich in der Redaktion. Hier geht's ab. Stell dir vor, schon wieder zwei tote Touristen. Jetzt wird's bunt.«

»Wer?«, fragte Gisela schockiert und knallte dabei die Kaffeetasse so schwungvoll auf die Untertasse, dass der Kaffee überschwappte und Rainer murmelnd darauf hinwies, dass das Geschirr von seinen Eltern stamme.

»Ich weiß nicht, *wer* Inge–«

»Ich meine, wer tot ist?«

»Zwei aus'm Schwabenländle. Du, und ich hab die vorher noch getroffen. Wie der Marquardt die Flensburger. Ich kannte die. Krass, ne?«

»Ich kannte die nicht«, beeilte sich Gisela zu versichern.

»Hä? Nee, ich und Olaf, wir kannten die. Wir standen mit denen in Putbus am Bahnhof. Nicht lachen. Wir sind Rasender Roland gefahren. Verrückt, dass ausgerechnet die jetzt tot sind.«

»Zwei ältere Damen?«

»Woher weißt du das?«

»Ähm, nee«, spätestens ab diesem Zeitpunkt ging es Gisela nicht mehr gut. »Ich weiß das nicht. Woher soll ich das denn wissen? Ich weiß gar nichts. Keine Ahnung. Ich habe nur gefragt: Zwei ältere Damen? Oder waren das junge Damen oder Männer, ältere Herren, ein Pärchen? Es war bestimmt ein Pärchen, ein Herrenpärchen, oder?«

»Hä?«

»Wie sind die denn …?«

»Was?«

»Na …«

»Ach so, wie!? Vom Kreidefelsen gefallen. Soll ein Unfall gewesen sein oder ein gemeinsamer Suizid. Gibt wohl Zeugen, die gesehen haben, wie die da zu zweit runter, also ohne, dass da noch einer … Aber, wenn du mich fragst. Ich glaube nicht an Zufälle. Und ich bin mit denen Rasender Roland gefahren. Bevor die sich selber umgebracht hätten, hätten sie erst mal noch alles schön sauber gebutzt unten am Strand. Weischt? Das war Mord. Ich weiß noch nicht, wie, aber … Ich wette hundert Euro. Irgendwie muss die einer da … So wie die anderen beiden aus dem Boot. Für mich ist es amtlich: In Stralsund treibt der böse Schubser sein Unwesen. Uaaahhh.« Martina lachte. Obwohl alles, was sie gesagt hatte, Sinn machte und nicht mal im Ansatz lustig war.

»Blutdruck ist jetzt in Ordnung, Ihre Blutwerte auch. Herzinfarkt und Schlaganfall können wir ausschließen.« Ein junger Arzt in Christophs Alter vermutet einen Schwächeanfall oder eine Panikattacke. Es sei sicher nichts Ernstes, nur eine Stressreaktion des Körpers. Herr Doktor Wunderlich ist sehr freundlich, obwohl Rainer gerade sehr unfreundlich gefragt hatte, warum das so lange gedauert habe, bis mal endlich einer gekommen sei. Herr Doktor Wunderlich lässt sich nicht beirren. »Wir checken jetzt noch einen Wert«, sagt er, »und wenn der in Ordnung ist, würde ich sagen, können Sie nach Hause gehen. Ruhen Sie sich aus. Und machen Sie sich einen Termin bei Ihrem Hausarzt. Alles Gute!« Er schüttelt Giselas Hand und verschwindet hinter dem Vorhang. Dort röchelt jemand wie ein kleiner überzüchteter Hund mit platter Nase.

»Mensch, Mäuschen.« Rainer, der neben Gisela auf dem Bett sitzt, streichelt über ihren Rücken. »Du mutest dir gerade zu viel zu.«

Sie nickt, weil es ja auch stimmt. Das ist eine Zumutung. Jetzt sind die Schwäbinnen auch noch tot. Und warum? Weil die Listen nicht rechtzeitig bei der Polizei waren.

»So, Frau Klawitter«, jetzt tritt die Krankenschwester hinter dem Vorhang hervor, wie bei einem Kasperletheater. »Keine Gurkenvergiftung. Sie können das Bett frei machen.«

»Sie lassen die Patienten einfach so aus der Notaufnahme nach Hause spazieren?« Rainer versteht die Welt nicht mehr. Zugegeben, die hat sich wirklich sehr verändert. »Wert hin oder her«, findet er. »Meine Frau sieht nicht gut aus. Kann sie nicht zur Sicherheit noch eine Nacht hierbleiben?«

»Geht schon.« Gisela wischt sich mit dem Zeigefinger neue Schweißperlen von der Oberlippe, obwohl Rainer im Prinzip recht hat. Sicherer wäre sie hier.

»Ich weiß, wie gerne Eheleute ihre Partner noch eine zusätzliche Nacht auslagern würden, aber Ihre Frau ist kein Notfall«, stellt die Schwester klar. »Ihr geht's blendend. Alles tippitoppi. Also, für ihr Alter.«

Blendend!? Das ist doch etwas anmaßend, findet sogar Gisela. Und Rainer lässt nicht locker. »Meine Frau kann ja in ein normales Stationsbett umziehen, wenn sie kein Notfall ist.«

Die Antwort ist ein verächtliches »Pffff« und ein ruppiges Rausziehen der Flexüle aus Giselas Arm. Sie drückt einen Wattebausch auf den blutenden Punkt und gibt mit einer forschen Kopfbewegung unmissverständlich zu verstehen, man möge sich um den Wattebausch und das Blut ab jetzt bitte selber kümmern. Rainer muss sich geschlagen geben.

Nach fünf Sekunden des Drückens lässt Gisela den Wattebausch in den Mülleimer fallen. Eine Blutperle bildet sich an der Einstichstelle.

Auf dem Krankenhausflur besteht Rainer darauf, dass sich Gisela sofort wieder hinsetzt und er die Entlassungspapiere alleine abholt. So flink hat sie ihren Mann schon lange nicht mehr losspurten gesehen. Wie ein Jungspund. Kaum ist er ums Eck, nutzt Gisela die Gelegenheit, um einen Notruf an Rosi abzusetzen: *Hast du die Listen abgeschickt??? Dringend!!!!! Melde dich gefälligst mal.* Und gleich hinterher noch eine zweite SMS: *Bin gerade erst aus'm Krankenhaus raus.*

Gisela hofft, dass die Info mit dem Krankenhaus genug Eindruck macht, dass sich Rosi zeitnah zurückmeldet. Mit Schwung fliegen die Automatiktüren auf. Zwei Sanitäter schieben unter großem Geratter einen Verletzten auf einer Metalltrage in die Notaufnahme. »Oh Gott!« Gisela hält sich vor Schreck die Hand vor den Mund. Knipsi. Sie erkennt ihn sofort. Trotz zahlreicher Blessuren an Armen, Beinen und im Gesicht. Jetzt geht es Schlag auf Schlag. Kein Zweifel: Das ist *ihr* Berliner Knipsi!

Zu Hause, auf der heimischen Bettkante, bemüht sich Gisela, die nächste Panikattacke abzuwehren. Wie eine verängstigte Stute in weiter, gefährlicher Prärie galoppiert ihr Herz immer wieder los. Gisela atmet tief ein und pustet den Atem langsam aus. Und noch mal ein … Knipsi. Und aus … der mit den Fotos. Ein … und dieser Freundin. Aus … Wo ist eigentlich diese Freundin? Rainer wurschtelt in der Küche herum. Vielleicht macht er Kaffee, vielleicht schneidet er den Kassler für die Kartoffelsuppe, vielleicht wurschtelt er auch bloß, ohne irgendwas dabei zu tun, so wie die letzten Wochen, dieses ganze pointenlose Gewurschtel. Gisela kriegt das Bild nicht aus dem Kopf, wie der Berliner Tourist, übersät von Schürfwunden und mit bandagierter Stirn, durch die Tür der Notaufnahme geschoben wurde. Gemeinsam mit seiner Freundin dürfte er in anderthalb Stunden Stadtführung nicht weniger als 500 Fotos gemacht haben. Zwei Schritte vor, einen zurück und – knips. Knips, knips, knips. Eine Möwe oder auch nur deren Schiss auf der Stadtmauer – allemal ein Bild wert. Das Schild vom *Goldenen Steuerrad* mit dem Verweis auf die möglicherweise älteste Hafenkneipe der Welt – knips. Ein verwaistes Fahrrad am Schaukasten des Kulturhistorischen Museums, das den Hiddenseer Goldschmuck beherbergt und ihn oft und gerne Museen in der ganzen Welt ausleiht – knips. Ein Segelboot mit Namen Uschi – wie lustig –, knips. Oh, tatsächlich noch ein vierter Kirchturm – knips. Ein Pinguin guckt da oben über das Geländer des Ozeaneums – stoooopp bitte mal, alle Mann. Objektivwechsel, zooooom – uuuund knips. Ständig blieb das Berliner Pärchen unvermittelt stehen, sodass unentwegt jemand in sie hineinrempelte. Mindestens zweimal hat Gisela die beiden von der Straße schieben müssen.

Vorsichtig, als könnte seine Anwesenheit Gisela überfordern, öffnet Rainer die Tür und steckt seinen Kopf herein. »Na, Mäuschen?«

»Na, Puschi?« Gisela versucht so auszusehen, als wäre die Welt bei Mäuschen und Puschi in bester Ordnung. Sie wird es ihm sagen müssen. Rainer traut sich nun ganz herein und setzt sich neben seine Frau. »Vielleicht sollten wir mal eine Radtour machen. Bisschen auf andere Gedanken kommen. So zur Erholung.«

Wovon will er sich denn erholen? Gisela stellt auf Flachatmung um, nur so kann sie das losgaloppierende Pferd im Zaum halten. Sie muss sich ihm anvertrauen. Alleine steht sie das nicht durch.

»Wenn ich dir den anderen Sattel montiere?«

»Sattel?« Wovon redet er?

»Bei deinem jetzigen Sattel beschwerst du dich ja immer, dass dir nach fünf Minuten der Mors wehtut.«

»Ach so, Radtour. Können wir machen.« Gisela drückt sich die Fingerkuppen gegen die Schläfen. Oh Gott, das Leben könnte so friedlich sein, mit Radtour und Erholung. Erst hatte doch nur der Wichmann einen Termin platzen lassen und Christiane Lohmeier sich beim Pilgern verlaufen, dann waren zwei aus Versehen aus einem Boot gefallen und ertrunken, kann passieren, unwahrscheinlich, aber nicht unmöglich. Bis dahin ist alles noch fast normal gewesen, aber jetzt sieht die Faktenlage anders aus. Gisela wird heiß. Sie steht auf und reißt das Fenster auf. Wer hier noch an Zufall glaubt, der hat doch den Schuss nicht gehört.

»Ich habe dir gesagt, mit der Selbstständigkeit machst du dich kaputt.« Rainer nervt. »Aber ...«

»Komm, lass mal«, unterbricht Gisela und lässt sich auf dem Bett nach hinten fallen, in voller Montur. Sie ist todmüde. Aber schlafen? Schlafen kommt nicht infrage, bevor diese verfluchten Namenslisten mit den nächsten potenziellen Opfern bei der Polizei sind. Rosi hat's echt versaut!

»Ich mach dir den anderen Sattel rauf.« Rainer drückt noch mal Giselas Hand, bevor er geht.

»Mäuschen, Rosi ist da!?« Gisela schlägt die Augen auf und schaut in das fragende und zugleich hilflose Gesicht ihres

Ehemannes. Sie muss kurz eingenickt sein. Rosi ist da? Wie unangenehm! Wie sieht das denn aus, so in Klamotte im Bett rumliegen? Unangemeldeten Besuch haben sie seit der Wende so gut wie gar nicht mehr bekommen. Erst hatte jeder eine Weile mit sich selbst zu tun, und danach gab es Telefone für alle.

Rosi steht schon in der Tür zum Schlafzimmer und macht hinter Rainers Rücken komische Dinge mit Augen und Mund. Noch bevor Gisela die Zeichensprache deuten kann, hat sich Rosi an Rainer vorbeigedrängelt und steht jetzt vor dem Bett. »Was machst du für Sachen, Schnucki?«, fragt sie und tätschelt auf der Bettdecke herum.

Rainer schielt auf die glitzernden Steinchen an den Gesäßtaschen von Rosis Jeans. Er findet Rosi sicher wieder unmöglich. Als sie sich auf seine Bettseite fallen lässt, kapituliert er. Er geht. Er wird eine Weile brauchen, darüber hinwegzukommen, wie jemand *so* sein kann, sich in ein fremdes Ehebett zu werfen, einfach so, und dabei auch noch die Schuhe anzubehalten, die zuvor überall Abdrücke auf dem Linoleum hinterlassen haben. Aber die Glitzersteinchen haben ihm vielleicht gefallen. Rosi riecht nach irgendwas Aprikosenartigem. Sie zuppelt, wie so oft, an ihrem Pony rum.

»Wat'n los? Von wegen Krankenhaus und so?«

Gisela versucht ihre Haare auch einigermaßen zu ordnen, aber ohne Fön kann sie da oben nicht so viel ausrichten. »Die Schwäbinnen sind tot.«

»Welche?«

»Unsere.«

»Oh Gott.«

»Und der Berliner Knipser ist auch nicht mehr ganz heile.«

Rosi formt mit den Lippen ein lautloses Auweia und legt die Hand an die Stirn, als müsse sie ihre Temperatur prüfen.

»Und du bist nie zu erreichen«, schimpft Gisela. »Wieso gehst du nie an dein Handy, Mensch?«

»Ja, aber wat is mit dir?«, versucht Rosi abzulenken. »Wieso Krankenhaus und solche Scherze?«

»Nur ein Schwächeanfall.« Das Wort *Panikattacke* kommt Gisela ein bisschen übertrieben vor. »Rosi, Mensch, die haben *wir* auf dem Gewissen. Du wolltest doch die Namen hinschicken.«

»Ich habe die Liste geschickt«, behauptet Rosi. »Ich hab's gemacht. Ich schwör's.«

Rainer steht schon wieder in der Tür und will wissen, ob was zu Knabbern oder Kaffee gebraucht wird. Wird gebraucht. Rosi stopft sich Rainers Kopfkissen in den Rücken. Als er wieder weg ist, schwört sie noch mal: »Ich hab alle Namen, die ich im Computer hatte, zusammen auf ein Blatt kopiert, ausgedruckt und hingeschickt.«

»Aber warum war dann da bei Knipsi kein Polizist?«

»Wegen mir sterben die nicht. Ich schwöre.« Rosi leckt an zwei Fingern und hält sie in die Luft.

»Jetzt hör doch mal mit deiner Schwörerei auf.« Gisela versucht, nicht auf Rosis Hände zu gucken. Auf Hände zu gucken bringt Unglück. Zur Sicherheit schiebt Gisela die Zehen unter der Bettdecke heraus und wirft einen Blick auf ihre Füße. Das neutralisiert. Drohendes Unheil abzuwenden ist eigentlich ganz einfach, wenn man weiß, wie es geht.

»Schiete!« Rosi steht auf. »Dat wird mir jetzt auch zu heiß. Komm.« Übermütig zieht sie Giselas Bettdecke zur Seite. Da liegen sie, nackt und unrasiert, die blassen, stämmigen Beine. Und die wollen nirgends hin. Beschämt zieht Gisela die Bettdecke wieder zurück. »Wohin?«

»Zur Polizei. Hätten wir gleich machen sollen«, meint Rosi, »aber ich habe ein kleines privates Problem, und wenn die da was wegen Alibi wissen wollen, dann sehe ich halt blöd aus. Aber ist jetzt egal. Nu komm.«

»Nee.« Gisela schüttelt den Kopf. Wie blauäugig von ihrer Kollegin. »Das geht jetzt nicht mehr«, erklärt sie. »Jetzt sind ja noch welche tot. Wenn man was weiß und es nicht sagt, ist das strafbar, wie Erste Hilfe verweigern.«

»Ich weiß viele Sachen und sag sie nicht.« Rosi freut sich ein bisschen über ihre Schlagfertigkeit und setzt sich wieder. Gisela schaut ihr mit dem nötigen Ernst fest in die Augen: »Wir können da jetzt nicht mehr hin und sagen: ›Schönen guten Tag auch, und übrigens, wir wussten schon lange, wen es als Nächstes erwischt.‹«

»Erwischt?« Rainer stößt mit dem Fuß die Tür auf und bringt zwei Tassen türkisch aufgebrühten Kaffee und eine Tüte Wasabinüsse.

»Ja«, kichert Rosi auffällig hysterisch. »Hast uns erwischt. Voll erwischt, die zwei bösen, bösen Mädchen.«

Rainer versucht ein Lächeln. Aber das verrutscht so dermaßen, dass man meinen könnte, er hätte schlimme Ischiasschmerzen. Er stellt die Tassen auf den Nachttisch und wirft die Nüsse zwischen die beiden auf das Bett, bevor er eilig wieder verschwindet.

Rosi reißt mit den Zähnen eine Ecke der Verpackung auf und schüttet sich ein paar Wasabinüsse in die Hand. Die hat Kati das letzte Mal aus Berlin mitgebracht, aber die soll es auch in Stralsund geben, beim neuen Rewe in der Ossenreyer. Aber wer geht schon zu Rewe? Nur Urlauber.

»Wir sitzen also in der Scheiße«, stellt Rosi unumwunden fest, legt den Kopf in den Nacken und lässt sich zwei Nüsse in den Mund kullern. Sofort verzieht sie das Gesicht. »Pfui Deibel, wer isst denn so was?«

Gisela mag die scharfen, grünen Nüsse, und sie findet, dass es keinem was nützt, wenn sie und Rosi in den Knast wandern. »Überleg mal, wie das aussieht – wir im Knast.« Gisela tippt sich an die Stirn. »Wenn wir jemals wieder rauskommen, müssen wir umziehen, total weit weg, irgendwo in den Westen oder so.«

»Äh«, macht Rosi und streckt angewidert die Zunge raus. Die Tüte mit den Wasabinüssen drückt sie Gisela in die Hand. »Dat ist mir zu exotisch.« Auf Rainers Nachttisch hat sie derweil *Die Tote vom anderen Ufer* entdeckt.

»Nur *eine* Tote«, sagt sie schwermütig und nimmt den Krimi in die Hand, »die haben's gut.«

Gisela nickt. »Wahnsinn«, findet sie, »wie anders das ist, wenn das in echt passiert und nicht nur so im Buch, oder?«

»Oh Mann«, stöhnt Rosi. »Echt mal. Als hätt ich gerade nichts Besseres zu tun.« Sie legt ihre Faust wie ein Megafon an die Lippen. »Es soll bitte Gras über die Sache wachsen. Gras, bitte.« Dann schaut sie Gisela fragend an. »Was sagst 'n du als Profi eigentlich dazu? Hab ich irgendwie einen Schornsteinfeger an der falschen Stelle angefasst oder meine Wäsche an einem falschen Tag gewaschen?«

Gisela zuckt mit den Schultern. »Bestimmt.«

»Also, Schnucki, wenn wir in Freiheit besser zu gebrauchen sind, dann bleiben wir lieber hier draußen. Da haste recht, aber wat genau können wir jetzt machen?«

»Zuerst müssen die Namen zur Polizei.«

»Ich hab–«

»Dann musst du sie eben noch mal per Einschreiben schicken«, unterbricht Gisela streng.

»Wat kost' dat?«

»Keine Ahnung. Drei Euro?«

»Ja, okay, ich mach's.« Rosi beginnt die *Tote vom anderen Ufer* durchzublättern, als könne ein Hinweis darauf herausfallen, wie man Mörder überführt. Man ist ja nicht gerade gewohnt, in einem Kriminalfall zu ermitteln, und hat auch keine richtige Ahnung, wie man das macht. Gisela guckt regelmäßig *Polizeiruf 110,* aber dass die im Fernsehen ständig schummeln, hat sich sogar schon bis nach Stralsund rumgesprochen. Rosi guckt auf die Uhr. Gisela auch. Es ist kurz vor halb vier.

»Also«, versucht sich Gisela noch mal zu konzentrieren, »beim *Polizeiruf* und bei *Aktenzeichen* machen die das immer so, dass sie rausfinden, wo genau die Opfer langgegangen sind und mit wem. An irgendeiner Stelle müssen sich Mörder und Opfer ja übern Weg gelaufen sein.«

Rosi rutscht von der Sitz- in die Liegeposition und verschränkt die Hände unter ihrem Kopf. Die macht sich's gemütlich. »Ich kann dir sagen, mit wem die unterwegs waren«, sagt sie. »Mit mir. Und mit dir.« Provozierend guckt sie Gisela an, als müsse sie sie jetzt festnehmen. Gisela wird Rainers Kopfkissen neu beziehen müssen, wegen Rosis Haarsprays. Und weil das auf eine gewisse Weise ihre Rosi ist und nicht Rainers, wird Gisela das dieses Mal kommentarlos tun, also ohne wie üblich zu meckern, dass er mit Anfang 60 mal langsam anfangen könnte, sein Kopfkissen selber zu beziehen. Rosi beginnt derweil sich zu erinnern. Besonders die Flensburger hat sie gefressen. Die beiden haben unentwegt Vergleiche zu Lübeck gezogen; wenn es um den Zustand der Backsteinbauten ging, um die Intensität des Schlickgeruchs in Hafennähe, den Preis einer Kugel Eis, und selbst die Schaufensterpräsentation des Tchibo-

Shops kommentierten sie. Stralsund kam bei jedem Vergleich schlechter weg. Der gebürtigen Stralsunderin Janne Oldenburg platzte daraufhin der Kragen. Sie hat die Flensburger angeblafft, warum sie eigentlich nicht da Urlaub machen würden, wo es für solche Typen wie sie am schönsten sei, nämlich zu Hause. Die Stimmung war ohnehin schon angespannt, weil die Gruppe mal wieder seit mindestens fünf Minuten auf die Berliner wartete, wie es im weiteren Verlauf der Tour noch öfter vorkommen sollte. Kurz nach dem Eklat tauchten die beiden wieder auf und hielten triumphierend ihre Kameras in die Luft.

»Und dann diese Sache da beim Johanniskloster mit Karlchen«, sagt Rosi. Gisela weiß sofort, welche Sache gemeint ist. Die Knipser haben Karlchen mit ihren Fotoapparaten sprichwörtlich in die Flucht geschlagen, nachdem ihn Gisela als Stralsunder Original betitelt hatte. Wie Paparazzi hefteten sie sich an seine Fersen, beziehungsweise an sein Klapprad, woraufhin Karlchen kräftig in die Pedale trat und einem weißen Kombi die Vorfahrt nahm. Anschließend sind sie beim Hoheisen vorbeigekommen. »Und da stand er doch so merkwürdig hinter seinem Fenster und glotzte«, sinniert Rosi. »War das nicht eigentlich total verdächtig? Vielleicht war der beleidigt, dass wir unseren Trupp nicht zu ihm reingelotst haben, und dann ist er vielleicht so richtig wütend deswegen geworden und …!«

»Ach Quatsch.« Gisela macht eine abfällige Handbewegung. Der Hoheisen tut nichts. Gisela muss an dieser Stelle an die amüsante Frage der Berlinerin denken, wo es denn das beste Sushi gebe. »Ach, Sushi«, hat Rosi verächtlich abgewunken. »In Stralsund bekommst du für dat Geld den Fisch nicht roh, sondern ordentlich zubereitet und noch schön ’n Brötchen oder paar Bratkartoffeln dazu.«

»Und Blohm?« Rosi bringt ihre Hauptverdächtige zurück ins Spiel. »Kam die irgendwo vor? Ist die uns über den Weg gelaufen?«

Gisela zieht ahnungslos die Schultern hoch. Man hätte den Kaiser von China auf einer Sänfte hinter ihr hertragen können, sie hätte es nicht bemerkt. Sie war viel zu aufgeregt und konzentriert auf die auswendig gelernten Geschichtsfakten gewesen. Am Ende saßen dann jedenfalls alle bei Elli im *Goldenen Steuerrad*, wo zeitgleich eine Besprechung der Erdölfirma Oiltec stattfand. Von der störenden Touristengruppe waren diese Anzugträger nicht sonderlich begeistert. Immer wieder haben sie genervt herübergeschielt und sich auch einmal ganz offensiv ein bisschen mehr Ruhe erbeten. Elli hatte sich im Vorfeld vermutlich nicht dazu durchringen können, einen der beiden für sie lukrativen Termine abzusagen. Für Gisela und Rosi war sie das Extra ihrer ersten Stadtführung. Genau genommen nicht sie, sondern ihr Brackwasserkümmel, nach eigenen Angaben die Lieblingsspirituose der Frau Bundeskanzlerin. »Sie hat nun schon viele, viele Jahre ihren Wahlkreis hier oben und verfrachtet regelmäßig die mächtigsten Männer der Welt zu mir«, prahlte Elli, während sie 20 Gläser, in die sie *Regierung* hatte eingravieren lassen, auf dem langen Holztisch für die Verköstigung drapierte. »Sie liebt meinen Brackwasserkümmel«, verkündete Elli ohne falsche Bescheidenheit. »Trinkt aber nie mehr als drei.« Die Gruppe kicherte. Elli gab ehrlich zu, dass sie nicht mehr genau sagen könne, aus welchem der Gläser die Frau Bundeskanzlerin höchstpersönlich getrunken habe. Die Chancen lägen also bei eins zu zwanzig. Das störte jedoch nicht weiter. Im Gegenteil. So durfte sich jeder vorstellen, an derselben Stelle zu nippen, an der schon die Lippen von Frau Merkel das Glas berührt haben. Nach der Schnapsrunde traten alle beseelt vor die Tür und starrten in den Himmel, den gerade ein paar Kraniche durchflogen. Da war das Glück perfekt für die Urlauber. Gisela wusste, dass diese Vögel schon in der Mythologie als Glücksbringer galten und dass im Herbst immer sehr viele Kraniche in Vorpommern Rast machten. Mehr wusste sie nicht über diese Tiere. Aber Jürgen Schlünz, ihr Vogelnachbar, war zufällig zur Stelle. In seiner Funktion als Hobbyornithologe versicherte er den verzückten Touristen, dass sie gerade Zeugen eines sehr besonderen Augenblicks würden. Es gebe zwar auch im Frühjahr Kranichzüge über Vorpommern, aber eigentlich habe doch der Herbst dieses Naturschauspiel für sich gepachtet. Dann seien hier 100 000 Kraniche am Start, und da könne es einem schon mal mächtig anders werden. Die Touristen waren verzaubert, und Gisela beschloss vom Fleck weg, ihrem Nachbarn eine Kooperation anzubieten. Die Harmonie verpuffte, als Christiane Lohmeier vom Klo zurückkam. Sie tat gerade so, als hätten die Kraniche absichtlich nicht auf sie gewartet, und unterbreitete den eingeschnappten Vorschlag, dafür fünf Euro rückerstattet zu bekommen.

»Die hatte echt einen an der Waffel«, findet auch Rosi. »Ruf die doch mal an und frag, wo sie war und was sie gemacht hat, als die anderen zwei vom Kreidefelsen runtergeschubst worden sind. Wir können doch mal ihr Alibi checken.«

»Wie soll ich die denn anrufen?«, wundert sich Gisela. »Weiß doch keiner, wo die ist.«

»Doch, die ist doch wieder da«, sagt Rosi. »Stand in der Zeitung. Die hatte ihr Handy verloren oder so. Wie ich's gleich gesagt hab. Apropos wieder da sein, ich muss los.«

Rosi stemmt sich wieder in die Aufrechte und fummelt aus ihrer Hosentasche einen Zettel. »Hier, die Namen. Hab die zur Sicherheit jetzt immer ausgedruckt dabei. Vielleicht müssen wir uns eines Tages mal damit freikaufen, oder so was. Aber sag mal, fällt dir eigentlich nichts auf?« Sie hält inne, hebt den Kopf, als hätte sie aus undefinierbarer Richtung ein komisches Geräusch gehört. Während Gisela beginnt zu rätseln, was das Auffällige sein könnte, klärt Rosi bereits auf. »Das sind ja alles Leute von der Premierenführung, oder?«

»Stimmt«, Gisela nickt.

Rosi guckt ihr einen Augenblick länger in die Augen als nötig, wie damals, als man sie wegen ihres Anschlags mit der Wasserpistole abgeführt hat. »Ruf doch mal die Lohmeier an. Ich bin dann weg.«

»Lohmeier?«

»Oh!«

»Hallo?«

»Hallo. Hier ist Frau Klawitter, Ihre Stadtführerin.«

»Wer?«

»Aus Stralsund. Da sind Sie ja wieder.«

»Ah, das ist nett, dass Sie anrufen. Ich weiß, ich hab meinen Schirm vergessen. Können Sie behalten oder verschenken.«

»Mach ich«, sagt Gisela, obwohl sie keine Ahnung hat, von welchem Schirm die Rede ist.

»Sehr nett«, findet Lohmeier, »und da sagt man immer ...«

»Was?«

»Dass die Leute da oben nicht so ...«

»Was?«

»Na egal. Wenn ich mal wieder da oben unterwegs bin,

was ich aber nicht glaube, mach ich gerne wieder was mit Ihnen in Ihrer besonderen Art.«

»Frau Lohmeier, ich hätte da mal eine Frage. Geht's Ihnen gut?«

»Danke. Und selbst?«

»Ja. Haben Sie irgendwelche Probleme gehabt beim Pilgern?«

»Ähm …«

»Bedrohliche Situationen erlebt, komische Menschen kennengelernt.«

»Ja, sicher!«

»Ich meine, waren Sie mal in Gefahr? Wurden Sie verfolgt?«

»Warum fragen Sie so was?«

»Weil … zu statistischen Zwecken. Wir sind doch erst neu auf dem Markt, und meine Tochter hat gesagt, es ist wichtig, sich Feedback zu holen.«

»Eine Statistik dazu, wie viele Ihrer Kunden beim anschließenden Pilgern bedroht werden?«

»Nein«, Gisela versucht ganz unbeschwert zu lachen. »Nein, nein«, sagt sie noch mal. »Haben Sie Herrn Wichmann wiedergetroffen?«

»Wen?«

»Den Sachsen aus unserer Gruppe.«

»Sie meinen, privat?«

»Na ja …«

»Frau Klawitter, ich wünsche Ihnen viel Erfolg mit Ihrem kleinen Unternehmen und lege jetzt auf, ja?«

»Warten Sie. Hat sich schon die Polizei mit Ihnen in Verbindung gesetzt?«

»Ich weiß echt nicht, was Sie von mir wollen.« Jetzt wird sie zickig. Hat sie Dreck am Stecken?

»Wo waren Sie gestern zwischen, ähm…«

Und dann tut Christiane Lohmeier, was sie angekündigt hat. Sie legt einfach auf.

Eine Weile lang versucht Gisela ihren Atem wieder unter Kontrolle zu bekommen. Die Wolken ziehen schnell am Himmel. Amseln piepen ohne Unterlass in ihrer nervtötenden Art, so, wie sie es immer tun, wenn Freetwursts Katze im Garten herumschleicht. Gisela guckt auf die Liste und geht die Namen der allerersten Tour durch. Die haben offensichtlich Priorität, wenn es darum geht, den Löffel abzugeben. Zuerst will Gisela Janne Oldenburg warnen, die junge blonde Stralsunderin aus Greifswald oder Greifswalderin aus Stralsund, wie man möchte. Sie ist vor zwei Jahren von Stralsund nach Greifswald gezogen. Gisela fackelt nicht lange und wählt die angegebene Handynummer. *Die von Ihnen gewählte Rufnummer ist leider nicht vergeben.* »Blöde Kuh«, entfährt es ihr. Ob sie die Computerstimme meint oder Janne Oldenburg persönlich, die versehentlich oder wissentlich eine falsche Nummer angegeben hat, weiß Gisela in diesem Moment selber nicht. K. Wichmann, liest sie weiter auf der Liste, Klaus vielleicht oder Karl-Heinz? Sein Handy ist seit Tagen ausgeschaltet. Gisela wählt die Nummer trotzdem noch mal. Nichts. Gregor Lembke, der Berliner Knipser. Liegt halb tot, aber immerhin sicher im Krankenhaus, Kerstin Müller, seine Freundin – nicht erreichbar. Die hat gleich zwei Nummern angegeben. Gisela tippt zuerst die mit Berliner Vorwahl ein und erreicht den Anrufbeantworter: »Leute, sind nicht da. Nachricht nach'm Pieps, bitte.«

»Gisela?«

Erschrocken beendet Gisela die Verbindung. Die nächste Hitzewelle durchströmt sie. Ihr Herz wummert.

»Bist du wahnsinnig?« Vorwurfsvoll starrt sie Rainer an und schiebt sich die Liste unter den Hintern.

»Ich wollt doch nur …«

»›Ich wollt doch nur. Ich wollt doch nur‹«, schimpft sie. »*Ich* wollt doch nur mal ein bisschen meine Ruhe und schlafen. Kann doch nicht wahr sein.« Verdammt! Rainer hat eben ihren Namen gesagt, laut und deutlich. Knipsis Anrufbeantworter wird ihn verpetzen. Ihren Namen wollte sie eigentlich aus dem Spiel lassen. Wie viele Giselas mag es wohl geben?

»Du schläfst doch gar nicht«, wehrt sich Rainer.

»Na und?«

»Wollte nur sagen, dass Kati Samstag mit dem Elf-Uhr-Achtunddreißiger kommt.« So blauäugig, wie er ist, guckt er jetzt durch seine Brille.

»Was will die denn hier? Gibt's schon wieder eine Demo wegen der Erdölsache?«

»Na hör mal.« Rainer guckt pikiert.

»Das passt jetzt überhaupt nicht gut, dass sie kommen will«, sagt Gisela ungewöhnlich streng. Ihr Puls rast. Kati ist hier in allergrößter Gefahr. Das spürt Gisela. Ihre Tochter muss unbedingt in Berlin bleiben.

»Du weißt doch, wie anstrengend sie sein kann«, versucht Gisela einen etwas versöhnlicheren Ton anzustimmen. »Ich hab da jetzt einfach keine Nerven. Ich bin angeschlagen. Sie isst ja immer nur so komische Sachen, also nichts Normales.«

»Stimmt doch gar nicht«, widerspricht Rainer. »Wenn sie bei uns ist, isst sie fast alles. Außer Tiere. Obwohl, manchmal sogar Fisch.«

»Aber man sieht ihr genau an, dass ihr das nicht passt, wenn sie sich den Käse aus der Verpackung nimmt. Und dann will sie wieder wissen, wo ich meine Hose gekauft habe, und dann geht das wieder los, mit den armen arbeitenden Kindern und so – nee, besser, sie kommt, wenn ich mich etwas erholt habe.«

Rainer schiebt sich durch den Türspalt ganz ins Schlafzimmer. Er setzt sich zu ihr. »Ach, komm mal her, meene Söte.«

Sie setzt sich auf und lässt sich von ihm in die Arme nehmen. Das ist ihr nach all den Jahren noch immer angenehm. Sie legt ihr Kinn auf seiner Schulter ab.

»Mach dir mal keine Gedanken, Mäuschen, hier sterben doch keine Touristen. Wird total aufgebauscht. Weißt doch, wie dat ist, hat Martina selbst gesagt, die sind quasi dazu verpflichtet aus einer Mücke einen Elefanten zu schreiben. Weißt du eigentlich, wie viele Touristen jedes Jahr in der Ostsee ertrinken? Ganz normale Unfälle sind das. Und außerdem seid ihr, Kati und du, keine Touristen.« Rainer schüttelt bestimmt den Kopf. »Ich werde Kati nicht ausladen. Sie kann uns besuchen, wann immer sie will. Das haben wir ihr mal versprochen. Und was ich verspreche, das halte ich.« Und genau aus diesem Grund, weil Rainer ist, wie er ist, so wahnsinnig korrekt, wird sich Gisela ihm niemals anvertrauen können. Korrektes Verhalten und in Mordfälle involviert zu sein schließt einander in logischer Konsequenz aus. Das wäre hiermit also ein für alle Mal geklärt.

Soko Sund

»Gut. Das habe ich so aufgeschrieben ... Nein, nein, das läuft jetzt erst mal unter ›Hinweise aus der Bevölkerung‹. Im Rahmen einer Zeugenvernehmung würden Sie die Kollegen der KPI aus Anklam ... Ja, genau. Richtig. Das machen die Kollegen ... Ja. Danke. Wiederhörn.«

Andreas Kohlhaase beendet das Gespräch und rollt mit seinem Bürostuhl hinüber zur Kaffeemaschine. *Kaffeesatzbehälter leeren.* Nö, dafür hat Andreas jetzt keine Kapazitäten. Und auch keine Lust. Diesen Einsatz überlässt er seinen Kollegen. Die haben Zeit für so was. Außer ihm wurde aus dem Stralsunder Kriminalkommissariat, das sich für gewöhnlich natürlich nicht mit echten Mordfällen befasst, nur Steffen Fleiß in die Soko »Sund« berufen. Ansonsten ermittelt die KPI in Anklam lieber mit Leuten aus den eigenen Reihen. Andreas wirft noch einen Blick zur Kaffeemaschine. Er muss sowieso noch mal zu Marquardt runter an den Hafen. Dann kann er sich vorher eine Tasse Plörre bei Sakis holen. Zwar haben neben dem Ozeaneum gleich zwei Coffeeshops eröffnet, aber da ist jeder Kaffee mit Tüddelüt und dreimal teurer. Ein einziges Mal, ist schon eine Weile her, hat Andreas versucht, dort einen stinknormalen Kaffee zu ordern.

»Andreas?« Kollege Fleiß wedelt mit einigen Blättern durch die offene Bürotür, bevor er ganz hereinkommt, die

Papiere auf den Schreibtisch wirft und zur Kaffeemaschine hinübergeht. Kommentarlos macht er, was die ihm befiehlt.

»Was ist das?« Andreas wirft einen Blick auf die Papiere.

»Die Obduktionsergebnisse der beiden Toten vom Kreidefelsen. Willst auch einen?« Steffen hebt die Tasse hoch. Andreas nickt.

»Nur die eine hat das gleiche Zeug intus wie die Flensburger.«

Mit *Zeug* meint Fleiß Pentobarbital, ein mittlerweile verbotenes Betäubungsmittel, das heutzutage vor allem in der Veterinärmedizin eingesetzt wird. Die Flensburger, erinnert sich Andreas, hatten davon eine Dosis im Blut, mit der man eine Horde Elefanten hätte einschläfern können.

»Für mich nix«, sagt er, als Fleiß der Tasse mit einem Löffel Kaffeeweißer bedrohlich nahe kommt. Fleiß schaufelt das Pulver daraufhin unbekümmert in seinen eigenen Becher.

»Ist das jetzt gut oder schlecht?«, will Lennart wissen, der offenbar vom Sound der Kaffeemaschine angelockt worden ist und nun im Türrahmen lehnt.

»Was?«

»Dass das nur bei einer der beiden Damen nachzuweisen war.«

»Was soll daran gut sein?«

»Ähm«, Lennart knickt die Hüfte ein und hebt ein wenig überheblich die Augenbrauen, »weil das bedeutet, dass die andere die Täterin sein muss und man somit auch die Mörderin der beiden Flensburger hat, weil die ja auch Pentodings im Blut hatten?«

»Hä?«, macht Fleiß.

»Wie stellst'n dir das vor, Lennart?«, will auch Andreas gerne mal wissen. »Dass es eine alte Oma aus Heilbronn schafft, zwei erwachsene Menschen über Bord zu hieven?«

Fleiß grinst.

»Ich stell mir gar nichts vor«, antwortet Lennart eingeschnappt. »Ich halt mich an die Fakten und versuche daraus logische Schlüsse zu ziehen. Und wenn die Oma aus Heilbronn die beiden Flensburger mit dem Betäubungszeug vorher ruhiggestellt hat, warum nicht?«

»Eine schwäbische Mörderoma halte ich für was sehr Unlogisches«, findet Fleiß in seiner neuen Souveränität als Soko-Mitglied. Zeuge Marquardt hat bisher zwar nichts von einer Oma gesagt, aber Andreas hätte nichts gegen eine schwäbische Mörderoma. Die könnte er im Fall der Fälle wenigstens mühelos überwältigen. Er spürt, wie sein Hosenknopf in seine kleine Wampe drückt.

»Gut«, sagt Lennart, »dann bin ich gespannt, wann euch zu dem Fall mal was Logisches einfällt. Wird langsam Zeit, würde ich sagen.«

Lennart hat recht. Wird langsam Zeit. Nach den neuen Obduktionsergebnissen wird die Soko personell hoffentlich aufgestockt. Mit einem Serienmörder hat Andreas auf seine alten Tage nicht mehr gerechnet. Und er hätte gut darauf verzichten können. Seine Frau plant gerade den Kauf einer neuen Küche. Das ist eine logistische, zeitliche und emotionale Herausforderung.

»Lennart«, Fleiß schaut den Kollegen streng an, »die Ergebnisse dürfen nicht vor der Pressekonferenz raus!«

Sakis' Plörre ist eine Wohltat. Weil sie hält, was sie verspricht. Und darauf kommt es an. Gleiches gilt für manche Frauen. Die sind so stur, dass man sich sicher sein darf, dass sich nie etwas an ihren kühlen Blicken ändern wird, auch wenn der Grund für ihr Beleidigtsein jahrzehntelang zurückliegt. Eines dieser Exemplare hält Andreas gerade davon ab, seinen Job zu erledigen. Bei den Verkaufskuttern auf der Hafeninsel sind Gisela Klawitter und eine Freundin mit Fiete Marquardt im Gespräch. Begegnungen mit Gisela sind wie Sakis' Kaffeeplörre: die Befriedigung einer kleinen Sehnsucht und gleichzeitig immer wieder eine herbe Enttäuschung. Sie mochte ihn nie. Er mag sie noch immer. Das glaubt ihm natürlich keiner. Alle denken, dass er die Sache nicht auf sich beruhen lassen kann, hätte was mit Ehrgeiz zu tun, mit seinem Drang, Dinge in Ordnung bringen zu wollen. Er kann das nicht abstreiten. Jahrelang hat er versucht, sich für diese Sache damals zu entschuldigen. Gisela bleibt bockig. Es stimmt, er hat in seinen 38 Dienstjahren viel in Ordnung bringen können, für Gerechtigkeit gesorgt, Streits geschlichtet, Vermisste aufgespürt, aber die Sache mit Gisela … Das letzte Mal im Netto, da hat seine Frau gesagt, es sei albern. Früher habe sie es erbärmlich gefunden, wie er so treudoof mit seiner Entschuldigung hinter Gisela her gewesen sei, dann habe sie es eher niedlich gefunden, und jetzt sei es einfach nur noch albern. Kann sein, ja, sicherlich ist es albern, aber dass eine Mausefalle nach so vielen Jahren immer noch zwischen ihm und Gisela steht, das kann Andreas einfach nicht akzeptieren. Er mag Gisela, ihre unverstellte Art, immer so positiv, ein sonniges Gemüt, wie man so sagt. Und schön findet er sie, nicht so, wie man sich das vorstellt, aber trotzdem, auf ihre Art, schön. Es ist die Mischung aus Erotik und Humor, die so furchtbar anziehend auf ihn wirkt. Er kommt davon nicht los. Vor unerwiderter Liebe hat er sich damals zu wirklich dämlichen Sachen hinreißen lassen. Warum allerdings ausgerechnet die Mausefalle zum Bruch geführt hat, kann er bis heute nicht nachvollziehen. Im Nachhinein findet er den Kackhaufen sehr viel beschämender und unappetitlicher.

»Na, Herr Kohlhaase? Sie haben nicht gaaaanz zufällig irgendwelche Neuigkeiten für mich?« Martina Rothbart vom *Sundblatt* hat sich gut gelaunt zu ihm gestellt. Er wird einen Teufel tun zu plaudern.

»Tach, Frau Rothbart. Nö.«

»Nix Neues zu den tödlichen Stürzen am Kreidefelsen?«

»Nö.«

»So, wie Sie das sagen, glaube ich Ihnen kein Wort.«

»Gedulden Sie sich bitte bis zur Pressekonferenz. Und: keine Spekulationen. Das ist höchst brisant. Wenn Sie anfangen zu spekulieren, kann das für eine Touristenstadt wie Stralsund bös ins Auge gehen.«

»Höchst brisant, und Sie trinken hier Kaffee?! Aaaaaha.« Sie guckt rüber zu Sakis und tippt gegen Andreas' Tasse. Sie will auch so was. »Können Sie ein Verbrechen am Kreidefelsen sicher ausschließen? Oder haben wir es wirklich mit einem *Serienschubser* zu tun?«

»Schubser?« Andreas zieht verwundert den Kopf zurück. »Was soll das denn sein?«

»Ja, gut, ne? Hat meine Kollegin erfunden. Der Schubser. Hat sie doch recht. Erst schubst er welche aus einem Boot, dann vom Kreidefelsen ...« Scheinbar überzeugt von ihren investigativen Fähigkeiten, zieht sie einen Notizblock aus der Tasche und knipst einen Kugelschreiber in Bereitschaft. Andreas starrt geradeaus. Gisela und ihre Bekannte mit der schlimmen Frisur strecken Marquardt gleichzeitig die Hand entgegen. Er schüttelt zuerst Giselas. Hätte er auch gemacht. Es juckt ihn schon wieder, Gisela ein letztes Mal, ein wirklich allerallerletztes Mal um Vergebung zu bitten.

Nur einmal noch! Das kann doch alles nicht sein, bloß wegen einer Mausefalle …

»Herr Kohlhaase«, drängelt die Reporterin weiter. »Nun mal Butter bei die Fische. Mord oder Unfall?«

»Liebe Frau Rothbart, bitte zügeln Sie Ihre Fantasie.«

»Dann bitte, bitte, bitte nur einen klitzekleinen Tipp, ja?«, bettelt sie, ungeachtet der Tatsache, dass sich Kriminalhauptkommissare gedanklich auch noch mit anderen Dingen zu befassen haben als mit Lokalreporterinnen, die gern 'nen Tipp hätten. Er schlürft die Tasse leer und verabschiedet sich mit einem ruppigen »Wiedersehn!« von der uneingeladenen Stehtischpartnerin. Der Schubser! Er schüttelt ungläubig den Kopf. Die Leute kommen aber auch auf Ideen …

Andreas versucht an Gisela vorbeizugucken, während er die Fußgängerbrücke zur Hafeninsel überquert. Gisela lehnt an einem von Möwen vollgekackten Stromkasten, auf den ihre Freundin in der viel zu engen Jeans ihre Malboroschachtel gelegt hat. Eilig scheinen die beiden es nicht zu haben. Die Freundin zündet sich eine an. Andreas versucht sich auf Marquardts Kutter zu fokussieren. Noch bevor er sich zwischen grüßen und nicht grüßen entscheiden muss, wirft ihm Gisela ein »Hallo, Andreas!« entgegen. Das haut rein, als hätte er einen Faustschlag in den Magen bekommen, auf den er nicht vorbereitet war. Er dreht sich um, aber hinter ihm ist kein anderer Andreas zu sehen. Zur Sicherheit dreht er sich noch mal um und kratzt sich verlegen am Nacken, bevor er antwortet: »Hallo«, als wäre das immer so zwischen ihnen. Er erstarrt innerlich, äußerlich geht er einfach weiter Richtung Fiete Marquardt, seinem derzeit wichtigsten Zeugen. Schritt für Schritt. *Hallo, And-*

reas. Giselas Worte schwappen durch seinen ganzen Körper. Sein Gang ist unsicher, und ihm ist richtig übel vor Schock. Er traut sich nicht, noch mal zu ihr hinzugucken. Aber er würde gerne.

»Tach, Fiete.« Er reicht dem Fischer die Hand aufs Boot. Kleine Wellen klatschen zwischen Pier und Verkaufskahn, zwischen Stein und Holz. Der Wind hat zugelegt, schiebt die Wolken schnell vorwärts, sodass ihr Schatten immer nur wenige Augenblicke bleibt. Es ist zu warm, fast heiß, wenn die Sonne freie Bahn hat. Im nächsten Augenblick, spätestens, wenn man die Jacke ausgezogen hat, ist es allerdings schon wieder zu frisch.

»Hab noch mal ein paar Fragen.«

»Willst'n Rollmopsbrötchen?« Fiete wischt sich die Hände an einem alten Lappen ab.

»Ja.« Andreas hat keinen Hunger, aber er braucht noch einen Moment, um sich zu fangen. Wegen Gisela. Soll Fiete ihm derweil doch ein Brötchen machen.

»Hallo, Andreas.«

Sein Magen zieht sich zusammen, das Blut schießt ihm in den Kopf, er fühlt sich, als säße er in einem Achterbahnwagen – in den er sich früher immer mit Gisela gewünscht hatte, um sich von der Fliehkraft gegen sie drücken zu lassen. Er ist bestimmt tomatenrot, als er sich umdreht. Wie damals, wenn er mal seinen Mut zusammengekratzt hatte, um *Hallo, Gisela* zu sagen.

»Hallo, Gisela«, sagt er jetzt.

Sie ist alt geworden. Wie lange war er ihr nicht so nah? Sie hat zugelegt, ihr Gesicht hat an Spannung verloren, aber wenn er ihr über den Tränensäcken direkt in die Augen guckt, dann ist alles noch da; auch das, wozu es nie gekommen ist, all die Möglichkeiten.

»Ich habe gedacht, also, wenn du willst, von mir aus können wir ruhig mal einen Kaffee trinken. Zusammen. Ist ja doch nu schon alles 'ne Weile her.«

»Oh ja?« Was für eine selten dämliche Reaktion. Er war nicht vorbereitet auf so einen offensiven Angriff ihrerseits. Oh ja!

»Ja.« Gisela wendet nervös den Blick ab, schaut rüber zu ihrer Freundin, die noch bei ihren Malboros am Stromkasten lehnt. Ein Trick? Eine Art Mutprobe?

»Ja, na, dann machen wir das mal«, sagt er. »Das würde mich echt freuen.«

»Wann denn?« Gisela will auf der Stelle Nägel mit Köpfen machen.

»Ähm …« Er fasst sich an die Nase.

»Jetzt? Da vorne im *Steuermann*? Ich hätte noch eine Stunde Zeit.«

Nun will sie es aber wissen. Jetzt? Und ihre Freundin? Kommt die dann mit? Vielleicht will *die* ja was von ihm. Misstrauen gehört zu seinem Job, es verdirbt jedoch manchmal auch das Glück in Momenten wie diesen. Aber eigentlich hat er jetzt sowieso keine Zeit.

»Ah, nee, bin noch im Dienst, ich könnte, also …« Andreas guckt auf die Uhr. Genau genommen könnte er heute gar nicht mehr. Sabine will nach Feierabend mit ihm zum Küchenstudio.

»Morgen, siebzehn Uhr, das könnte ich schaffen«, sagt er, aber dann fällt ihm ein, dass 17 Uhr mit einem frei herumlaufenden Serienmörder auch morgen nicht zu schaffen sein wird. »Oder wie wäre es mit einem Bierchen morgen, so halb neun bei Elli?«

»Gut.« Gisela ist einverstanden. Offensichtlich muss sie gar nicht ihren Mann fragen, ob er was dagegen hat. Oder lassen sie sich scheiden? Er muss Sabine jedenfalls fragen, aber sie macht eigentlich nie Probleme bei so was. Wobei *so was* natürlich noch nicht vorgekommen ist, also, dass er sich mit seiner großen Liebe zum Biertrinken treffen will, *ehemals* großen Liebe, natürlich. Er gibt Gisela ein Kärtchen, wie einer Zeugin. »Falls was dazwischenkommt.«

Anerkennend schiebt sie die Unterlippe vor und nickt. »Herr Kriminalhauptkommissar. Dann melde ich mich noch mal zwecks Vernehmung morgen.«

Lächelnd macht sie zwei Schritte rückwärts, da packt er sie an den Schultern und zieht sie geistesgegenwärtig an seine Brust und in Sicherheit. Fast wäre sie Karl Tröndler rückwärts ins Rad gelaufen. Völlig unberührt von dieser brenzligen Situation hält Tröndler Kurs.

»Mensch, Karl«, ruft ihm Andreas hinterher. »Augen auf!« Die Sache hätte wirklich im Querkanal enden können. Während Tröndler entschuldigend die Hand hebt, liegt Gisela noch immer in Andreas' Armen. Das Leben ist voller Überraschungen und unerwarteter Wendungen. Eine Möwe schreit. Die Sonne blendet, sodass alles im Gegenlicht etwas dunkler aussieht. Und Gisela riecht ein bisschen nach Schweiß.

»Danke, Herr Kommissar«, sagt sie. »Das war knapp.«

Sie löst sich von ihm und steuert auf ihre Freundin zu, die gerade vergeblich versucht, ihre Kippe zwischen den Pflastersteinen auszutreten.

»Schieß los, Andreas.« Fiete hält ihm das Rollmopsbrötchen hin. Andreas räuspert sich und versucht nun endlich, seinen Job zu machen.

»Das Boot, auf dem du die Flensburger gesehen haben willst, du hast den Kollegen gesagt, das war blau und …«

»Grau«, unterbricht Fiete. »Ich glaube, das war grau.«

»Hast du blau gesagt?« Andreas schielt nach links zum Stromkasten, wo sich Gisela und ihre Freundin gerade in Bewegung setzen. Sie kommen näher. Vielleicht sagt ihm Gisela gleich, dass sie morgen Abend doch nicht kann. Oder nicht will. Hinter seinem Rücken schlendern sie vorbei, dann bleiben sie neben Fietes Kahn stehen, um auf den Sund zu starren. Die Freundin mit der schwarz-roten Frisur kickt mit ihrem spitzen Schuh einen Stein ins Wasser.

»Grau«, sagt Fiete nach kurzer Überlegung.

»Na, dann hat sich das ja schon erledigt.«

»Hab ich aber deinem Kollegen so gesagt, grau.«

»Dann war es definitiv nicht eines von den blauen Booten, die man sich drüben in Altefähr leihen kann?«

»Nein«, Fiete scheint nun ganz sicher zu sein. »Ich habe gesagt, es war grau, wie ein Wassertaxi, war aber kein Wassertaxi, sondern wie die Boote zum Angeln, eher so wie die, die man in Sundhagen mieten kann. Ich hatte noch gedacht, weil die Flensburger ja die Fähre verpasst haben, dass sie sich ein Wassertaxi genommen haben, und vielleicht haben sie ja auch gedacht, es wäre ein Wassertaxi, weil das ja so ähnlich aussah, grau auf jeden Fall. So hab ich mir das jetzt gedacht.«

»Grau.« Andreas notiert sich das. Was für ein Anklamer Schwachkopf hat bei der Vernehmung denn Blau und Grau verwechselt?

»Mann oder Frau?« Giselas Freundin ist noch ein Stück aufgerückt und inspiziert das heutige Fischangebot auf der Tafel vor Fietes Kutter, sodass Andreas kurz unsicher ist, ob sie die Frage *Mann oder Frau?* eben tatsächlich gestellt hat oder ob das alles eine nicht enden wollende Halluzination ist.

»Wie? Wat meinst du?«, will Fiete wissen.

»Die Person, die mit den Opfern im Boot war. Hast du doch gesehen, oder?«

»Mann.« Fiete nickt, zuckt anschließend aber mit den Schultern und meint, dass man sich da heutzutage ja nicht mehr so sicher sein könne.

»Was soll das denn heißen?«, fragt die Freundin barsch. »Du wirst doch wohl Männlein von Weiblein unterscheiden können.« Hat ordentlich Haare auf den Zähnen, die Frau.

»Eher ein Mann«, sagt Fiete. »Hatte so ein Käppi auf.«

Andreas beißt in das Rollmopsbrötchen. Er hat vergessen zu sagen, ohne Zwiebeln. Jetzt stinkt er sich durch das bevorstehende Gespräch mit der Rezeptionistin des Hotels zur Post, die einen extrem verdächtigen Anruf zum Thema Wasserleichen bekommen haben will, von einem zweifellos männlichen Anrufer.

»Gut, dann spreche ich mal mit den Freunden in Sundhagen.« Andreas knüllt die Serviette zusammen, weiß aber nicht, wohin damit, und schiebt sie in seine Jackentasche.

»Jo.« Fiete nickt.

»Musst schon los?« Gisela sieht so enttäuscht aus, dass sein Herz einen kleinen Stolperer macht. Hoffentlich ist das nicht bloß ein schöner Traum. Oder ein schlechter Scherz. Oder die Ankündigung eines Herzkaspers.

Die Telefonzelle auf der anderen Seite der Brücke

»Wir können nicht.« Gisela steht wie angewurzelt. Hinter ihr rattern Autos über das Kopfsteinpflaster. Ein Martinshorn ertönt an der Kreuzung. Es kommt näher, wird lauter. Rosi hält sich vorsorglich die Ohren zu, bis der Krankenwagen die Einfahrt erreicht. Dann drückt sie mit der flachen Hand etwas gegen Giselas Schulterblatt, aber auch so bekommt sie die Angewurzelte kein Stück weiter.

»Wenn es vier wären, oder zwei, okay! Aber drei?!« Gisela schüttelt entschieden den Kopf. »Geht gar nich.«

»Drei?« Rosi versteht nicht.

»Und es sind ja auch keine schnöden Spatzen«, erklärt Gisela, »sondern Raben. Drei schwarze Raben, und du siehst doch selbst, wie sie da sitzen und uns angucken. Da weiß man doch sofort Bescheid.«

Dabei ist es Giselas Vorschlag gewesen, den Berliner Knipser als Zeugen zu vernehmen. Sie dachte, damit seien sie den Ermittlern, die in Sundhagen gerade der Spur mit dem Boot nachgehen, einen Schritt voraus. Nun aber versucht sie dem Blick der drei schwarzen Raben auf dem Vordach über dem Eingang des Krankenhauses standzuhalten. Deren unheilvolle Botschaft ist unmissverständlich. Und bestimmt haben sie recht.

»Wer sagt denn, dass Knipsi nicht unser Mörder ist?«, fragt sich Gisela laut.

Rosi zieht eine Flunsch, die verrät, dass sie absolut nicht folgen kann.

Ja, das ist Gisela mithilfe der Raben gerade wie Schuppen von den Augen gefallen. »Vielleicht hat gar niemand versucht, den irgendwo runterzuschubsen, vielleicht hat sich bloß jemand gegen ihn gewehrt!? Sind nicht alle, die noch leben, per se verdächtig, wie auch die Lohmeier?«

»Wenn der ein Mörder ist, fress ich einen Besen«, fällt Rosi zu Giselas Überlegungen nur ein, als würden Mörder wie Mörder aussehen.

»Oder, was ist denn, wenn die Bullerei inzwischen in die Pötte gekommen ist? Die müssten doch unser Einschreiben jetzt haben. Vielleicht sind die auch schon da und bewachen ihn? Und dann wundern die sich, was wir da wollen, und nehmen uns zur Sicherheit fest, weil ja klar ist, dass wir mehr wissen, als wir sagen. Was sollen wir da sonst wollen? Nee, komm. Wir lassen das lieber.«

»Gisela«, sagt Rosi. »Deine Idee, dass wir uns von dem die Fotos zeigen lassen, ist spitze. Und das lass ich mir jetzt von dir auch nicht wieder ausreden. Nu komm! Oder hast du wirklich Schiss vor Raben?«

Aber Gisela kommt nicht und schlägt stattdessen vor, das Treffen mit Andreas abzuwarten, oder mal mit Rainers Cousine vom *Sundblatt* zu reden, um an Insiderwissen zu kommen. »Martina weiß echt alles.«

Rosi schnappt nach Luft, als ginge es ihr persönlich an den Kragen. Sie krächzt was von »verrückt geworden« und »selten bescheuert« und dass »diese Martina garantiert nicht alles weiß«, da sei sie, Rosi, sich aber hundertpro sicher. Daraufhin flattert sie alleine los, direkt rein ins Gebäude, und scheucht damit die drei Raben auf. Sie fliegen hoch, in die Baumkronen der Ulmen, und werfen ihre

Argusaugen nun von dort oben auf Gisela. Verdammt. Und jetzt? Weglaufen? Andreas Kohlhaase verständigen? Rosi retten? Gisela setzt sich erst mal auf die Bank auf dem kleinen Vorplatz, die für gewöhnlich von Bademantelträgern besetzt ist. Weglaufen kommt nicht infrage. Kohlhaase erst recht nicht. Und Rosi? Die hat immerhin ein Butterfly-Messer in ihrer koreanischen Handtasche. Gisela stützt sich auf den Oberschenkeln ab und versucht den Atem ruhig zu halten. Sie schaut auf, zu diesem eindrucksvollen Relief an der Krankenhauswand. Wer ist eigentlich dieser große, starke, nackte Mann da, der mit einem Knüppel versucht, einer achtköpfigen Schlange den Garaus zu machen? Bestimmt ein Gott. Ein griechischer? Ein römischer? Kati musste mal einen Schulaufsatz über den Typen von der Krankenhauswand schreiben. Gisela erinnert sich daran, dass diesem Schlangenvieh an der Stelle, an der man ihm einen Kopf abschlägt, zwei neue Köpfe wachsen, und einer der Köpfe soll sogar unsterblich sein. Die ganze Veranstaltung scheint also ziemlich aussichtslos. Apropos aussichtslos. Gisela zieht ihr Smartphone aus der Hosentasche. Keine Antwort von Knipsis Freundin. Gisela hat gestern nach dem Unfall mit dem Anrufbeantworter noch eine SMS an die angegebene Handynummer geschickt. *Verlassen Sie Stralsund. Halten Sie sich von hohen Gebäuden fern. Ihr Leben ist in Gefahr.*

Gisela hält ihr Smartphone etwas höher vor das Gesicht, als sie Karlchen aus dem Krankenhaus kommen sieht. Die andere Hand legt sie wie einen Sonnenschirm an die Stirn. Karlchen geht zu den Fahrradständern, um sein Rad aufzuschließen. Hoffentlich entdeckt er sie nicht. Dass es seiner Frau so schlecht geht, macht jeden Small Talk mit ihm furchtbar unangenehm.

»Entschuldigung … Meine Dame.«

Gisela zuckt zusammen. Der schwarze Mann! Russe, oder was der ist. Der schon wieder. Verfolgt er sie?

»Was is?«

»Darf ich?«

»Was?«

»Dahin setzen.« Er zeigt auf die Bank.

»Bitte.« Gisela rutscht zur Seite. Ist das wirklich derselbe Kerl? Er setzt sich. Diese Fremden sehen irgendwie alle gleich aus. Gisela gibt sich einen weiteren Moment mit ihrem Smartphone beschäftigt, wischt Fotos ihres Enkels hin und her. Dann steckt sie es zurück in ihre Hosentasche. Solche Gerätschaften verführen bestimmte Leute ja manchmal zu kriminellen Handlungen. Also, Gisela, bitte, mahnt sie sich zur Vernunft, werd nicht albern. Immer diese furchtbaren Vorurteile. So ist sie nicht, und so will sie auch nicht sein. Sie ist es leid. Andererseits, in Polen haben sie bei Rüdigers Opel die Scheibe eingeschlagen. Ist schon ein paar Jährchen her, aber das macht eben vorsichtig. Allerdings, und das weiß Gisela natürlich auch, haben sie in Berlin Sabines ganzes Auto geklaut, und der Dieb soll ein Deutscher gewesen sein. Gisela riskiert einen Blick zu ihrem Sitznachbarn. Er wischt sich nervös über das Gesicht, reibt sich die Hände. Dem scheint's so zu gehen wie ihr. Der ist auch ganz schön blass, für so 'nen dunklen Typen. Der hat vielleicht was vor. Mit ihr? Aber was, wenn der ihr hier gleich kollabiert? Dann hat sie ein Problem.

»Alles klar?«, fragt sie.

»Hab Angst«, antwortet er prompt.

»Wie bitte?« Gisela stellt beide Beine nebeneinander und macht sich abmarschbereit. Ihr wird schon wieder ganz schwitzig.

»Große Angst.« Man sieht ihm das zweifellos an. Er zittert. Er atmet tief durch. Vielleicht hat der irgendwo eine Bombe platziert und kriegt gerade kalte Füße? Rosi ist noch da drinnen. Vielleicht genau aus diesem Grund die Bombe?

»Meine Frau«, sagt er und versucht zu lächeln, wird aber sofort wieder bierernst und atmet langsam aus. »Ich werde Vater.«

»Ach Gottchen!« Erleichtert hält sich Gisela die Hand aufs Herz. »Ach!« Sie lacht, und ehe sie sich versieht, hat sie sogar für einen Moment ihre Stirn an seinen Oberarm gelehnt. In diesem Augenblick kommt Rosi aus dem Krankenhaus herausspaziert, die Nase ziemlich weit gen Himmel. Sie setzt sich eine Sonnenbrille auf. Mit Gucci-Emblem. Wann hatte sie in den letzten Wochen bitte schön Zeit, nach Polen zu fahren? Die Gucci-Sonnenbrille ist eindeutig neu. Rosi macht eine Geste mit dem Kopf, dass Gisela ihr bitte folgen möge. Zielstrebig geht sie zwischen den von Raben bevölkerten Ulmen hindurch. Gisela eilt hinterher. Ihr Weg endet an der Sundpromenade, wo man in den letzten zwei Jahren das Freibad ordentlich aufgehübscht hat. Zumindest hat man es versucht. Wirklich hübsch sieht der neu aufgeschüttete, grobsteinige Strandsand nicht aus, eher modderig. Rosi setzt sich auf eine kunstvoll gehobelte Bank, die an eine Welle erinnert. Aber wer will schon mit Rückenschmerzen auf einer Welle sitzen? Gisela bleibt stehen, liebäugelt mit den Strandkörben auf der rechten Seite, findet den Weg dorthin dann aber zu aufwendig. Rosi hat sicher nicht vor, lange zu bleiben.

»Das Wichtigste zuerst«, kommt Rosi auch gleich zur Sache. »Fiete hat gelogen. Es war gar kein Mann, der die Flensburger aus dem Boot geschubst hat. War eine Frau mit einer roten Handtasche mit Lederblume drauf und …«

»Wie? Warte mal. Hat Knipsi die gesehen?«

»Nicht direkt, aber unser Knipser ist von einer älteren Dame vor ein Auto gestoßen worden. Die hatte eine rote Handtasche, Leder.«

»Der ist vor ein Auto geschubst worden? Und da war jetzt keine Polizei?«

»Der denkt, er ist nur vor ein Auto geschubst worden. Aus Versehen halt.« Rosi schiebt sich die Sonnenbrille in die Haare und reißt die Augen bedeutungsschwanger auf. »Tja, aber da kann mir doch jetzt keiner erzählen, dass dieser Unfall ein Zufall ist. Und seine Freundin, die ist wieder nach Berlin abgedüst. Mit den Fotos. Die haben sich gestritten.«

»Mensch, Rosi, und der hat sich nicht gewundert, dass du da aufgetaucht bist!?«

»Doch!«

»Ja und?«

»Ich habe gesagt, ich arbeite nebenbei für das *Sundblatt*, und hier passieren nicht so viele Unfälle, und da wollte ich es noch mal genau wissen.« Rosi guckt ganz begeistert, bevor sie fortfährt: »Also, sagen, dass man vom *Sundblatt* ist, und die Leute was fragen kann wirklich jeder. Nicht nur deine Martina.«

»Und was hat er noch gesagt?«

»Ungefähr so groß wie ich, ungefähr so alt wie du...« Rosi macht eine Kunstpause, um sich eine anzuzünden. Anschließend pustet sie den Rauch mit einem launischen »Karin Blohm könnt's gewesen sein« aus.

Gisela kann sich nicht daran erinnern, Karin Blohm jemals mit einer roten Lederhandtasche gesehen zu haben. »Und selbst wenn die Blohm den Knipser mit einer roten Lederhandtasche vom Bürgersteig gerempelt hätte, hieße das doch noch lange nicht, dass sie zwei Schwaben vom Kreidefelsen geschubst und zwei Flensburger aus einem Boot geschmissen hat.« Rosi scheint Giselas Naivität kaum ertragen zu können: »Warum sollte sie einfach weitergehen, wenn sie jemanden vor ein Auto geschubst hat, pardon, *aus Versehen* davorgerempelt hat? Da muss man doch wenigstens mal seinen Namen sagen oder den Krankenwagen rufen, statt weiterzugehen. Da ist ja wohl auf jeden Fall was faul dann! Ich komm hier noch mal mit einem Foto der Blohm her, damit Knipsi mir die als Täterin identifiziert. Bis dahin ist sowieso alles Spekulatius.«

»Bis dahin sollte die Polizei übernommen haben«, findet Gisela. »Wir sollten die mal anrufen und fragen, ob die Namensliste angekommen ist.«

»Ich bin doch nicht blöd.« Rosi tippt sich an die Stirn. »Das wird doch zurückverfolgt.«

»Zurückverfolgt? In Stralsund? Quatsch. So was können die hier gar nicht.«

»Natürlich können die das. Die haben auch so Stimmenexperten, habe ich mal im Fernsehen gesehen. Dann wissen die gleich, dass ich das bin. Nee, nee, nee. Wat können wir dafür, wenn die ihren Job nicht ordentlich machen? Ich telefoniere denen wegen der Liste jetzt nicht auch noch hinterher.«

Gisela guckt auf die Uhr. In der Innenstadt wird gleich die Kirchturmuhr der Nikolaikirche viermal schlagen, und dann wartet das nächste Touristengrüppchen auf das, was es gebucht hat. Gisela und Rosi haben entschieden, die Störtebeker-Tour nicht abzusagen. Sie müssen Normalität vortäuschen. Und nirgends sind sie derzeit sicherer als unter Leuten an belebten Plätzen. Ein Trick, den jeder kennt, der schon mal mit der Mafia aneinandergeraten ist.

»Dreh dich nicht um!« Rosis Halsschlagader pumpt kräftig. »Der Typ war vorhin schon da«, flüstert sie.

Giselas Herz entschließt sich daraufhin kräftig mitzupumpen. Einige Sekunden verharrt Gisela, bevor sie sich bemüht unauffällig hinunterbeugt, um sich am Knöchel zu kratzen. Durch ihre Beine sieht sie einen Mann mit getönter Sonnenbrille vor dem *Treibholz* stehen. Er hat einen Hund an der Leine, der aussieht wie ein Fuchs. Beide betrachten die Schaufensterauslage des Souvenirshops in der Mönchstraße. Etwas stimmt nicht. Nichts stimmt. Weder der Mann noch sein Fuchshund sind die Typen, die sich für Muschelketten, Sandbilder und Leuchtturmtassen interessieren. Gisela richtet sich auf.

»Zwölfhundertvierunddreißig.« Sie schaut erwartungsvoll in die Touristenrunde. Der Schnellste, ein Herr im Anzug, schmunzelt nach weniger als drei Sekunden.

»Eins, zwei, drei, vier«, versteht es kurz darauf auch die Dame, deren Augen wie kleine Murmeln hinter sehr dicken Brillengläsern hin und her rollen. Zur Sicherheit liest sie es im Reiseführer nach, so, wie sie seit Beginn der Tour die meisten Informationen mit dem Reiseführer abgleicht, um dann zu sagen: »Hm, stimmt«, oder anzumerken, dass ihr Reiseführer das ein kleines bisschen anders vermittle.

Die drei Schweden wirken irritiert. Gisela will ihnen ja nichts unterstellen, aber man muss sich doch fragen, ob sie außer dem Wort Bier bei dieser Tour noch etwas anderes verstanden haben.

»Stralsunds Gründungsjahr – eins, zwei, drei, vier –, das kann man sich merken!« So, wie Rosi klingt, hätte sie auch sagen können: »Merken Sie sich das gefälligst!«

Die Schweden wollen wissen, was *Gründungsjahr* bedeutet, ob einer das bitte auf Englisch sagen könne. Gisela kann nicht, und Rosi rollt auch bloß mit den Augen: »Minjá zawút Rosi Hafenmeister«, sagt sie. Es lacht keiner. Stattdessen hilft das Mädchen, das sich seit Beginn der Tour die Reihenfolge der Häuserfarben in ein Heft mit der Aufschrift ORDNUNGSAMT schreibt, weiter: »Gründungsjahr means the year Stralsund was founded.«

Ihre Eltern gucken stolz wie Bolle auf ihre Tochter vom Ordnungsamt. Gisela und Rosi biegen mit ihren Teilnehmern von der Mönch- in die Mühlenstraße. Nächstes Ziel ist das Dielenhaus, ein gotisches Kaufmannshaus aus dem 14. Jahrhundert, ganz typisch für Norddeutschland. Der Herr mit dem Fuchshund folgt. Viel zu auffällig für Mafia oder Serienmörder, versucht sich Gisela zu beruhigen. Es fällt ihr schwer, den Mann zu ignorieren. Vor allem, weil ihr Rosi fortwährend mit dem Ellenbogen in die Rippen stößt und mit einem forschen Nicken an den Verfolger erinnert. Besorgt schaut Gisela in die Runde. War es ein Fehler, den Betrieb weiterlaufen zu lassen, als wäre nichts? Bringen sie damit nicht auch diese unschuldigen Menschen in Gefahr? Ob der Störtebeker mal in diesem Dielenhaus gewohnt hat, will die Dame aus Jena wissen, als sie vor dem alten Backsteingebäude stehen. »Natürlich nicht«, sagt Rosi. »Der war ja nie in Stralsund.« Die Dame schaut erschüttert zu Gisela, wohl in der Hoffnung, die würde hier ein kleines Missverständnis auflösen.

»Vermutlich hat Klaus Störtebeker nie in Stralsund gewohnt«, versucht es Gisela etwas diplomatischer. »Es gibt Indizien dafür, dass er in Wismar geboren wurde. Aber das Dielenhaus, vor dem wir uns hier gerade befinden, stammt aus der Zeit Störtebekers.«

»Aha!«, macht ihr Mann. Ihm scheint die Störtebeker-Bier-Verkostung, die ihn nach der Stadtführung erwartet, als einziger Bezug zum Titel der Tour ebenso zu genügen wie den Schweden. Seine Frau dagegen sieht entsetzlich enttäuscht aus. Sie hätte wohl gerne einmal mit beiden Händen in die wahrhaftige Schatzkiste eines berühmten Seeräubers gegriffen und sich mit Gold überschüttet. Man weiß nie, mit welchen Erwartungen Touristen an einer Stadtführung teilnehmen. Gisela und Rosi hatten ursprünglich über eine Hans-Fallada-Tour nachgedacht. »Aber der war ja wirklich hier«, hat Rosi damals zu Bedenken gegeben. »Und so eine Tour machen dann auch nur ganz spezielle Leute mit, die es ganz genau wissen wollen, und da müsste man auch mindestens ein Buch von diesem Fallada gelesen haben. Wenn wir Störtebeker nehmen«, brachte Rosi ihre Überlegungen am Ende auf den Punkt, »können wir saufen statt lesen.«

»Weiter geht's!« Gisela klatscht aufmunternd in die Hände, sodass der Fuchshund verschreckt einen Satz zurück macht. Nachdem sein Herrchen auffordernd an der Leine gezogen hat, setzt er sich wieder in Bewegung. Auch Rosi entgeht die Szene nicht. Der nächste Ellenbogenstoß lässt nicht lange auf sich warten. Scheinbar unbeirrt präsentiert Gisela das nächste historische Gebäude mit einer Handbewegung, als böte sie eine breite Auswahl an Verlobungsringen feil.

»Und hier befinden wir uns nun vor dem Wulflamhaus. Dieses Haus, unübersehbar erbaut in typisch norddeutscher Backsteingotik, ließ Stralsunds Bürgermeister Bertram Wulflam direkt gegenüber dem Rathaus errichten. Na, fällt jemandem etwas auf?«

Der Herr im Anzug grinst und nickt. Madame Murmelauge hält sich den Reiseführer so nah vor das Gesicht, als wollte sie mit der Nase umblättern, die Schweden zucken ratlos mit den Schultern, das Mädchen schreibt sich etwas in sein Ordnungsamtheft, und die Dame aus Jena teilt ihrem Mann mit, dass ihr gerade wieder eingefallen ist, wo die Tabletten sind. Die hat sie ganz vorne in der Tasche in das Extrafach gesteckt, da, wo sie eigentlich nichts mehr reinstecken wollten, weil man die Hand nicht bis nach ganz unten reinschieben kann.

»Niemandem fällt etwas auf?« Gisela stützt theatralisch die Hände in die Hüften.

»Doch«, das Mädchen meldet sich.

»Brauchst dich nicht zu melden«, erwidert Rosi, »sag's einfach.«

»Das Wulflamhaus sieht aus wie das Rathaus in klein«, sagt das Mädchen pflichtbewusst.

»Genau!« Gisela nickt. »Dem Wulflam haben wir zu verdanken, dass wir um 1380 neben Lübeck die reichste Stadt der Hanse waren, aber, haha, dann ...«

»Wir waren wirklich stinkreich«, bestätigt Rosi.

»Aber dann ...«, versucht Gisela den Faden wiederaufzunehmen, doch Rosi unterbricht sie zum zweiten Mal: »Stralsund hat ihn vergrault.« Als hätte sie sich damit selbst das Stichwort gegeben, geht Rosi an dieser Stelle zum Angriff über. »Können wir Ihnen irgendwie helfen, sagen Sie mal?«

Alle Augen sind auf den Verdächtigen mit Fuchshund gerichtet. Verlegen senkt er den Blick. Ein guter Schachzug von Rosi. Höflich nimmt er seinen altmodischen Hut ab und hält ihn sich vor die Brust. »Wenn ich kurz eine Frage loswerden könnte?« Und obwohl ihm niemand eine Erlaubnis dafür erteilt, wird er seine Frage los: »Gibt es hier irgendwo einen Ratskeller?«

»Einen Ratskeller?« Gisela legt den Kopf etwas schief, wie

ein Vogel, der von einem seltsamen Geräusch abgelenkt wird.

»Ja, ich suche nach einem Lokal für das Abendessen.«

»Oh«, macht Gisela.

»Ratskeller gibt's hier nicht«, stellt Rosi unmissverständlich klar.

»Hätten Sie dann einen anderen Tipp für mich? Sie kennen sich hier als Touristenführerinnen doch sicher aus. Wo kann ich denn gut essen heute Abend? Am liebsten Fisch.«

»Nicht zu fassen!«, motzt Rosi. Gisela legt besänftigend ihre Hand auf Rosis Unterarm. Nur nicht die Nerven verlieren. Bloß ein Schmarotzer! Gisela versucht höflich zu bleiben:

»Es ist nur weil, also, Sie haben ja nix bezahlt und schon die ganze Zeit zugehört, und das hier ist unsere Arbeit, für die wir, aber wenn Sie gut Fisch essen wollen, dann könnten Sie …«

»Also, sach ma!«, unterbricht Rosi. »Wir dürfen dem keine Tipps geben. Das haben die uns doch extra gesagt. Der soll sich seine Tipps bei der Touri-Info holen. Das wäre doch total gemein den anderen gegenüber.« Ungeniert zeigt Rosi auf die Teilnehmer, die eingeschüchtert den Kopf heben und so tun, als würden sie das Wulflamhaus noch mal eingehend mit dem gegenüberliegenden Rathaus vergleichen. Entschuldigend kneift Gisela die Lippen zusammen. Keine Tipps für schmarotzende Zuhörer, lautet das Credo. Da hat Rosi leider recht. So haben sie es in dem Workshop *Souveräner Umgang mit Touristen* gelernt. Das hier ist ihr erster Schmarotzer, und er wirkt genauso fassungslos wie Rosi.

»Das sind Zeiten«, murmelt er. »Schlimm.« Er setzt seinen Hut wieder auf. Kurz hat Gisela Angst, der Fuchshund würde ihr in die Wade beißen.

»Gut«, beendet Rosi die Vorstellung. »Zeit fürs Bier.«

Während sich in der Gruppe die allgemeine Erleichterung durch einen kleinen Applaus entlädt, überschlagen sich für Gisela und Rosi die Ereignisse. Denn in diesem Augenblick kommt ein gelber Kleinbus auf dem Marktplatz zum Stehen. Quietschend öffnen sich die Türen. Heraus steigt die Grande Dame der hiesigen Tourismusszene: Karin Blohm. Lächelnd schaut sie in die Runde wartender Touristen. Gisela zählt 15 Leute. Rosi dagegen wird hektisch. Sie findet ihr Telefon in der Eulenhandtasche und hält es schamlos auf die Konkurrentin, während Gisela rechnet: 14 Euro von 15 Leuten, macht 210 Euro in 45 Minuten. Blohms einzige Bemühungen: die albernen historischen Kostüme, in die sie sich zwängt, eine sogenannte Live-Moderation und die Gefälligkeit, ab und zu einen Fotostopp einzulegen. Die Blohm ist Wessi und hat den Kapitalismus im Blut. Und das ist wirklich das Ärgerlichste an der ganzen Geschichte: Die ist nicht mal von hier.

»So, das war's. Ich hab sie.« Erschöpft lässt Rosi ihr Handy sinken. Auf der anderen Seite des Alten Marktes beschnuppert der Fuchshund Blohms Collie, während die Stadtführerin dem Schmarotzer in aller Herzlichkeit und mit ausladenden Handbewegungen den Weg zur *Kajüte* beschreibt, dem besten Fischlokal der Stadt. Gisela und Rosi verlieren kein Wort darüber. Auch ihre anständigen Touristen nicht. Brav folgen sie ihren Führerinnen durch die Fährstraße. Vor der Hafenbar *Klabauterfrau* haben zwei Abkommandierte der Stralsunder Brauerei einige Produkte auf Bierbänken drapiert: Schwarzbier, Roggenweizen, Whisky-Bier, Sanddornweizen, Bock-Bier, Pils: Prost!

Gisela kennt ein Paar, Monika und Fritz, da hat sie schon immer das Gefühl, ohne Monika wüsste kein Mensch auf der Welt, was Fritz für ein toller Typ ist. Wenn Fritz was von sich gibt, macht ihn das allerdings nicht unbedingt interessanter. Im Gegenteil, man denkt, aha, na ja, gut, ist eben auch nur so ein Fritz. Aber dann hält Monika ihre Hand in seine Richtung, als stünde da ein bedeutendes Denkmal, und sagt: »Guckt ihn euch an, meinen Fritz. Ist er nicht der Schönste? Auf jeden Fall ist er der Schlauste. Wenn der Bundespräsident eine Idee hat, dann sagt Fritz immer, dass er die Idee vor ein paar Tagen auch schon gehabt hätte. Fritz interessiert sich sehr für Politik.« Und zum Schluss erwähnt sie stets Fritzens romantische Seite. Als Monika ihn mal gefragt haben will, ob er sie liebe, soll er »Noch nicht ganz« geantwortet haben. Ob das nicht total romantisch sei, will Monika dann wissen, und man weiß nicht so recht und nickt nur so dazu. Gisela muss an die beiden denken, als sie am Hafen von Altefähr aus Rosis Fiat steigt. Nichts setzt Stralsund so überzeugend in Szene wie Altefähr, ein kleiner, unscheinbarer Ort links hinter der Rügendammbrücke. Altefähr liefert ein Postkartenmotiv, das seinesgleichen sucht: Stralsunds Silhouette, hinter der man nichts Böses vermutet. Christoph ist mal durch Amerika gefahren, erinnert sich Gisela, einmal quer durch. Der hat was gesehen von der Welt. Und was musste er feststellen, als sie nach seiner Rückkehr in Altefähr Eis essen waren? Dass weder Chicago noch L. A., Boston, New York und wie sie alle heißen, so eine schöne Silhouette haben wie seine Heimatstadt Stralsund.

Gisela schließt das Auto ab. Sie ist gefahren, weil Rosi die Bierverkostung tatkräftig unterstützt hat. Während ihre Partnerin in ausgelassene Redelaune geraten ist, hat Gisela einen Plan geschmiedet, und tatsächlich ist Rosi später ohne größere Gegenwehr ins Auto gestiegen. Rosis einzige Bedingung ist: nicht vom eigenen Handy. Ansonsten scheint sie schon ganz wild darauf, die Polizei endlich anrufen zu dürfen. Anonym natürlich. Gerade im Moment findet Rosi es krass, dass Menschen in Altefähr wohnen wollen. Gisela findet krass, dass man das krass finden kann, wenn man, wie Rosi, in Knieper West wohnt. Aber das behält sie für sich.

»Ist doch schön hier«, sagt sie. »Sehr idyllisch.«

»Aber hier ist doch nüscht außer dieser Telefonzelle. Bei mir hab ich gleich alles vor der Tür: Spar, Ärzte, Kosmetikerin …«

»Aber keine Telefonzelle«, sagt Gisela, die zuvor vergeblich versucht hat, sich daran zu erinnern, wo in Stralsund heute noch eine Telefonzelle steht.

»Ja, klar ist das idyllisch hier, aber wenn du jeden Tag auf die Silhouette glotzt, ist es halt auch nichts Besonderes mehr.«

Gisela fragt sich, ob das Monika auch so geht, wenn sie zu lange auf Fritz glotzt. Rosi stolpert schon nach zwei Schritten und kichert: »Wer schwankt, hat mehr vom Weg! Aber das Bernsteinweizen. Mmh, lecker!«

Heute riecht es hier streng, so als ob der ganze Sund voll von toten Fischen wäre. Gisela guckt sich um. Vier Leute gucken zurück. Sie sitzen vor dem Bootsverleih und rauchen. Einmal möchte Gisela eine Klischee-Tour anbieten, in der wird dann seemännisch Pfeife geraucht und Labskaus gegessen, in Gummistiefeln. An dem Tag könnten sie dann auch Regen gebrauchen.

»Trotzdem anrufen?« Rosi stellt beim Blick auf die Zeugen eine berechtigte Frage, die sie sich aber augenblicklich selbst beantwortet: »Ach, wir machen's einfach schnell. Mach ich immer so. Überrumpeltaktik. Nicht lang schnacken, Kopp in Nacken. Weißt? So schnell können die gar nicht...«

Entschlossen packt sie den Telefonhörer. »... nachverfolgen.« Sie hält inne, den Finger über der Tastatur. »110 oder 112? 115?« Unsicher verzieht sie die Schnute.

»Pscht!« Gisela legt den Finger auf die Lippen. »Du bist ja wirklich total dun. Hier.« Sie hält ihrer Kollegin Kohlhaases Kärtchen hin. »Die Polizeiwache in Stralsund musst du anrufen.«

Rosi kneift sich die Nase zusammen und spricht so tief sie kann, es klingt ein bisschen roboterhaft: »Guten Tag. Haben Sie die Liste gekriegt?« Deutlicher, aber weiterhin mit zusammengekniffenen Nasenflügeln, wiederholt Rosi: »Haben Sie die Todesliste erhalten?« Auf der anderen Seite der Leitung scheint man nicht zu verstehen oder eine Hinhaltetaktik wegen der Fangschaltung zu verfolgen. Gisela hält den Finger auf die Telefongabel, bereit aufzulegen. Rosi schüttelt energisch den Kopf. Sie will's jetzt wissen. »Bitte überprüfen Sie alle Personen auf dieser Liste. Na, die Liste, die man Ihnen per Einschreiben geschickt hat. Nein, ich war das nicht. Haben Sie die Liste? Ich wiederhole: Haben Sie die Liste? Janne Oldenburg, Gregor Lembke, Kerstin Müller, Christiane Lohmeier. Bitte überprüfen Sie diese Personen, und geben Sie denen Polizeischutz, damit kein weiteres Unglück passiert. Und überprüfen Sie bitte Karin Blohm. Karin Blohm bitte dringend überprüfen. Gregor Lembke ist kein Unfallopfer. Das war ein Mordanschlag. Nein, ich war das nicht. Vielen Dank!« Rosi legt auf und fängt an zu gackern. Gisela schaut beunruhigt zu den vier Typen vor der Fischbude, bevor sie Rosi beiseitezieht. »Und?«

»Weiß ich doch nicht«, sagt Rosi und prustet wieder los. »Ich hab gesagt, was ich zu sagen hatte, Gisèle. Und jetzt können mich die Toten alle mal … gernhaben.«

Wenn die Welt untergeht

Auch das noch! Kati scrollt mit dem Daumen den Artikel wieder zurück zum Anfang. Agavendicksaft, hat man herausgefunden, ist auch nicht besser als Zucker. Seit mittlerweile anderthalb Jahren schüttet Kati überall den teuren Agavendicksaft rein, und nun soll sie froh sein, dass sie das bis jetzt überlebt hat. Was sie gerade tatsächlich froh macht, ist, dass sie am Parchimer Bahnhof genug Handyempfang hat, um diesen Agavendicksaftartikel lesen zu können. Hannes hat also recht gehabt. Sie kann genauso gut Zucker in ihre veganen Muffins kippen. Hannes hat in vielem recht gehabt, und vermutlich sogar in der alles entscheidenden Frage: Sollte man Kinder in diese Welt setzen? Unbedingt. Glaubt er. Nein, findet Kati. Wenn sich die Menschheit nicht ändert, wenn Leute wie Kati, die Wert auf Nachhaltigkeit und Umweltschutz legen, bloß belächelt werden, wenn Ausbeutung von Mensch, Tier und Umwelt, die Jagd nach billig, billig, billig und die Attitüde *Nach mir die Sintflut* kein baldiges Ende finden, wird sich die Natur in sehr naher Zukunft ganz böse rächen. Aber wie! Wie auch immer die Zukunft der Erde aussieht, Kati und Hannes werden sie nicht als Paar erleben. Hannes hat die Verlobung aufgelöst. Er möchte keine Zukunft ohne Kinder. Der Kloß im Hals drückt schmerzhaft auf den Kehlkopf. Auch das Kreuz tut weh. Kati stopft einen zusammengerollten Pullover zwischen unteren Rücken und diese Pest von Regionalexpresssitz. Aber angesichts der aktuellen Nachrichten von untergehenden Flüchtlingsbooten will sich Kati nicht über die unbequemen Sitze des Regionalexpresses beschweren. Sie wundert sich nur, dass Menschen, die dafür bezahlt werden, solche Sitze nicht bequemer hinbekommen und dass ihr regelmäßiges Pilatestraining überhaupt gar nichts bringt. Bismarck hat gesagt: »Wenn die Welt untergeht, gehe ich nach Mecklenburg, denn dort geht sie fünfzig Jahre später unter.« Kati hofft, er behält recht, und die Welt dreht sich in Stralsund noch. In Berlin ist ihre Welt nach der Trennung von Hannes untergegangen. Kati schließt die Augen. Sie könnte heulen, aber das muss ja nicht unbedingt im Regionalexpress sein, wo Firmenausflüglerinnen ihre Späßchen mit Sektchen am Vormittag veranstalten. Katis Eltern werden denken, sie hat's versaut. Sie werden denken, ihre Tochter wollte nur wieder mit dem Kopf durch die Wand, ohne Rücksicht auf Verluste, keine Verantwortung übernehmen, albernen Idealismen hinterherjagen, die zu nichts führen außer, in logischer Konsequenz, zur Auflösung einer Verlobung. Da rennen einem die Männer weg, das kann man ja verstehen. Sagen werden ihre Eltern erfahrungsgemäß nichts dazu, außer, na ja, dass es dann nun mal so ist, wenn es so ist.

Endstation. Stralsund. Kati muss raus, ob sie will oder nicht. Egal, wo auf der Welt sie aus einem Zug stiege, sie würde überall sofort spüren, ob es in diesem Ort einen Hafen gibt. Sie ist vertraut mit der fernwehgeschwängerten, klaren Luft, dem Wind, der den Bewohnern immer ein bisschen in die Jacken weht wie in die Segel der Schiffe.

Kati sieht ihn noch nicht, aber sie weiß, dass sich ihr Vater hinter dem Getränkeautomaten versteckt. Er macht das immer so, seit dem Tag vor 17 Jahren, an dem Kati nach ihrem Auszug das erste Mal zu Besuch kam. Was das betrifft, wäre ein Enkelkind keine schlechte Idee. Das brächte neuen Schwung in das Versteckspiel am Getränkeautomaten.

»Buh!« Da springt ihr Vater auch schon hinter dem Automaten hervor und zieht ihr die Tasche von der Schulter. Anschließend gibt es das Begrüßungsküsschen und ein: »Na?!«

»Na?« Kati hakt sich bei ihrem Vater unter.

Während er Katis Tasche in den Kofferraum stellt, ist er heute befremdlich offen und direkt: »Mutti ist ein bisschen angeschlagen«, sagt er. »Vielleicht versuchen wir, sie ein bisschen mit Tofu- und Kuhmilchgeschichten in Ruhe zu lassen.«

»Okay.« Kati steigt ein und schnallt sich an. Sie stellt die Lüftung auf die Seitenfenster. Unglaublich, dass sich ihre Mutter die Luft immer so ins Gesicht blasen lässt.

»Was hat sie denn?«

»Ach«, Rainer startet den Motor. »Macht sich das alles zu kompliziert mit ihren Touristen, schätze ich.«

»Mhm.« Gar nichts machen und depressiv werden ist sicherlich unkomplizierter, denkt Kati. Sie will aber nicht schon jetzt anfangen zu stänkern. Links ragt der grüne Turm der Marienkirche hinter den roten Dächern hervor. Das letzte Mal ist Kati als Kind auf dem Kirchturm gewesen. Da war die Stadt noch grau in grau. Sie hatte neulich ein Video über Stralsund nach der Wende im Netz gesehen und sich entgeistert gefragt, ob sie wirklich *da* herkäme. 1990 sah die Stadt aus wie kurz nach dem Krieg: zerfallen, zerbröckelt und trist. Kati konnte selber kaum glauben, dass sie *da* herkommt. In ihrer Erinnerung war ihre Kindheit so bunt und fröhlich wie ein hergerichtetes Touristenstädtchen. Es wird mal wieder Zeit, einen Blick vom Kirchturm aus auf die Heimat zu werfen. Morgen will sie dort hoch.

»Na, Schieterbacke?!« Gisela legt die Zeitung auf den Tisch und schnappt sich Kati. Es ist schön an Mamas Busen, in Zeiten von Verlobungsauflösungen, von Weltuntergängen in der großen Stadt. Jetzt kostet es Kati noch mehr Mühe, nicht loszuflennen. Sie will versuchen, solang es geht, die Contenance zu bewahren. Über Giselas Schulter hinweg liest Kati die Schlagzeile des Tages.

»Wow«, sie schiebt ihre Mutter beiseite und zieht die Nase hoch. »Was ist denn hier los?«

Mord oder Unfall?, fragt die reißerische Überschrift des *Sundblatts*. Seit einigen Jahren überschlagen sich in Stralsund die Ereignisse. Scharfschützen liegen auf Dächern, zum Schutz für amerikanische Präsidenten, die hierhergekarrt werden, Erdölfunde in Milliardenhöhe versprechen Reichtum sondergleichen, und jetzt auch noch ein Mord?

»Mord in Stralsund?«

»Ach wat!« Mit einer abfälligen Handbewegung gibt Rainer seine Meinung dazu preis. »Da ist ein Sachse vom Aussichtsturm in Radevit gefallen. Ein Unfall.«

»Da gibt es einen Aussichtsturm?« Radevit liegt nur 15 Minuten von Stralsund entfernt. Es ist wirklich beschämend manchmal, wie wenig man über seine Heimat weiß. »Habe gerade vorhin gedacht, dass ich morgen auf die Marienkirche will. Brauch mal ein bisschen Überblick.«

Gisela plumpst zurück aufs Sofa. Sie scheint, wie angekündigt, nicht ganz auf dem Damm zu sein.

»Na ja, ist doch niedlich«, findet Kati, »dass das *Sundblatt* gleich einen Mord draus macht. Passiert ja sonst nüscht, wa?«

»Oh doch«, sagt Gisela. »Es gab einige sogenannte *Unfälle.*« So, wie sie das sagt, scheint sie zur Fraktion *Mord* zu gehören. Rainer glaubt nicht dran. »Da sind neulich mal welche aus einem Boot gefallen und ertrunken. Passiert jedes Jahr. Jedes Jahr fallen ein oder zwei Fischer aus einem Boot und ertrinken. Dat is nun mal so.«

»Fiete Marquardt hat gesehen, wie jemand die beiden rausgeschubst hat«, stellt Gisela klar. Kati muss vor Schreck lachen. »Wie bitte?«

»Ja«, sagt Rainer, »aber außer ihm hat dat niemand gesehen. Und dieses Boot, aus dem die angeblich *rausgeschubst* worden sind, hat man auch nicht gefunden. Ich habe bei dem Marquardt schon immer gedacht, dat der 'ne kleine Macke hat.«

»Und dann sind auch noch zwei vom Kreidefelsen geschubst worden«, sagt Gisela mit leerem Blick und monotoner Stimme, wie in einem Sat1-Film, wenn jemand anfängt, seine Lebenslüge zu beichten.

Kati muss sich setzen. »Das ist ja furchtbar.«

»Pfff«, macht Rainer in einer leicht überheblichen Art. »Das kommt davon, wenn man unbedingt in neumodischen Crocs rumlaufen muss. Von wegen bequem. Mit so was kann man ja nur abrutschen.«

»Glaube nicht, dass die beiden alten Frauen in Badelatschen am Kreidefelsen unterwegs waren«, erwidert Gisela spitz, als hätte Rainer sie persönlich beleidigt.

»Hätte ich das gewusst«, seufzt Kati, »wäre ich in der Großstadt geblieben. Da ist's sicherer.«

»Ja, genau«, sagt Gisela. »Wann fährst du denn wieder?«

Wann sie wieder fährt? Die Frage klang jetzt ziemlich unironisch. Hier geht doch noch irgendwas anderes als die Diskussion *Mord oder Unfall?* vor sich. Krebs? Scheidung?

Totalüberforderung mit der Selbstständigkeit? O je, wenn sie erst erfahren, dass Hannes die Verlobung aufgelöst hat und das Projekt Enkel damit auf Eis gelegt ist, dann Gute Nacht, Marie.

Es gibt Wirsingeintopf ohne Kassler, ohne Rippchen, ohne Würstchen, ohne Fisch, ohne Speck, ohne Huhn, ohne Lamm und ohne Rind. Also ohne Sinn und Verstand, wie Rainer das kommentiert. Auch Gisela hält Katis fleischlose Ernährung für *irgendwie unnötig*. Dem folgen für gewöhnlich die üblichen Argumente, dass die Tiere ja so und so schon tot seien und es traurig wäre, das Fleisch wegzuwerfen, oder dass der Mensch schon immer Mammuts gefressen habe und so weiter und so fort. Um diese Art von Unterhaltung zu vermeiden, lässt Kati ihre Eltern lieber an ihren marketingstrategischen Überlegungen teilhaben: »Du könntest eine Verbrecher-Tour anbieten.«

»Gute Idee«, findet Rainer, »aber es fehlt doch 'n büschen Kassler.«

»Nee, echt jetzt mal. Die Leute fasziniert so was. Wisst ihr ja selber, die bleiben stehen, wenn es irgendwo was zu gaffen gibt, am besten mit ein bisschen Grusel oder Ekel.«

»Sag mal, geht's noch?« Gisela macht das passende Gesicht zu diesem Vorschlag, irgendwas zwischen Faszination und Ekel. Aber Kati hat es klar vor Augen: »Die Crime-Tour. Ihr führt die Urlauber zu den Tatorten. *Und hier wurde einer vom Aussichtsturm geschubst, genau hier hat er gelegen, in diesem Schlehenbusch. Schlehen sind nicht zu verwechseln mit Sanddorn, einer regionaltypischen Angelegenheit.* Na ja, so verbindet ihr dann das eine mit dem anderen, und fertig ist das Gesamtpaket.«

»Ist das dein Ernst?« Rainer wischt sich mit dem Zeigefinger Suppe vom Kinn. Gisela hat ihren Löffel noch nicht ein einziges Mal aus der Suppe herausgehoben. Kati zuckt mit den Schultern. Natürlich meint sie es nicht wirklich ernst. Aber eigentlich – why not?

»Du schreckst vor gar nix mehr zurück, ne?« Gisela rührt in der Suppe.

»Stimmt«, sagt Rainer zu Kati gewandt, »du hast doch sonst so deine ganz speziellen Ansichten. Also, von Moral und Anstand.«

»Die Welt retten und so.« Gisela legt den Löffel auf dem Tellerrand ab.

»Hm«, macht Kati und muss ihren Eltern erklären, dass das eine eben Beruf und das andere privat sei. »Beruflich kann man eben nicht immer, wie man will«, sagt sie. »Da muss man marktorientiert denken.«

»Wenn man sich teuren Agavendicksaft leisten will«, fügt Gisela hinzu. So bissig kennt Kati ihre Mutter nicht.

»Was ist eigentlich so schlimm daran, sich Gedanken über Nachhaltigkeit und die Welt zu machen?« Nun sind sie also doch wieder bei diesem Thema gelandet. Das bedeutet, auch die Enkelfrage ist nicht mehr weit.

»Nix!«, brummt Rainer. »Aber so ein Eintopf ohne Fleisch ist irgendwie … Also, ich weiß nicht. Wat soll dat?«

»Apropos marktorientiert!« Kati geht auf die Provokation ihres Vaters nicht ein. »Mutti, ihr müsst dringend eure Seite im Netz ein bisschen mehr – ähm, aufbauschen.«

»Wie meinst du dat?«

»Ihr bräuchtet zum Beispiel positives Feedback von Leuten, die schon eine Tour mit euch gemacht haben, euphorische Quotes, Bewertungen halt«, findet Kati, »damit man weiß, dass das super mit euch ist.«

»Aber wo soll ich so was herkriegen? Die Leute sagen nach der Tour danke und tschüss.«

»Ich mach euch noch ein Gästebuch auf die Seite.«

»Und dann?«

»Dann schreib ich euch ein paar euphorische Quotes rein und wie einzigartig das mit euch war.«

»Du?«

»Sie hat's studiert und wird schon wissen wie man das macht.« Mit einem Hauch von Stolz greift Rainer nach Katis Hand. »Aber gib nirgends unsere Bankdaten ein, okay?«

Nach dem Essen geht jeder seiner Wege. Kati verschwindet mit dem Laptop ihrer Eltern in ihrem alten Kinderzimmer. Der Computer hat vor Lichtjahren mal ihr gehört. Ihre Diplomarbeit hat sie da reingetippt und erste verknallte Mails an Hannes. Auf ihrem schwarz lackierten Jugendbett liegt eine Packung Rocher. Als Kati damals mit Hannes zusammenkam, wurde die obligatorische Kinderschokolade durch Rocher ersetzt. Seitdem gilt sie wohl im Hause Klawitter offiziell als erwachsen. Kati wickelt eine Schokoladenkugel aus und steckt sie sich in den Mund. Das schlechte Gewissen wegen der unfair bezahlten Kakaobauern, der arbeitenden Kinder und der aufgelösten Verlobung kaut kräftig mit, bis sich der Computer endlich in Bereitschaft gestottert hat. Sieben Stunden lang hat sie es bereits geschafft, dem Stalking-Drang standzuhalten. Aber jetzt ist die Schmerzgrenze erreicht. Sie muss zu Facebook und sehen, was Hannes ohne sie macht. Gibt er vergnügte Kommentare ab? Vorgestern Abend hat er ein überdimensionales Wiener Schnitzel mit den Worten *long time waiting* gepostet. Es muss ihm schlecht gehen, denn wem es gut geht, der fotografiert doch sein Essen nicht. *Falschaussage.* Kati hält verwundert inne. Falschaussage? Das schlägt die Suchmaschine vor, nachdem Kati das F und das A für Facebook eingetippt hat. Interessant. Welche Suchbegriffe hat der Browser wohl noch gespeichert? *Anonyme Anzeige. Beihilfe zum Mord. Private Ermittlungen, Kronzeugin.* Hui. Es gibt Dinge von seinen Eltern, die will man nicht wissen. Das heißt, man will sie natürlich schon wissen, aber vielleicht nicht so genau. *Kronzeugin? Mord? Ermittlungen?* Das ist doch lächerlich. Ihre Eltern würden niemals etwas anstellen. Nicht absichtlich. Das ist ja albern. Kati schüttelt den Kopf, um diese wirren Gedanken loszuwerden. Aber das fällt schwer angesichts der merkwürdigen Stimmung in diesem Haus. Und man darf die Augen vor Problemen auch nicht immer verschließen. Diesen Fehler hat Kati schon viel zu oft in ihrem Leben gemacht.

»Mutti?«, ruft sie.

»Was is?«

»Schon gut.« Nein, das ist lächerlich. Ihre Mutter hatte schon immer ein Faible für Verbrechen. Das ist ja nichts Neues.

Nachdem Kati für die Website ihrer Mutter ein Gästebuch angelegt und unter diversen Namen ein paar überschwängliche Beurteilungen der Stadtführungen reingeschrieben hat, fehlt es der Seite nun noch ein bisschen an Athmo. Ein einigermaßen sympathisches Foto von Gisela und Rosi könnte sie gebrauchen. Besonders für Rosi Hafenmeister sicherlich eine Herausforderung. Vielleicht hat sie sich verändert, aber so, wie sich Kati erinnert, war sie früher eher der Typ: Ich mach das hier nicht zum Spaß, Freunde. Vielleicht kann Kati die beiden Kolleginnen zu einer Fotosession morgen früh überreden. Sie stellt den Computer neben das Bett und legt sich hin. Hier, in ihrem schmalen Jugendbett, ist alles weg, das Erwachsensein, das Exverlobtsein, das Bedürfnis, die *taz* zu lesen. Es passiert eine Weile nichts. Sie starrt nur an die Decke, ignoriert die irritierenden Gedanken an die Suchbegriffe ihrer Eltern und hat stattdessen Lust, RTL zu gucken. Das macht sie dann so lange, bis ihr die Augen zufallen.

»Kati! Kati!« Katis erster Blick fällt auf den Radiowecker. 02:11 Uhr. Gisela steht an ihrem Bett. »Du musst morgen früh nach Hause fahren«, flüstert sie. Nach Alkohol riecht sie nicht. Kati setzt sich auf. »Was?« Im Fernseher läuft die Wiederholung irgendeiner *Friends*-Folge aus den 90ern.

»Du fährst morgen bitte nach Hause. Du kannst nicht hier sein.« Gisela sieht im Mondlicht gespenstisch blass aus.

»Was ist denn mit dir los?«

»Eines Tages werde ich dir alles erklären.« Gisela klingt, als würde sie ihrer Tochter in ferner Zukunft ein Video zukommen lassen wollen, auf dem sie die mysteriösen Umstände ihres Ablebens aufklärt.

»Bitte fahr morgen. Sag Papa nix. Sag ihm, dass Hannes dich für irgendwas braucht, oder so was.«

Der Kloß im Hals ist wieder da. »Der braucht mich für gar nichts mehr«, sagt Kati in das Dunkel ihres Jugendzimmers. Gisela drückt ihre Hand: »Okay, Schieterbacke, also fährst du morgen, ja?«

»Wir haben uns getrennt.«

»Wer?«

»Hannes und ich.«

»Ach so. Hm.«

»Ach so. Hm?«

Gisela atmet tief ein. »Ich will einfach nur, dass du wieder abreist«, sagt sie. Kati schlägt die Hände vor das Gesicht. Es sieht ein bisschen theatralisch aus, aber es ist vollkommen ernst gemeint. Gisela setzt sich auf das Bett und drückt ihre Stirn an Katis Stirn. »Ich hab dich so lieb«, flüstert sie, »und darum musst du nach Hause fahren.«

»Ich kann nicht«, sagt Kati. »Zu Hause ist keiner.«

Merkels Schnapsglas

Müde sitzt Gisela im Mitsubishi. Neben ihr tippt Kati wie wild geworden Nachrichten in ihr Handy. Statt abzureisen hat sie ihre Mutter und Rosi zu einem Fotoshooting verdonnert. Gisela würde alles tun, um ihre Tochter davon abzuhalten, alleine die Marienkirche hochzukraxeln. Und das hätte sie mit ihrem Dickkopf ganz bestimmt getan, hätte sich Gisela dieser Fotoidee verweigert.

»Schreibst du Hannes?«

»Nee.«

»Warum nicht?«

»Wieso sollte ich?«

»Na, damit ihr euch wieder vertragt.«

»Mutti, bitte. Er ist schon vor zwei Wochen ausgezogen. Wir waren verlobt. Mit vertragen hat das nichts zu tun.«

Es scheint also ernst zu sein, denkt Gisela. Kein Wunder, dass die Leute heute erst mit Ende 30 ihre Kinder kriegen, bei all dieser Unverbindlichkeit. Mit 35 hatte Gisela schon zwei schulpflichtige Kinder. Aber das darf man ja heutzutage nicht mehr erwarten. Das ist so typisch für diese Generation: sich vor Rückständen von Pflanzenschutzmitteln in Discountertees fürchten, aber keine Angst vor der echten Gefahr des Lebens haben, nämlich der Angst, dass der Zug zur Familiengründung eines Tages ohne einen abgefahren ist. Stattdessen müssen sie auf Kirchtürme klettern, um *einen Überblick zu kriegen.* Und das, wohlgemerkt, in Städten, in denen schubsende Mörder ihr Unwesen treiben. Da kennen sie nichts. Die reisen auch nach Tunesien und Istanbul und in schlimmere Länder. Am liebsten wollen sie irgendwohin, wo Krieg und Epidemien sind, um zu helfen, freiwillig, für lau, aber der Bio-Verveine-Tee muss es sein, für 3,79 Euro.

»Ja, aber dann muss er dir noch Miete zahlen. Das macht der wohl hoffentlich.«

»Hä? Wieso, wenn er nicht mehr da wohnt?«

»Der kann doch nicht ...« Gisela tritt so fest auf die Bremse, dass beide nach vorne in die Gurte gepresst werden.

»Mutti!?«

»'tschuldige«, sagt Gisela und legt den Rückwärtsgang ein. Langsam rollt der Wagen zurück. Rechts der Ententeich, links Katis Kindergarten. Gisela hält und schaltet den Warnblinker ein. Janne Oldenburg aus Greifswald wird vermisst. Gisela kneift die Augen zusammen, um auch das Kleingeschriebene auf dem Suchblatt am Laternenpfahl lesen zu können. Seit zwei Tagen wird die junge Frau vermisst. Giselas Herz galoppiert los.

»Ähm, Mutti, du stehst mitten auf der Straße.«

»Kommt doch keiner. Jetzt warte mal.«

»Mutti, was machst du denn?«

»Scheiße.«

»Kennst du die, oder was?«

Ruhig bleiben. Atmen. »Nee!« Das verräterische Schwitzen unter Kontrolle bringen. Sich nichts anmerken lassen.

»Und warum guckst du so komisch?«, fragt Kati besorgt.

»Ich hab die halt schon mal gesehen. War die nicht in deiner Parallelklasse?«

»Nee.«

»Du solltest echt nach Berlin fahren, Kati.«

»Und du bist echt komisch!«

»Ich? Du siehst doch, was hier los ist.«

Gisela legt ihre eiskalte Hand auf den Schaltknüppel und legt den ersten Gang ein. Ihr ist übel. Es kann sein, dass sie sich gleich filmreif aus der Tür lehnen und auf das Kopfsteinpflaster erbrechen muss. Nur im Krankenhaus darf das nicht wieder enden. Wer soll dann Kati beschützen? Während Gisela das Auto auf den Parkplatz am Neuen Markt lenkt, sieht sie im Geiste Janne Oldenburg, wie sie sich vor einigen Tagen fröhlich und ungezwungen zu der schicksalshaften Gruppe gesellt hatte. So unbeschwert. So jung. Das alles ist wirklich furchtbar. Gisela muss endlich mit Kohlhaase sprechen. Vielleicht kann der was drehen. Aus alter Liebe. Vielleicht kann er dafür sorgen, dass Gisela und Rosi mit einem blauen Auge aus der Nummer rauskommen. Wenn sie einfach nur sagen, was sie wissen? Dafür kann man sie doch nicht in den Knast sperren. Gemacht haben sie ja eigentlich nichts. Nur ein bisschen lange Informationen zurückgehalten. Höchstens. Aber Rosis Schwägerin ist Sprechstundenhilfe bei Doktor Vogt, dem Psychologen. Der erstellt vielleicht ein Gutachten darüber, dass Rosi und Gisela aus Panik gehandelt haben, dass sie unter Schock stehen. Man könnte auch die Möglichkeit der Kronzeugenschaft in Erwägung ziehen, wie im letzten *Polizeiruf 110*. Diese Möglichkeit hat Gisela sogar schon gegoogelt. Sie als Kronzeugin – das klingt allemal besser als Mittäterin.

»Was ist denn da los?« Kati schiebt ihr Handy in die Hosentasche und reckt den Hals. Gisela macht den Motor aus. »Janne Oldenburg«, flüstert sie. »Mir wird irgendwie so …«

»Mutti? Nicht ohnmächtig werden.« Kati greift fest nach Giselas Hand. Nicht ohnmächtig werden, denkt auch Gisela. Ihre Tochter könnte die Gunst der Stunde nutzen, um auf den Kirchturm der Marienkirche neben dem Neuen Markt zu steigen. Ach nein, das ginge ja gar nicht. Die Kirche ist abgesperrt. Rot-weißes Absperrband flattert vor dem Eingang. Gisela atmet tief durch. Gott sei Dank bloß Janne Oldenburg und nicht Kati Klawitter. Gisela schämt sich für diesen Gedanken, kann sich selbst aber gleichzeitig gut verstehen. Welche Mutter mit renitenter Tochter und ermordeter Kundschaft würde in ihrer Situation anders denken?

»Geht schon«, versucht Gisela sich und Kati zu beruhigen.

»Wirklich? Scheint dich alles ganz schön mitzunehmen.«

»Na ja, jetzt ist die Nächste tot. Sooo viele Einwohner hat Stralsund nicht. Da kann man schon mal nervös werden.«

Kati legt den Kopf zurück und lacht ein herzliches Lachen, wie unter Freunden in einer lauten Großstadtkneipe, nicht wie im Auto mit Mutti.

»Was ist daran lustig?«

»Das war doch ’n guter Witz!«

»Das war kein Witz. Die Lage ist hier höchstdramatisch.«

»Also, erstens habt ihr gesagt, das wären Touristen, die diese Unfälle hatten, und zweitens sehe ich hier keine Tote.«

»Ach nee?«

»Nee, Mutti. Hier sind definitiv keine Toten. Sonst wäre hier nämlich Polizei und nicht das Ordnungsamt.«

Gisela starrt durch die Windschutzscheibe. »Nicht zu fassen«, sagt sie, nachdem ihr Gehirn das Wort *Ordnungsamt* mit etlicher Verzögerung auf den dunkelblauen Uniformen dechiffriert hat. »Jetzt ist die Polizei schon so überfordert, dass sich das Ordnungsamt um den Abtransport von Leichen kümmern muss.«

Verschreckt zuckt Gisela zusammen, als jemand von außen gegen das Seitenfenster hämmert. Rosi Hafenmeisters Gesicht grinst fratzenhaft herein.

»Was hat'n die neuerdings für 'ne Frisur?«, fragt Kati.

Rosi zieht die Tür auf. »Janne Oldenburg«, sagt Gisela und deutet mit dem Kopf Richtung Kirche.

»Wer?«

»Die Oldenburg, du weißt schon, Lübeck und so.«

»Was ist mit der?« Rosi streckt ihre Hand ins Auto. »Hallo, Kati. Mensch, dich hab ich ja ewig nicht gesehen.«

»Hallo«, Kati schüttelt die Hand. »Schön, dass das klappt. Fotos sind echt wichtig auf einer Homepage.«

»Soll das Fotomodell denn mal einsteigen?«, will Rosi wissen.

»Wieso?« Entgeistert schaut Gisela von Rosi zu Kati und zurück. Haben die beiden hier irgendwas nicht mitbekommen?

»Janne Oldenburg«, sagt Gisela noch mal und guckt ihre Kollegin dazu vorwurfsvoll an. Bei Rosi soll gefälligst der Groschen fallen.

»Ja, was ist denn mit der?« Rosi knallt die Fahrertür zu und öffnet die hintere, um einzusteigen. Wie verabredet trägt sie das *I-love-Touris*-Sweatshirt. »Ich geh mal davon aus, dass wir die Fotos jetzt woanders machen, oder?«, fragt sie Kati. »Kirche ist wohl für heute gestorben.«

Kati grinst und schlägt vor, zum Rathaus zu fahren.

»Diese Schmierfinken!«, schimpft Rosi. »Die ganze Kirche vollgesaut. Unmöglich.«

»Welche Kirche?«, fragt Gisela.

»Diese Umwelttrottel«, sagt Rosi. »›Die schwarze Pest‹,

›Gott will das nicht‹, ›Verschont die Ostsee‹. Alles vollgesprayt mit diesem Quatsch.«

Kati grinst triumphierend.

Vollgesprayt? Kirche? Ordnungsamt? Dickflüssig wie Erdöl tropfen die Informationen in Giselas Hirn.

»Bisschen näher zusammen und mal bitte weniger gequält«, lautet Katis Regieanweisung hinter der Kamera. Rosi kommt ganz nah und legt den Arm um Giselas Hüfte und ihren Kopf gegen Giselas Schläfe. Unangenehm.

»Noch ein bisschen freundlicher!«

»Ich bin zwar nicht so lustig wie andere, dafür unfreundlicher«, sagt Rosi. Für den Spruch zeigt Kati ihr den Daumen. »Bisschen weniger bitte.«

»Was weniger?«

»Weniger … kuschelig. Soll ja kein Urlaubsfoto werden.«

Rosi lässt Giselas Hüfte los, verschränkt die Arme und lehnt sich mit dem Rücken keck gegen Giselas Arm. »So was?«

»Ja. Mutti, du auch ein bisschen euphorischer bitte.«

Gisela neigt den Kopf Richtung Rosi, zieht den Mund breit und flüstert durch die zusammengebissenen Zähne:

»Die Oldenburg wird trotzdem vermisst.«

»Aber sie sind jetzt dran«, flüstert Rosi zurück. »Heute früh war total viel Polizei bei Knipsi. Konnte mit dem Blohm-Foto gar nicht zu dem rein.«

»Mann, Leute!« Ungeduldig lässt Kati die Kamera sinken. »Soll das jetzt hier was werden oder nicht?«

»Soll«, ruft Rosi, die sich scheinbar richtig auf das Fotoshooting gefreut hat. Nun legt sie sich ziemlich ins Zeug; sie dreht sich, fasst sich in die Haare und stemmt die Hand in die Hüfte. Als sie auch noch einen Knutschmund macht, fällt es ihr schließlich selber auf. »Oh, sorry«, sagt sie, »es geht mit mir durch.«

Kati knipst von oben, von unten, von allen Seiten. Sie scheucht die beiden auf dem Alten Markt hin und her, vor das Rathaus, vor die Touristeninformation, vor das Wulflamhaus, zurück vor das Rathaus. Einmal werden sie beinahe Opfer des neuen ebenerdigen Springbrunnens, der in undurchschaubaren Rhythmen seine Fontänen abschießt. Wer sich nicht auskennt und sich zur falschen Zeit an der falschen Stelle auf dem Alten Markt befindet, wird nass gemacht. Viele Touristen und Hunde hat der Brunnen schon abgeschossen. Als Kati auf dem Boden kniet, um Gisela und Rosi vor dem Rathaus ganz groß rauszubringen, wie sie erklärt, ertönt ein Martinshorn. Sekunden später kommt ein Polizeiwagen um die Ecke gebogen. Mit quietschenden Reifen hält er neben Kati. Zwei Polizisten steigen aus, eilig scheinen sie es ab diesem Zeitpunkt nicht mehr zu haben. Der eine setzt sich seine Mütze auf, der andere rückt seinen Hosenbund zurecht, bevor sie ohne Hast in die Touristeninformation schlendern. Gisela und Rosi gucken den beiden Polizisten besorgt hinterher.

»Hat 'n Touri bestimmt 'nen Kugelschreiber mitgehen lassen«, vermutet Kati und bringt sich unbeeindruckt wieder in Stellung.

»Kommt, wir gehn mal rein, gucken, wat los is«, schlägt Rosi vor und setzt sich in Bewegung. Gisela bekommt sie gerade so am Sweatshirtärmel zu fassen.

»Mann, ihr habt Sorgen.« Mit der Überheblichkeit einer Hauptstädterin schüttelt Kati den Kopf. »Jetzt lasst doch um Himmels willen die Bullen in Ruhe ihren Job machen.«

Rosi guckt Gisela vorwurfsvoll an. Gisela findet, nur weil sie Kati vor über 30 Jahren in die Welt gepresst hat, ist es nicht nur ihre Schuld, dass ihre Tochter jetzt stört. Gisela streckt die Arme in die Luft und gähnt. Sofort hält sie sich erschrocken die Hände vor den Mund und reißt die Augen weit auf. Es muss überzeugend aussehen, denn Kati lässt auf der Stelle besorgt die Kamera sinken: »Mutti, was ist?«

»Ohgottogott«, jammert Gisela.

»Ja, was ist denn?« Auch Rosi fällt drauf rein.

»Ja, bin ich denn des Wahnsinns?!« Theatralisch hält sich Gisela die Hände an die Wangen.

»Mutti!«

»Wir müssen das jetzt leider abbrechen.« Gisela versucht so zu klingen, als würde sie das bedauern, findet aber selber, dass das nur bedingt klappt.

»Und verrätst du uns auch, warum?« Während Kati ihre Mutter weiterhin beunruhigt anstarrt, als würde sie sich auf das Schlimmste gefasst machen, versucht sich Rosi mit einem Augenzwinkern zu vergewissern, ob sie auf den zweiten Blick durchschaut hat, dass es sich hier um einen Trick handelt.

»Ich habe gegähnt«, offenbart sich Gisela und guckt Kati ernst an, als hätte sie gerade einen Mord gestanden.

»Bist du müde?«

»Ich habe gegähnt, und ich habe mir dabei nicht die Hand vor den Mund gehalten.«

»Ah.« Kati dämmert's wohl. Damals, als sich Gisela noch um Erziehung bemüht hat, hat sie ihren Kindern immer wieder eingebläut, sich beim Gähnen bitte schön die Hand vor den Mund zu halten. Nicht ausschließlich aus Anstand. Es mag nur ein alberner Aberglaube sein, aber wer weiß schon, ob es am Ende nicht wirklich wahr ist und Dämonen nicht doch jede ungeschützte Körperöffnung nutzen, um in den Körper zu gelangen?

Kati guckt fragend zu Rosi.

»Ja, gut«, sagt Rosi geistesgegenwärtig, »dann müssen wir die ganze Sache hier wohl erst mal beenden.«

»Und dir ein paar Dämonen austreiben!?« Kati scheint fassungslos.

»Nein, nein.« Gisela ärgert sich, dass sie nicht einfach eine Pechzahl oder eine schwarze Katze ins Spiel gebracht hat. Das mit den Dämonen macht doch überhaupt keinen Sinn. Aber ihr ist auf die Schnelle nichts anderes eingefallen. »Ich hab ja vielleicht gar keine Dämonen«, sagt sie, »aber es bringt halt Unglück. Gähnen ohne Hand vorm Mund. So oder so.«

»Und ich hab auch keine Lust mehr«, sagt Rosi.

Gar nicht mal eingeschnappt, sondern irritiert packt Kati ihre Kamera ein. Ungeduldig drückt Gisela ihr den Autoschlüssel in die Hand und schiebt sie Richtung Mühlenstraße. »Danke, Mäuselchen, wir sehen uns zu Hause. Nimm das Auto. Ich muss noch was mit Rosi besprechen und komm dann mit dem Bus nach.«

»Und wenn es unseretwegen ist? Wenn die uns suchen oder fragen, wo wir sind, oder so was? Ich meine, wen soll die Polizei in der Touri-Information suchen, wenn nicht uns?« Rosis scharfsinnige Schlüsse beeindrucken Gisela nicht. Sie ist sich ziemlich sicher, dass Andreas sie in diesem Fall am Telefon darauf angesprochen und nicht nur gefragt hätte, ob heute es beim Bier heute Abend bliebe. Fordernd streckt sie ihre Hand aus, während sie mit der anderen in ihrer Tasche das Halstuch herauswühlt. »Gib mal deine Gucci-Brille.«

Rosi kann sich ein Nasegrunzen nicht verkneifen, als die fertig verkleidete Gisela vor ihr steht und in aller Entschlossenheit verkündet: »Du hast gestern Knipsi vernommen, jetzt bin ich dran. Ich geh da jetzt rein.« Versteckt hinter einer großen Sonnenbrille und mit ihrem roten Halstuch um den Kopf, nimmt Gisela Kurs auf die Touristeninformation, im Slalom vorbei an Touristen, die beeindruckte Blicke an der Fassade des Rathauses entlangschicken. Noch sind sie ganz verzaubert von der Backsteinromantik, aber jegliche Romantik wird ihnen vergehen, sobald sie hier an Leute aus dem Dienstleistungsgewerbe geraten – wie Rosi. Gisela wirft einen Blick zurück. Rosi hat es sich auf einer Bank in der Nähe des unberechenbaren Springbrunnens gemütlich gemacht und zieht eine genervte Flunsch, als hätte man sie gerade in einem furchtbar unpassenden Moment etwas furchtbar Dummes gefragt. Rosi muss ihre Launen in den Griff kriegen, sonst wird es schwierig für die Stadtführungen der besonderen Art. Aus der Ferne hält Rosi ihrer Kollegin jetzt die gedrückten Daumen entgegen. Gisela atmet noch einmal tief durch, bevor sie die Tourismuszentrale betritt. Frau Hartlieb und Herr Rose, die beiden Mitarbeiter, wirken aufgewühlt, während die Polizisten am Tresen lehnen, als wollten sie sich bloß über Radwege auf Rügen informieren. Versteckt hinter einem Flyer über Gutshäuser und Schlösser in MV kann Gisela die Unterhaltung belauschen. Das ist sonst nicht ihre Art, aber es gibt nun mal Situationen, die erfordern einiges und entschuldigen vieles.

»Mehr Angaben können Sie nicht machen?«

Die beiden Polizisten hat Gisela noch nie gesehen. Aber ist ja auch klar, dass man für so einen Fall Profis vom Landeskriminalamt schickt oder sogar vom Bund. Frau Hartlieb schüttelt den Kopf. Sie hat die Arme verschränkt, als sei ihr kalt. Sie sieht aus, als würde sie gleich anfangen zu weinen. Die Arme! Gisela kann das nachempfinden. Sie weiß, wie sich jemand fühlt, der in so eine Sache einfach mit reingezogen wird.

»Kann sein, seine Jacke war blau«, sagt Herr Rose. Bingo. Gisela scheint zur richtigen Zeit am richtigen Ort zu sein.

»Meinen Sie, dass das der Touristenmörder gewesen sein könnte?«, will Frau Hartlieb nun ganz unverblümt wissen und wirft einen Blick rüber zu Gisela. Die hebt den Flyer etwas höher.

»Keine Ahnung«, sagt einer der Polizisten, »aber wir können Entwarnung geben. Seit heute …«

»Entwarnung ist gut«, unterbricht sein Kollege und klopft mit der Faust auf den Tresen. Was auch immer diese Geste bedeuten soll.

»Na ja, ich meine, wir gehen seit heute davon aus, dass es der Mörder nicht explizit auf Ihr Terrain abgesehen hat. Leider wird nun auch eine Einheimische vermisst. Janne Oldenburg, und es sieht so aus, dass sie …«

»Erst mal hat sie ja nur eine Verabredung platzen lassen«, versucht der Kollege das zu relativieren.

»Na ja.« Der andere lässt keinen Zweifel daran, dass es handfeste Gründe gibt, an etwas anderes zu glauben. »Es kann vermutlich jeden treffen. Nicht nur Touristen. Ich weiß, es ist trotzdem schwer, aber versuchen Sie sich bitte zu entspannen.«

»Das würde uns helfen. Wir können hier nicht täglich …«

»Aber diesmal ist wirklich was«, unterbricht Herr Rose.

»Er ist auf jeden Fall rechts lang.« Frau Hartlieb zeigt zur Sicherheit noch mal an, wo rechts ist.

»Hören Sie«, der eine Polizist wedelt mit seinem Notizblock. »Ihr Engagement in allen Ehren, und wir verstehen, dass Sie nervös sind, aber wir haben wirklich alle Hände voll zu tun, und Sie können uns nicht jedes Mal rufen, wenn Ihnen hier einer Ihrer Kunden verdächtig vorkommt.« Alle schauen zeitgleich zu Gisela.

»Hallo, Gisela«, sagt Herr Rose.

»Tach«, antwortet Gisela und greift nach einem weiteren Flyer über Gutshäuser. Sie glüht vor Scham. Nie, nie, nie wieder wird sie sich bewegen, nie wieder hier weggehen, den Mitarbeitern der Tourismuszentrale in die Augen schauen. Sie wird einfach für immer und ewig eine erstarrte Salzsäule bleiben.

»Na ja, was heißt ›verdächtig vorkommt‹«, wehrt sich Frau Hartlieb. »Der Herr wollte wissen, in welchem Hotel die meisten Touristen unterkommen. Warum will einer so was wissen? Wenn er nicht verdächtig ist.«

»Haben Sie eine Ahnung, was die Leute so alles wissen wollen«, sagt der Polizist. Sein Kollege lacht.

»Jedenfalls so groß wie ich, blaue Jacke mit hinten den Buchstaben OT, mittleres Alter, hellbraunes Haar und rechts lang.« Rose ist jetzt merklich gereizt. »Vielleicht machen Sie ja Ihren Job und überprüfen den. Besser als Rumstehen.« Er wendet sich ab und beginnt, Plakate zu zählen. Wäre Gisela nicht immer noch so peinlich berührt, wäre sie wohl ziemlich beeindruckt von Roses Direktheit. Bei den Polizisten hat es offensichtlich gewirkt. Die verlassen grußlos den Laden. Linksrum.

»Die Polizei, dein Freund und Helfer«, sagt Rose. Frau Hartlieb schüttelt angewidert den Kopf. Diesen Moment der Enttäuschung nutzt Gisela, um zu flüchten. Draußen wartet schon Rosi. Fragend hebt sie die Augenbrauen.

»Wir müssen rechts lang.« Gisela biegt sogleich in die Ossenreyerstraße. »Ein Typ mit blauer Jacke und den Buchstaben OT hintendrauf.« Sie schiebt sich das Tuch vom Kopf und Rosis Sonnenbrille auf die Haare. Sie beschleunigt ihren Schritt. Und gerät ganz schön ins Schnaufen.

»Was ist mit dem?«, will Rosi wissen und muss immer wieder ein paar Laufschritte einschieben, um Schritt zu halten. »Ist er das?«

»Weiß nicht, aber wir gucken uns den mal an. Vielleicht kennen wir den ja.«

»Und dann?«

»Dann fällt uns vielleicht ein, was der gegen uns haben könnte.«

»Und ist das unser Mörder?«, fragt Rosi noch mal. Gisela ignoriert das. Sie würde vermutlich auf der Stelle umdrehen, wenn sie anfinge sich vorzustellen, dass er *ihr* Mörder ist und sie gerade einem Serienkiller hinterherjagt. Gemeinsam eilen sie weiter die Straße entlang. Weit und breit keine Jacke mit den zwei weißen Buchstaben O und T. Weit und breit nur typische Stralsunder in wetterfester Kleidung, die behäbig und nicht ohne Seefahrerstolz durch ihr Weltkulturerbe wandeln. An der Kreuzung zur Heilgeiststraße trennen sich Rosi und Gisela, eine geht links, eine rechts. »Treffpunkt Speicher, ne?«, ruft Gisela. Ein paar Schritte macht sie anschließend noch, bevor sie beim Blick auf den Bofrost-Wagen einer dieser genialen Gedanken erfasst, wie damals, als ihr der Wagen mit dem polnischen Kennzeichen wieder eingefallen war. Gisela bleibt stehen. »Hallo? Entschuldigung?«

Der Bofrost-Mann guckt sogleich erwartungsfroh und bewaffnet sich mit einem Katalog vom Beifahrersitz.

»Ich habe bloß mal eine kleine Frage«, muss ihn Gisela enttäuschen. Kaum jemand könnte sich jetzt wohl weniger für tiefgekühlte Prinzessbohnen oder panierte Gockelchen begeistern als sie.

»Sind Sie auch für den Frankendamm zuständig?«

»Ja.« Der Bofrost-Mann scheint wieder Hoffnung zu schöpfen ob der Möglichkeit, wenigstens Giselas auf Versorgung angewiesene Mutter mit Anspruch und Qualität versorgen zu dürfen.

»Kennen Sie die Frau Blohm. Karin?«

Der Bofrost-Mann überlegt. Immerhin. Wenn der jetzt bestätigen könnte, dass er Blohm zu fraglichen Zeiten die Tiefkühltruhe gefüllt hat, dann hätten Gisela und Rosi das erste richtige Alibi für die Hauptverdächtige. Das nennt man Ausschlussverfahren, denkt Gisela stolz, eine Taktik, die auch in Günther Jauchs Ratesendungen zum Einsatz kommt.

»Datenschutz.« Jetzt wird der Bofrost-Mann einsilbig und wirft beleidigt den Katalog zurück auf den Beifahrersitz. »Sonst noch was?«

»Nee.« Gisela schüttelt den Kopf und hat das Gefühl, damit wirklich alle Möglichkeiten eigener Ermittlungen ausgeschöpft zu haben. Sie fühlt sich leer. Als sie Minuten später den Treffpunkt erreicht, lehnt Rosi bereits an der Stadtmauer neben dem Speicher am Katharinenberg und pafft. Sie schüttelt den Kopf. Gisela ist skeptisch, ob Rosi auch richtig nach dem OT-Mann geguckt hat. Nach Kartenspielen ist jetzt keiner von beiden, aber es hilft nichts. The show must go on. Gemeinsam mit sechs interessierten Menschen sitzen Gisela und Rosi etwas später im Speicher, in dem sich eine der ältesten Spielkartenfabriken Deutschlands befindet. Während die Touristen mit historischen Maschinen ihr eigenes Skatblatt herstellen, erzählt Gisela, dass 1765 ein gewisser Johann Kaspar Kern im damals noch schwedischen Stralsund die alleinige Konzession zur Errichtung einer Spielkartenmanufaktur erhalten habe, was den

Grundstein für die später bedeutendste Spielkartenfabrik Deutschlands gelegt habe.

»Ach, das wusste ich ja gar nicht«, sagt eine ältere Dame mit raspelkurzen Haaren und einer runden Brille, während sie ihren Blick nicht von der Maschine hebt.

»Woher auch?«, fragt Rosi trocken.

Es riecht nach Druckerschwärze. Gisela massiert sich die Schläfen, während Rosi nachsetzt: »Ich wette, von Ihnen wusste auch niemand, dass das KaDeWe eigentlich von hier ist.«

Verwunderte Gesichter.

»Das erste Wertheim-Kaufhaus wurde hier in der Stralsunder Mönchstraße eröffnet«, klärt Gisela auf.

»Ja«, nickt Rosi, »Achtzehnhundertirgendwas. Das gucken wir uns nachher zusammen an.«

Aha. In Wirklichkeit interessiert sich hier gerade niemand für ein Kaufhaus von Achtzehnhundertirgendwas. Man produziert schließlich selbst. Hoch konzentriert sind die Teilnehmer beim Aufbringen der schwarzen Farbe auf einen Pappbogen. Gisela kann da kaum hingucken. Kreuzsieben. Man braucht sich mit Kartenlesen gar nicht auszukennen, um zu wissen, dass diese Karte nichts Gutes bedeutet.

Fünf Minuten schafft es Elli, sich zusammenzureißen und über die alleine dasitzende Gisela hinwegzusehen. Während sie das Pils zapft, guckt sie zum Fenster raus. Dann kann sie nicht mehr und will's wissen. »Ehekrach?«

»Nö.« Gisela dreht nervös den Bierdeckel zwischen ihren Fingern hin und her. Sie hat beschlossen, sich Andreas zu offenbaren. Erst hatten sie und Rosi gedacht, sie könnten brauchbare Infos von ihm bekommen, aber nun denkt Gisela, wenn er sie wirklich liebt, wird er ihr verzeihen, dass sie die Liste nicht gleich persönlich zur Polizei gebracht hat, und er wird sie beschützen: vor Strafverfolgung wegen unterlassener Hilfeleistung und vor dem Mörder.

»Kommt noch einer?«

»Mhm.« Gisela nickt. Was soll's? Sie wird es ja sowieso mitkriegen. »Andreas Kohlhaase.«

»Du und der Bulle?« Elli ist merkwürdige Konstellationen gewöhnt, aber von dieser scheint sie dennoch überrascht. Da fällt ihr ein: »Da war doch mal was!?« Fragend guckt sie zuerst hoch zur Bootslampe, dann rüber zur ausgestopften Möwe, dann zurück zu Gisela. Aber die eine bleibt genauso stumm wie die andere. Auf die Mausefalle und den Kackhaufen kommt Elli von alleine nicht. Sie zieht den Zapfhahn nach hinten, für fünf Sekunden, dann lässt sie wieder los. Das Schwarzbier schäumt. Es ist nicht viel los an einem Montag außerhalb der Saison. An diesem Abend ist sogar gar nichts los, außer Gisela. Elli bringt das Gezapfte und stützt sich auf die Stuhllehne.

»Und?«

»Was?«

»Deine Stadtführungen mit, ähh, Pfiff.«

»Mit Extra«, verbessert Gisela. »Kann man noch nicht so sagen. Hatten ja noch nicht so viele. Aber ich glaub, dat wird.« Sie hebt das Glas Richtung Elli und nimmt einen Schluck, als würde sie das regelmäßig so machen. Sie leckt sich den Schaum von den Lippen, und erst da fällt ihr auf, dass es sich gehört hätte, mit dem ersten Schluck auf Andreas zu warten. Sie schaut zur Uhr. Nicht zu fassen. Erst läuft er ihr jahrelang hinterher, und dann kommt er zu spät. Ist schon zwei Minuten nach. »Entweder pünktlich sein oder geil aussehen, ne?!«, hat Rosi mal gesagt, als sie selbst zu spät kam. Aber Rosi ist nicht hier. Gisela ist auf sich allein gestellt.

»Na, hoffentlich lässt dir der Serienmörder ein paar Touristen übrig, wa?« Elli lacht so sehr über den Witz, dass man kaum glauben kann, dass es ihr eigener war. Oder hat sich Gisela verhört? »Was hast du gesagt?«

»Wegen den Morden. Der Typ soll dir ja Kundschaft übrig lassen.«

»Ach, Quatsch«, sagt Gisela, wie Rainer das sagen würde, »hier laufen doch keine Mörder rum.«

Elli hebt die Augenbrauen. Die weiß so gut wie Gisela, dass hier sehr wohl Mörder rumlaufen. Womöglich hat der Mörder höchstpersönlich sein Gewissen bei Elli erleichtert, so, wie das alle tun. Da historisch bedingt in dieser Region alles etwas gottlos zugeht, ersetzen hier Kneipenwirtinnen die Beichtväter.

»Hast du einen Verdacht?« Warum hat Gisela nicht längst schon Elli interviewt? Wenn die nichts weiß, wer dann?

Elli zuckt mit den Schultern. Aber natürlich hat sie einen Verdacht. Gisela merkt es sofort.

»Hätten alle ihre Gründe zu einem Rundumschlag«, sagt sie und macht sich profimäßig vom Acker, weil die Tür aufgeht. Andreas Kohlhaase in zivil. Grußlos geht er an Elli vorbei. Gisela hat mit einem Küsschen gerechnet, aber Andreas streckt ihr die Hand entgegen, so, wie er vielleicht manchmal seine Pistole auf Verbrecher richtet. Unsouverän, typisch für verliebt, versucht sich Gisela das zu erklären. Doch die Art, wie er sich ihr gegenüber auf den Stuhl schiebt und sich über den Tisch lehnt, ohne dabei seine Jacke auszuziehen, lässt vermuten, dass es noch um etwas anderes geht als nur um Liebe.

»Du, ich hab ’n Problem«, sagt er und schielt rüber zu Elli. Die tut gekonnt, als würde sie nichts hören.

»Ein Problem?« *Ich* hat er gesagt, also *er*, dass er ein Problem hat. Er hat nichts von einem Problem für Gisela gesagt.

»Habe gerade einen Anruf bekommen in so einer Sache. Du sollst als Zeugin in einem Fall, an dem ich arbeite, vernommen werden. Hast vielleicht von gehört. Es gibt Tote. Überwiegend Touristen. Und jetzt ist es so, dass man bei zwei der Toten dieselbe Nummer im Handy gefunden hat. Deine.«

»Meine?«

»Ja. Ach so, und auch bei einem dritten Toten hat man deine Nummer im Handy gefunden. Den hast du mehrfach versucht anzurufen. Wichmann. Sagt dir das was?«

»Wichmann.«

»Sagt dir der Name was?«

»Der hat nicht bezahlt.«

»Du musst erst mal deine Aussage machen. Vorher können wir uns nicht privat treffen. Am besten kommst du aufs Revier, gleich morgen.«

»Morgen?«

»Wir können dir auch eine Vorladung schicken.«

»Vorladung?« Jetzt geht alles schneller als gedacht. Gisela wandert schon in den Knast, noch bevor sie ihr Gewissen bei Kohlhaase erleichtert hat. Vorladung! Das ist doch was für echte Kriminelle. Die haben sie echt auf dem Kieker. Von wegen Zeugin. So locken sie einen immer aufs Polizeipräsidium. Wie soll sie das jemals erklären, dass die Toten ihre Nummer gewählt haben? Wie soll sie glaubhaft versichern, dass sie von nichts Ahnung hatte?

»Aber je schneller du deine Aussage machst, desto schneller haben wir die Sache vom Tisch.«

»Ja, okay.« Gisela nickt.

»Ich hab mir gedacht, dass das einfach welche sind, die mit dir so eine Stadtführung gemacht haben. Haben die deine Telefonnummer?«

»Ach Gott«, Gisela versucht sich zu konzentrieren. Sie tut überrascht, nicht zu überrascht, nur so, wie sie immer bei Todesannoncen von Leuten, mit denen sie noch gar nicht gerechnet hat, überrascht ist. »Und da sind echt welche tot? Das ist ja furchtbar. Ja, die Tourismuszentrale gibt Interessenten meine Nummer. Weiß jetzt aber natürlich nicht mehr, wer mich da angerufen hat und wer nicht. Aber könnte natürlich sein, dass …«

»Okay«, Kohlhaase nickt zufrieden, »bin da in der Sonderkomission zu diesem Fall, und da muss das ordentlich, also, wäre gut, wenn du da deine Aussage machst. Echt schade. Aber geht nicht anders. Die Fronten müssen erst mal geklärt werden. Aufgehoben ist nicht aufgeschoben, oder wie heißt das so schön? Ich wünsch dir was.«

Er klopft mit der Faust auf den Tisch, dann ist er weg. Zurück bleiben eine irritierte Gisela und eine Elli, die nur höchstens zwei Sekunden irritiert ist. Sodann ist sie wieder in ihrem Element, gießt zwei Brackwasser ein und gesellt sich damit zu Gisela an den Tisch. »Du«, sagt sie, »manchmal ist das nicht das Schlechteste, den Abend mal mit dem eigenen Mann zu verbringen.«

»Mal!?«, wiederholt Gisela brüskiert, die seit über vier Jahrzehnten die Abende fast ausschließlich mit ihrem Mann verbringt.

»Prost!« Elli drückt Gisela den Schnaps in die Hand und trinkt ihren eigenen auf ex. *Für mich soll's rote Rosen regnen* in der Version von Extrabreit gibt es dazu aus der Jukebox.

»Soll ich dir ein Anrufsammeltaxi bestellen?«

Gisela nickt.

Hell und rund scheint der Mond zwischen den wankenden Segelmasten. Das Lüftchen ist nicht lau, es ist arschkalt. Und es wäre auch nur romantisch, hätte man einen Polizisten an seiner Seite, mit geladener Waffe unterm Mantel. Ganz allein ist es reichlich beängstigend. Und wahrscheinlich ist es sogar gefährlich. Gisela klammert sich an ihr Pfefferspray und an den Gedanken, dass sie in Sicherheit ist, solange sie mit beiden Füßen am Boden bleibt. Gisela macht drei Kreuze, wenn sie in dem Anrufsammeltaxi sitzt. Todesmutig geht sie die Wasserstraße entlang Richtung Bushaltestelle. Der Wind in den Bäumen und schlaflose Möwen bringen Bewegung in die Nacht. Genau genommen ist es erst 21 Uhr, aber das macht in Stralsund im Mai keinen Unterschied. Es könnte ein Transporter kommen, ein weißer, und Gisela verschleppen. Niemand wäre Zeuge um 21 Uhr. Niemand, höchstens der Mann, der gerade hinter der Häuserwand hervortritt. Hastig versucht Gisela das Pfefferspray in Position zu bekommen, aber es bleibt an dem dämlichen Schlüsselbund hängen. Sie zieht und zerrt und schüttelt. Der Schlüssel klimpert in ihrer Tasche, während ihr der Mann unter der Kapuze breitbeinig den Weg versperrt. Selbst die Bäume und die Möwen erstarren. Gleich werden die Möwen tot vom Himmel fallen, überall wird Blut sein.

»Was macht ihr für ’nen Scheiß, hm?«

»Wir?«, fragt sie mehr ungläubig denn erschrocken. Das ist Rosis Matze.

»Mensch, hast du mich erschreckt«, sagt Gisela und erschrickt gleich noch mal auf eine andere Art. Jetzt hat sie ihn aus Versehen geduzt.

»Bist du alleine unterwegs?«, fragt er.

Gisela schaut sich um.

»Ich hoffe«, sagt sie, und er hat keine Ahnung, wie ernst ihr das ist.

»Und wo ist Rosi?«

»Weiß ich doch nicht.«

»Ich hab's gewusst.« Wütend schlägt Matze die Faust in die flache Hand und dreht eine Pirouette. »Das lass ich mir nicht gefallen«, droht er. »Die soll mir nach Hause kommen. Die wird was erleben.«

»Mal ruhig, Matze, ja?« Gisela bekommt es mit der Angst zu tun. »Rosi muss ja irgendwo sein«, meint sie. »Das muss ja nicht gleich heißen, na, du weißt schon was.«

»Auf die Erklärung bin ich gespanntt«, knurrt Matze.

Testbohrungen

Das mit dem Sex ist schwierig. Aber auch nicht so wichtig. Das ist ja das Schlimme. Wenn es bloß Sex wäre, wäre sie entspannter, aber die Sache entwickelt sich. Sie entwickelt sich in eine Richtung, mit der Rosi wirklich nicht gerechnet hat. Nicht dieses Mal. Das kann man ihr natürlich vorwerfen. Bisher ist schließlich aus jeder ihrer Affären eine Beziehung geworden. Man kann sich also ausrechnen, wie das hier endet. Rosi steht mit verschränkten Armen und hochgezogenen Schultern am Ufer. Eine Segelschule am Horizont zählt genauso viele Mitglieder wie die Schwanenfamilie, die gerade einer nach dem anderen hinter dem Schilf verschwindet, das rechts weit ins Wasser hineinragt. Rosi fröstelt, während Olaf das kleine Zelt aufbaut. Das Sexzelt, wie Rosi es spaßeshalber nennt. Es bleibt ihnen nicht viel übrig. Olaf ist nicht der Bürosex-Typ, und sie findet Gebüsch doof. All die Krabbelviecher! Stundenhotel kann man in Stralsund und näherer Umgebung vergessen, wenn's keiner wissen soll, und zu Hause geht es auch nicht, denn da wohnen ja die Partner. Bei Rosi ginge es manchmal, wenn Matze auf Montage ist, aber vom Gefühl her geht eben auch das nicht. Einmal haben sie es gemacht, also Olaf und sie. Bei Rosi zu Hause. Einmal und nie wieder. Rosi wurde die ganze Zeit das Gefühl nicht los, dass Matze mit einem Dolch im Herzen hinter der Tür steht. So ein richtig gedichtmäßiges Bild hat sie vor Augen gehabt. Die ganze Zeit. Vor der Tür steht jetzt erst mal der Sommer, danach, wenn es wieder kalt wird, muss man sehen. Aber bis dahin … Es bleibt also spannend, die Sache mit dem Sex und mit Olaf. Und ihr.

»Kannst kommen.« Olaf guckt so niedlich aus dem Zelt, dass Rosi dahinschmelzen könnte wie Schoki. Sie setzt sich neben ihn in den Eingang und zieht ihre Schuhe aus. Der Sand ist hart und kalt. Es wäre schön, wenn Olaf ihr seine Jacke um die Schultern legen würde. Filmreif. Aber er scheint mit den Gedanken woanders heute. Rosi ist nicht doof. Sie merkt das. Aber sie hat keine guten Erfahrungen damit gemacht, so was anzusprechen. Da bekommt man Antworten, die man nicht hören will oder die zu Diskussionen führen, die man nicht führen will. Sie lehnt ihren Kopf an seine Schulter, beide wissen, wie es jetzt hier theoretisch weitergehen soll. Rosi will Olaf den Startschuss überlassen, aber er legt nicht los, sondern starrt auf das Wasser, das sich unruhig wellt. Wie Wellpappe. Auch die Farbe, dieses undefinierbare Graubraungrünirgendwas, ist pappartig. Schmutzig sieht der Bodden oft aus. Auf schlammigem Boden geht es kilometerweit über glitschige Steine, bevor das Wasser tief genug zum Schwimmen ist. Die Umgebung passt gut, denn genau so fühlt sich das Ganze mit Olaf an, so boddenmäßig; undefinierbar, ohne festen Boden, nicht tief genug, um sich treiben zu lassen. Dabei wirkt Olaf wie einer, der seine Angelegenheiten im Griff hat. Rosi mag seine seriöse Ausstrahlung. Klar, er ist total spießig auf seine Art, irgendwie altbacken. Alleine der Pullover, den er heute schon wieder trägt. Dieser Braunrot-Ton, wie von Oppa geerbt. Zum Knutschen findet Rosi das bei ihm. Matze dagegen, obwohl er acht Jahre älter ist als Olaf, verhält sich ständig wie ein Kind, ungeduldig, ungehobelt, ungehalten, kann sich freuen wie ein Schneekönig und wüten wie Rumpelstilzchen. Früher fand Rosi das mal gut. Jetzt findet sie Olaf gut, diesen seriösen Beamten. Das hätte sich Rosi nicht träumen lassen, dass sie mal mit einem Beamten … Sie schaut auf die Uhr. So wird das nichts! Eine halbe Stunde haben sie noch, dann hat Olaf seinen nächsten Termin, gleich hier in der Nähe. Darum sind sie überhaupt hier gelandet, bei Sundhagen, wo das ganze Heckmeck mit dem Erdöl stattfindet.

»'tschuldige«, sagt Olaf jetzt und zieht mit Zeige- und Mittelfinger Rosis Kinn zu sich herüber. Er küsst sie. Und wie der küssen kann. Mein lieber Herr Gesangsverein. Davon kann sich Matze mal eine Scheibe abschneiden. Der küsst auch gut, aber nur, wenn er wütend ist. In letzter Zeit küsst Matze sogar sehr gut. Der ahnt was, hundertpro. Aber Rosi hat das im Griff. Klar, austicken kann immer mal einer, aber Matze würde ihr nichts antun. Das kann sich Rosi nicht vorstellen. Olaf starrt schon wieder auf das Brackwasser. Nein, das wird nichts mehr. Wozu hat er denn das Zelt überhaupt aufgebaut, wenn er keinen Bock hat? Nun muss sie doch fragen.

»Stimmt was nicht?«

»Oh«, antwortet er, was wohl »ja« heißt. Ja, es stimmt was nicht.

»Was'n los?«

»Ach«, sagt er. »Beruflich.«

Wahrscheinlich machen ihm schon wieder ein paar Greenpeace-Ärsche die Hölle heiß. Der Arme. Rosi übernimmt. Sie küsst ihn und schiebt die Hände unter seinen braunroten Pulli. Er lässt es sich kurz gefallen, dann steht er auf.

»Sei mir nicht böse«, sagt er. »Ich kann mich irgendwie gerade nicht konzentrieren.«

»Das musst du doch auch nicht«, sagt sie und stellt sich zu ihm, um weiterzuküssen. Manchmal hilft das. Er stößt sie von sich weg.

»Okay?!«, sagt Rosi mit einem Fragezeichen in der Stimme, das ihm verklickern soll, dass sie jetzt durchaus an mehr Infos für sein Kann-irgendwie-nicht interessiert wäre. Olaf guckt sie an. Im Schilf raschelt's. Der Wind. Er guckt und guckt sie an, sagt aber nichts. Klar, denkt Rosi, Beamtengeheimnis und so. »Bei uns im Amt ist echt die Kacke am Dampfen. So 'n Idiot hat Daten weitergegeben, die er nicht hätte weitergeben dürfen. Und das ist echt ein Problem.«

Mehr will Rosi gar nicht wissen. Davon versteht sie sowieso nichts. Sie ist froh, dass er nicht seine Ehefrau ins Spiel bringt. Je mehr Einblicke sie in Olafs Amtsarbeit kriegt, desto mehr hat sie das Gefühl, Beamtenwitzchen sind in Wirklichkeit gar keine Witze. Entweder die drehen Däumchen, oder die Kacke ist am Dampfen, weil einer was versemmelt hat. Nee, also Beamtin wäre nichts für sie. Verkäuferin hat auch nicht so super zu ihr gepasst, aber damals wollten die Käufer ja noch was von einem. Da konnte man aussuchen, für wen man gönnerhaft unter den Ladentisch greifen wollte. Jetzt muss man so tun, als wolle man was von den Kunden. Will man genau genommen ja auch, sein Zeug verkaufen. Aber sein Zeug verkaufen wollen reicht heutzutage eben auch nicht mehr. Jetzt muss man vor allem erst mal sich selbst verkaufen können, bevor man sein Zeug loswird. So, wie Karin Blohm das macht. Olaf bückt sich, um Steine aufzuheben. Hier am Bodden kann man das noch gefahrlos tun. In der Zeitung warnen sie gerade vor Phosphor aus dem Zweiten Weltkrieg, den die Ostsee anspült. Das soll genauso aussehen wie echter Bernstein, aber über 1000 Grad heiß brennen, sobald es trocknet und sich mit Sauerstoff verbindet. Angeblich kriegt man das als Otto Normalverbraucher nicht gelöscht. Olaf hat neulich das, was zwischen ihm und Rosi ist, eine Phosphoraffäre genannt. Er lässt die flachen Kiesel über das Wasser hüpfen. Dass er damit die Graugänse links von ihnen nervt, scheint ihn nicht zu stören. Die sollten sich ruhig schon mal an den Stress gewöhnen. Bald fangen die hier mit der Erdölbohrerei an.

Olaf dreht sich um. Als könne er Gedanken lesen, fragt er: »Weißt du, was eine Probebohrung kostet?«

»Öl, oder was?«

»Ja. Rat mal!« Er ist echt stinksauer. Es muss um sehr viel Geld gehen, wenn er so fragt.

»Zwanzigtausend?«

»Zehn.« Olaf hebt den Zeigefinger in die Luft. »Eine Probebohrung. Eine einzige. Zehn Millionen. Und dann kann so ein Idiot seine Klappe nicht halten.«

»Hm«, macht Rosi. Sie weiß nicht genau, wovon er redet, aber bei zehn Millionen ist auch egal, um was es geht. Wow, zehn Millionen! Jetzt wundert Rosi nichts mehr. Bei so viel Asche ist doch sicher immer die Kacke am Dampfen. Zehn Millionen, und dann passiert nichts Schlimmeres als eine popelige *Datenweitergabe*? Bei der Summe müssten doch Köpfe rollen oder sonst was. Sie würde schon bei einem Tausi schwach werden. Vielleicht nicht unbedingt mit Köpferollen, aber Daten weitergeben? Na ja, unter bestimmten Umständen könnte ihr das vielleicht passieren. Kommt drauf an. Manchmal hat man ja so seine Pechsträhnen, und wenn man ausgerechnet dann mit Situationen in Berührung kommt, bei denen es um Millionen geht, da können einem natürlich mal die Sicherungen rausfliegen, und man macht Dinge, die man unter anderen Umständen vielleicht nicht machen würde.

»Und das waren wichtige Daten?«

»Nee.« Er schüttelt den Kopf. »Aber das macht nichts. Die Lizenvergabe muss sauber ablaufen. War vielleicht nicht mal Absicht.«

Sex wird hier und heute definitiv nicht mehr stattfinden. Rosi zieht sich die Stiefeletten wieder an, derer sie sich so zuversichtlich entledigt hatte.

»Und was hast du damit zu tun?«, fragt sie. »Hast du die Daten selber auch …«

»Ich weiß es halt«, unterbricht er ruppig. »Das hab ich damit zu tun.«

Rosi steht auf. Vielleicht etwas zu übermütig schlägt sie vor, die ganze Ölförderei einfach abzublasen. Er könne so was doch entscheiden. Er habe doch die Macht. Wenn es eben nicht sauber abgelaufen sei, sei es nicht sauber abgelaufen. Sei doch nicht sein Geld, was dranhänge. Dann müsse er die Sache abblasen. Das hätte den Vorteil, dass dann hier wieder Ruhe einkehren würde, in die Region. Diese Macht sei übrigens ziemlich sexy. Rosi schmiegt sich an seinen Arm. »Und wenn erst mal wieder Ruhe im Karton herrscht«, säuselt sie, »hast du auch mehr Zeit für mich. Drei Fliegen mit einer Klappe.« Sie rechnet noch mal nach. Sind es sogar vier bis fünf Fliegen?

»Wäre schön, wenn's so einfach wäre«, sagt Olaf. Seit Monaten hat er den Schwarzen Peter in den Schuhen. Er hat Rosi mal zwei Aktenordner gezeigt mit Briefen, in denen die Leute ihm schreiben, warum die geplanten Erdölbohrungen ihrer Meinung nach verboten gehören. Zwei

Aktenordner, das heißt, halb Stralsund hasst ihn. Rosi hat keine richtige Meinung dazu, aber wenn jemand zehn Millionen für eine Probebohrung ausgibt, dann muss bei Erfolg ja ordentlich der Rubel rollen. Dann sollen doch da ruhig zwei, drei Bohrtürme irgendwo stehen und Graugänse ärgern, wenn Meck-Pomm dafür steinreich wird.

»Themawechsel«, schlägt Olaf vor und beginnt das Zelt abzubauen. »Und bei dir so?«

Rosi geht ihm zur Hand. Sie sind schon ein eingespieltes Team beim Auf- und Abbau des Sexzeltes.

»Na ja«, sagt sie, »ach, eigentlich ganz gut. Matze war bisschen sauer, weil er rausgefunden hat, dass ich nicht mit Gisela unterwegs war gestern Abend.«

»Meinst du, der ahnt was? Also, was mit uns?«

»Nein«, lügt Rosi. »Niemals!«

Olaf schiebt das klein gefaltete Zelt mit seinem Beamtenbäuchlein in die Hülle. Er schaut auf die Uhr. »Hab noch ein paar Minuten.«

»Sehr großzügig.« Rosi will gar nicht rumzicken. Es ist ihr einfach so herausgerutscht. Aber rausgerutscht ist rausgerutscht, und Olaf setzt sofort seinen bedröppelten Ich-kann-doch-auch-nichts-für-das-alles-hier-Blick auf.

»Tut mir leid«, sagt er und legt den Arm um sie. »Ist gerade alles ein bisschen viel. Vielleicht sollten wir das lassen, wir beide.«

»Hm.« Spinnt der auf einmal?

»So kann es nicht weitergehen, Rosi. Ich war mit meiner Frau Rasender Roland fahren, und ich habe nur an dich gedacht.«

»Du bist Rasender Roland mit ihr gefahren?«

Olaf nickt. Was für eine Verzweiflungstat! Rosi muss sich zusammenreißen, dass sie nicht laut lacht.

»Ich wollte eine schöne Zeit mit meiner Frau verbringen und habe nur an dich gedacht«, wiederholt er, als müsse er es nur oft genug sagen, um es ungeschehen zu machen. Aber es ist nach wie vor wahr. Jetzt küsst er sie. Ein kräftiger Windstoß fährt in das Schilf links und rechts der Badestelle und lässt es noch lauter rascheln als zuvor.

»Tja, tut mir ja nun leid, wenn ich bei eurem Liebesausflug gestört habe.« Rosi löst sich aus seiner Umarmung.

»Schon okay«, sagt er. »Es war ja nicht nur deinetwegen ein Desaster.«

»Da bin ich beruhigt.« Rosi will jetzt lieber gehen.

»Unser Ausflug endete mit zwei toten Frauen, also denen, die vom Kreidefelsen gestürzt sind«, sagt Olaf. »Vielleicht hast du davon gehört. Und wenn ich das hier«, er lässt seinen Zeigefinger zwischen sich und Rosi hin- und herwackeln, »nicht in den Griff bekomme, endet das auch so. Im übertragenen Sinne natürlich. Zwei stürzen in den Tod.« Er wischt sich Schweißperlen von der Schläfe. »Im übertragenen Sinne natürlich.«

»Jetzt werd doch nicht so dramatisch.« Rosi überlegt noch, wer die zwei Personen, die im übertragenen Sinne in den Tod stürzen, sein sollen. Er und sie? Sie und seine Frau? Die und er? Olaf stützt die Hände in die Hüften, schiebt seine kleine Wampe etwas vor und schaut über den Sund. Er atmet tief ein, als hätte nur er Probleme, für die man einen längeren Atem braucht.

»Für mich ist es auch nicht so dolle.« Rosi wühlt sich einen Pfeffi aus der Handtasche. Küssen ist so oder so gelaufen jetzt. Olaf dreht sich zu ihr und lächelt gequält. Sie will das mit ihm nicht lassen. Sie will das. Sie will diesen Beamten. Von ganzem Herzen.

»Ich will auch mit dir Rasender Roland fahren«, sagt

sie, und es ist ihr egal, dass sie damit die Katze aus dem Sack gelassen hat. Es war zwar nicht die schönste Liebeserklärung, die sie jemals in ihrem Leben gemacht hat, aber eine, die ihren Zweck erfüllt.

»Oh Rosi«, beginnt er. *Ich liebe dich doch auch*, will er bestimmt sagen. Aber er formuliert das etwas anders. »So was kannst du doch prima mit deinen Touristen machen. Musst dich nur beeilen. Die Konkurrenz schläft nicht.«

»Hä?«

»Ja, diese Stralsunder Nachtwärterin, die dich nicht mehr grüßt, die war auch mit uns im Rasenden Roland und hat uns was über Putbus erzählt, also uns und den Toten. Das war eigentlich ganz nett. Jedenfalls, solange die noch lebendig bei uns im Abteil saßen.«

»Momentchen.« Rosi wird hellhörig. »Karin Blohm war mit den Toten vom Kreidefelsen unterwegs?«

Ach, du Scheiße! Das kann ebenso wenig Zufall sein wie der Unfall des Berliners.

»Du«, Olaf klemmt sich das klein gefaltete Zelt unter den Arm, »ich muss jetzt.« Zum Abschied fängt er doch noch mal dieses sagenhafte Küssen an. Das glaubt einem keiner, dass der so küssen kann.

»Tschüssing, mein Lieber!« Rosi gibt ihm einen Klaps auf den Hintern. Laufpublikum ist hier zwar nicht zu erwarten, trotzdem schleicht er wie ein Verbrecher zwischen den Linden und Brombeerbüschen den kleinen Abhang hinauf zur Dorfstraße. Rosi würde gerne Gisela anrufen, um sie über die neuesten Entwicklungen in Sachen Karin Blohm in Kenntnis zu setzen, aber dann will die nur wieder wissen, woher Rosi das weiß, und dann wird es kompliziert. Sie macht sich auf den Weg.

Je näher sie der Ortsstraße kommt, desto lauter werden

die Männerstimmen. Die gehören wahrscheinlich zu Olafs Oiltec-Date. Ob er denen heute sein Datenproblem beichten muss? Rechts, in der kleinen Parkbucht, hat Rosis Fiat Gesellschaft von einem ziemlich fetten, teuren schwarzen Auto mit getönten Scheiben bekommen. Wer zehn Millionen so zur Probe lockermachen kann, der kommt natürlich nicht im Opel Astra. Die Männerstimmen entfernen sich. Rosi wagt sich weiter vor, bis sie auf die Ortsstraße tritt. 150 Meter links runter befindet sich der kleine Seglerhafen Sundhagen. Wenn Rosi das richtig begriffen hat, findet hier eine Besprechung zwischen dem Bergamt, Oiltec und dem örtlichen Seglerverein statt. Falls der Seglerverein sich das Treffen nicht ausdrücklich im eigenen Vereinshaus gewünscht hat, dann findet es Rosi ziemlich piefig von der Oiltec-Firma, die Runde nicht in ein nobles Restaurant eingeladen zu haben. Obwohl der Zander im Vereinshaus unschlagbar ist. Zehn Millionen für eine Probebohrung, da geht es doch bestimmt um nicht weniger als darum, den Seglerhafen für einen Bohrturm abzureißen und ihn 200 Meter weiter wieder aufzubauen, mitsamt einem kleinen Nobelhotel. Und das in Sundhagen. Fiete Marquardt hatte von den hiesigen, den Wassertaxen ähnelnden Booten gesprochen, als er vom Kohlhaasen neulich vernommen wurde. Vielleicht sollte sich Rosi am Hafen noch mal kurz umsehen? Verdammt! Geistesgegenwärtig duckt sich Rosi, obwohl die sichtschützenden Sträucher schon einige Schritte hinter ihr liegen. Genau genommen hockt sie also einfach am Straßenrand, während ein Nachzügler mit Blick auf sein Smartphone aus dem fetten, teuren, schwarzen Auto steigt. Noch hat er sie nicht gesehen. Und er darf sie auch nicht sehen. Der Kerl kommt Rosi bekannt vor. Mist. Er wird sie auch kennen und sie an ihren Haarfarben erkennen. Und dann wird er sich wundern, was sie hier jwd macht, zufällig dort, wo Olaf Rothbart zu tun hat. Woher kennt sie den Kerl bloß? Er hält den Schlüssel auf den Wagen. Mit blinkenden Lichtern und einem Hup-hup verschließt sich das Auto. Keine Chance. Rosi hockt schutzlos am Straßenrand. Sie richtet sich auf und zupft den Pony in Position. Wenn der Typ von Oiltec ist, ist sie mit dem dann vielleicht schon mal Fahrstuhl im Bergamt gefahren? So geht es ihr auch immer, wenn sie einem Kassierer von Lidl auf der Straße begegnet. Es dauert einen halben Tag, bis sie so jemanden in untypischer Umgebung zuordnen kann. Der Herr hat es ziemlich eilig. Er hält sich das Handy ans Ohr und kommt in einem Affenzahn auf Rosi zu. Einen flüchtigen Moment lang nimmt er Rosi wahr, setzt ein souveränes Lächeln auf, hebt das Kinn zum Gruß, und dann ist er auch schon vorbei, er und der Moment des Wiedererkennens. Wo hat sie den bloß schon mal gesehen? Sie dreht sich nach ihm um. Du lieber Himmel. Rosi kneift die Augen zusammen. O und T, ganz deutlich stehen auf seiner Laptoptasche die beiden Buchstaben, denen sie gestern hinterhergejagt sind. Sie fühlt sich plötzlich grippig. Irgendwie fiebrig. Ihr geht's nicht gut. Sie muss Gisela abholen.

Verfolgungswahn

»Und Sie wollen nicht bemerkt haben, dass alle fünf Todesopfer zufällig – ganz, ganz zufällig – Teilnehmer Ihrer Stadtführung waren?«

»Na ja, also, so genau habe ich mich nicht mit den Toten beschäftigt, da waren ja auch keine Fotos in der Zeitung, und nur anhand der Namen, also, kann schon sein, vielleicht …«

»Tz, tz, tz«, zischt Rosi. »Wir haben gesagt: kein *Vielleicht* und kein *Kann sein*. Entweder *Ja* oder *Nein*, oder: *Dazu kann ich nichts sagen*. Noch mal. Und Sie wollen nicht bemerkt haben, dass alle fünf Todesopfer zufällig Teilnehmer Ihrer Stadtführung waren?«

»Dazu kann ich nichts sagen.«

»Warum können Sie dazu nichts sagen?«

»Nein!«

»Nein?«

»Ja?! Mensch, was soll ich denn sonst dazu sagen, wenn ich nichts sagen darf?«

»Die Wahrheit. Gisela, wir haben uns nichts vorzuwerfen. Wir haben niemanden geschubst, schon gar nicht in den Tod. Also, Sie haben nicht gemerkt, dass die Toten alle mit Ihnen durch die Stadt gelaufen sind?«

»Ja, gut, vielleicht, also, ja, aber ich habe nicht gedacht, dass das irgendwie wichtig sein könnte.«

»Und warum haben Sie sich nicht bei uns gemeldet?«

»Sag ich doch. Weil ich nicht wusste, dass das wichtig ist.«

In Rosis Fiat riecht es nicht nach Duftbaum, was man, wenn man Rosi kennt, vielleicht erwarten würde. Stattdessen riecht es stark nach Banane, weil eine solche auf der Rückbank vor sich hin gammelt.

»Konnte man doch in der Zeitung lesen, dass wir an allen Hinweisen interessiert sind. Ob die dann wichtig oder unwichtig sind, entscheiden wir.«

»Ja, aber ich kann ja auch gar nicht mehr sagen, als dass die bei unserer Stadtführung mitgemacht haben. Dazu brauch ich doch nicht extra ...«

»Und der Gedanke, dass vielleicht Ihre Stadtführung damit in Zusammenhang stehen könnte, ist Ihnen nicht gekommen?«

»Na ja, vielleicht ...«

»Ksss«, macht Rosi.

Gisela verbessert. »Ja.«

»Da musst du dann natürlich *Nein* sagen.«

»Ich denke, ich soll die Wahrheit sagen.«

»Ja, aber doch nicht die richtige Wahrheit. Nur das, was Sinn macht.«

Hätte Gisela bloß gewagt, sich Andreas anzuvertrauen. Aber sie war so perplex über die neuen Entwicklungen gewesen, dass sie wie versteinert dagesessen hatte. Jetzt muss sie zu einer offiziellen Vernehmung. Auf ein echtes Polizeirevier.

»Okay, Schnucki.« Rosi lässt aufmunternd ihre Hand auf Giselas Oberschenkel fallen. »Das war die Trockenübung. Jetzt noch ’n Käffchen aufm Schiff, und dann ab aufs Revier. Wird schon.«

»Tach. Fünf fünfzig jeder.« Gleich am Ende der wackligen Eisentreppe der Gorch Fock streckt ihnen eine Dame hinter einer Bierbank die Hand entgegen.

»Wir trinken bloß einen Kaffee«, erklärt Rosi.

»Trotzdem.«

»Ist das inklusive Kaffee dann?« Rosi bleibt verhältnismäßig freundlich.

»Das eine ist Eintritt, das andere ist Kaffee. Der kost' zwei vierzig. Ganz normal.«

Gisela versucht ihr Glück: »Wir kennen die Gorch Fock und wollen sie uns gar nicht angucken. Wir wollen nur einen Kaffee hier oben trinken.«

»Das geht nicht.«

»Wieso nicht?«

»Es gibt das Arrangement Eintritt, Kaffee und Stück Kuchen für acht fünfzig. Das können Sie nehmen. Oder Sie zahlen Eintritt, fünf fünfzig, und trinken einen Kaffee für zwei vierzig.«

»Hm.«

»Kann man aber auch im Internet nachlesen«, erklärt die Dame. »Da steht, wenn Sie Wünsche haben, die nicht in unserem Angebotskatalog enthalten sind, rufen Sie uns vorher an. *Vorher*. Wir sind dann eigentlich ganz flexibel.«

»Also, die Sache ist die.« Gisela drängt sich noch etwas mehr in den Vordergrund beziehungsweise etwas mehr unter das Rettungsboot, das über der Bierbank baumelt. »Wir organisieren Stadtführungen und bieten unseren Kunden zusätzlich immer ein kleines Extra. Einen Kaffee auf der Gorch Fock trinken und dazu Seemannsknoten lernen könnte so ein nettes Extra sein. Das heißt, wenn Sie Interesse haben, könnten wir miteinander kooperieren, natürlich verdienen Sie was daran. Darum würden wir jetzt eben gerne einfach mal einen Kaffee hier oben trinken und das Ambiete auf uns wirken lassen, um zu sehen, ob das für uns infrage kommt.«

»Ich verstehe.« Die Dame zeigt sich einsichtig. »Aber ich kann jetzt nichts alleine entscheiden. Weil, eigentlich gibt es zur Knotenschule zum Beispiel auch keinen Kaffee bei uns. Der ist extra.«

»Sie müssen ja auch gar nichts entscheiden.« Auf Rosis Hals bilden sich rote Flecke, genauso wie vor Kurzem, als es um die ersten Leichen ging. »Wir wollen bloß einen Kaffee trinken.«

»Na, lass«, sagt Gisela, »dann trinken wir den eben woanders. Wer nicht will, der hat schon.«

»Oah, Mann!« Genervt verdreht Rosi die Augen.

»Ja, nee, denn setzen Sie sich da eben hin. Ist ja sonst keiner da. Ausnahmsweise. Aber Sie dürfen dann nicht unter Deck.«

»Ich will nur einen Kaffee *auf* dem Deck trinken«, bekräftigt Rosi ihr Vorhaben. Die Dame macht eine gnädige Handbewegung. Gisela und Rosi setzen sich an einen der vier Gartentische auf dem geschichtsträchtigen Segelschulschiff. Rosi mustert den Großmast.

»Man könnte die dort hochklettern lassen«, schlägt sie vor.

»Ja«, Gisela nickt. »Man kann das aber auch schön sein lassen.« Sie schickt doch in diesen Zeiten keine Touristen den Großmast der Gorch Fock hoch. Hat Rosi noch alle Tassen im Schrank? Gisela kann sich sogar vorstellen, aus Sicherheitsgründen den für Juni geplanten Bungeesprung von der Rügenbrücke abzusagen, obwohl das Event in Rekordzeit ausgebucht war. Rosi steckt sich eine an und zieht die Kippe mit Daumen und Zeigefinger zwischen den Lippen heraus, wie ein Typ vom Bau. Ablandiger Wind trägt den Rauch gen Sund. Rosi wirkt nervös, eigentlich die ganze Zeit schon.

»Soll was in den Kaffee rein?«, ruft die Dame, die von der Geldkassette zur Kaffeemaschine gewechselt hat. Es muss schon mit dem Teufel zugehen, wenn diese herzliche Art, Gäste zu empfangen, hier nicht über kurz oder lang Urlauber freiwillig von der Gorch Fock hüpfen lässt, denkt Gisela. Und dann heißt es wieder …

»Zucker«, ordert Rosi.

»Für mich auch.« Gisela nickt und schiebt noch ein »Bitte« hinterher. Man soll ja mit gutem Beispiel vorangehen.

Rosi lehnt sich zurück und schnippt die Asche über die Reling. »Du, ich hab noch mal über O und T nachgedacht. Mir ist eingefallen, ich glaub, das ist Oiltec.«

»Wie kommst 'n da drauf?«

»Ist doch logisch«, findet Rosi. »O und T – Oiltec.«

»Kann doch auch Optiker Thürmer heißen.«

»Aber es *ist* Oiltec. Ich weiß das nun mal.« Aggressiv zieht Rosi an ihrer Fluppe.

»Wieso sollten die wissen wollen, in welchem Hotel die meisten Touristen absteigen?«

»Keine Ahnung, aber Oiltec stimmt, hundertpro. Weiß ich halt.« Rosi lässt die aufgerauchte Kippe ungeniert in die Handbreit Sund zwischen Schiff und Kai fallen. Gisela schämt sich, weil die Mitarbeiterin der Gorch Fock das auch gesehen hat. Die bringt gerade den Kaffee. Wortlos stellt sie die Tassen auf dem Tisch ab. So sieht's hier aus. Trink oder stirb. Auch Rosi hat die Tendenz, Dienstleistung auf diese Art und Weise zu erledigen. Gisela könnte jedes Mal in Grund und Boden versinken. Rosi versucht derweil mit ihrem Fingernagel etwas aus den Ritzen des Gartentischs zu kratzen.

Gisela guckt auf die Uhr. Mist, Rainer wartet, sie sind zu einer Radtour verabredet. Sie legt das Geld auf den Tisch, so, wie sie es damals in Paris gesehen hat, und steht auf. »Muss los!«

»Und sagst du bei der Vernehmung, dass es Oiltec ist?«, fragt Rosi hinterher. »Also, dass die auf jeden Fall damit zu tun haben?«

Gisela dreht sich entnervt um. Sie kann sich wirklich nicht um alles kümmern. »Also, weißt du, Rosi, dann lass dich doch selber vernehmen.«

Hat sich Rainer mal wieder verpisst? Gisela würde über ihren Gedanken lachen, wenn sie nicht gerade solch eine Angst hätte. Ja, Rainer hat sich verpisst. So nannten das Kati und Christoph früher bei Spaziergängen. Ihr Vater schaffte es nicht gerade selten, sich beim Outdoorpinkeln zu verlaufen. Auf der Suche nach besonders sichtschützenden Bäumen oder Büschen kam er häufig vom Weg ab. Das war nie weniger lustig als jetzt! »Rainer?!« Das Licht fällt durch die von Kormoranen kahl gekackten Baumkronen direkt auf den Sumpf. Das macht den Wald so morbide. »Rainer!« Gisela wird's ganz kribbelig. Rainer müsste sie doch wenigstens hören. Sie lauscht. Jetzt raschelt er irgendwo. Oder war das ein Vogel? Da! Das Rascheln. Nein, das war kein Vogel. »Rainer?« Auch kein raschelnder Rainer. Ganz ruhig, Gisela. Im Wald raschelt es, sonst wäre es kein Wald. Sie versucht sich mit Logik zu beruhigen. Dann hört sie ein Knacken. Sie schlendert, für den Fall, dass man sie beobachtet, betont gelassen ein paar Schritte vorwärts. Bloß nichts anmerken lassen. »Nanananana«, singt sie. »Rainer?« Immer noch kein Rainer. Aber Schritte. Und im Gegensatz zum Rascheln und Knacken gehören Schritte von Natur aus nicht in einen Wald. Weder Vögel noch Wildscheine oder Rehe klingen im Gehen wie ein Mensch; wie ein Mensch mit mörderischer Absicht. Gisela bleibt stehen. Neben ihr ist ein Baum so weit zur Seite geneigt, dass er folgerichtig auf sie stürzen müsste. Ist Rainer in Gefahr? Abgerutscht, im Sumpf stecken geblieben? Er hat vorhin wegen seines Knies gejammert. Liegt er hilflos zwischen Blaubeerbüschen? Wieder Schritte. Ein Huschen. Wenn Gisela sich umdreht, hält das Huschen inne. Wenn Gisela geradeaus schaut, huschen die Schritte hinter ihr von einem Baum zum anderen. Ein verletzter Kormoran? Der hätte nicht viel Grund, sich unerkannt anzupirschen. Gisela zieht das Handy aus der Hosentasche. Rainer geht nie, nie, niemals an sein Handy. Weil es ja auch IMMER aus ist. Sie wählt trotzdem seine Nummer. Das Handy ist aus. Gisela setzt sich in Bewegung, alles andere als gelassen, nun zügig. »Mensch, Rainer!«, ruft sie vorwurfsvoll in den Wald. Ihr Herz beginnt zu galoppieren und dann ihre Beine. Gisela rennt. Sie will zurück zum Parkplatz, wo sie die Räder angeschlossen haben. Plötzlich wieder ein Rascheln, ein Knacken und dann ein lautes *Wumms*.

»Gisela? Warte mal!«

Sie bleibt stehen, aber sie dreht sich nicht um. Die Stimme? Die kommt ihr bekannt vor. Kein Rainer! Was macht die Stimme für ein Gefühl? Ein gutes! Keine Gefahr. Durchatmen. Gisela dreht sich um. Sie legt ihre Hand auf die bebende Brust.

»Mensch, Jürgen, hast du mich erschreckt.«

Dann lieber eine schnöde Panikattacke als einen handfesten Verfolgungswahn. Jürgen Schlünz kommt auf sie zu.

Er steigt über einen halben Zander hinweg, der zwischen ihnen auf dem Weg liegt. Über Jürgens Gesicht huscht für einen Augenblick sein unsicheres Grinsen. Dann wird er ernst:

»Du scheuchst hier die Zwergschnäpper und Kormorane auf, Frau Nachbarin.«

»Sieht aus wie ein Fisch«, sagt Gisela beim Blick auf den zerfetzten Zander. Dieser Wald ist seltsam. Bisher war es für Gisela der kahl gekackte Schneckenwald gewesen. Zu DDR-Zeiten hatten sie hier unter den kackenden Kormoranen öfter Weinbergschnecken gesammelt. Heute fallen tote Fische vom Himmel.

»Kormorane lassen ihr Essen fallen, wenn sie sich erschrecken.«

»Oh Gott«, sagt Gisela. »Wurde hier schon mal einer vom Zander erschlagen?« Sie lacht, aber er versteht, was Vögel angeht, keinen Spaß und zuckt bloß mit den Schultern. Gisela ist heilfroh, dass Rainer die Tüte mit den Weinbergschnecken mitgenommen hat. Wie hätte sie das Wildern diesem Naturfreund erklären sollen?

»Warum schleichst'n hier so rum, Jürgen?«

»Wegen der Zwergschnäpper«, sagt er. »Ganz scheue Dinger, und selten. Gibt's hier aber. Und was treibt dich hierher?«

»Fahrradtour mit Rainer.« Noch bevor sie erklären kann, was es mit Rainers Abwesenheit auf sich hat, klingelt ihr Telefon. Das Display zeigt eine unbekannte Nummer an. Sie wirft Jürgen einen entschuldigenden Blick zu. Bestimmt ist ein Handyklingeln für Zwergschnäpper und Kormorane hochgradig irritierend. Und gleich beginnt es Zander zu regnen. Jürgen schwitzt und hat einen hochroten Kopf. Gisela muss trotz allem den Anruf annehmen. Als Selbstständige kann sie sich keinen einzigen verpassten Anruf erlauben. Es könnte jemand sein, der eine Stadtführung buchen will, es könnte eine ganze Gruppe sein, ein Firmenausflug, 30 Mann, macht 600 Euro Miese bei einem verpassten Anruf.

»Ich bin's, Rainer.«

»Na, was soll das denn jetzt werden?«

»Mein Akku ist alle. Ich hab dich im Wald nicht mehr gefunden. Ich sitz jetzt bei Klausi Klausen im Boot, der fährt mich rüber nach Stralsund.«

»Wie kommst du in Klausens Boot?«

»Ich bin irgendwie bei dem kleinen Hafen gelandet, weißt du, dieser ganz kleine, nur vier, fünf Liegeplätze. Mein Knie ist sowieso … also, tut echt weh, ich hol das Rad später mit dem Dachgepäckträger ab. Ich kümmere mich zu Hause schon mal um die Schnecken und …« Verbindung abgebrochen. Klausens Akku ist auch alle. Gisela atmet tief durch. Der faule Hund lässt sich nach Hause bringen. Während Gisela ihr Handy zurück in die Hosentasche schiebt, biegen zwei Männer in Tarnhosen von links in den Weg ein. Üble Gestalten. Sie haben 5-Liter-Spreewaldgurken-Eimer bei sich, in denen sich sicher keine Gurken befinden. Instinktiv greift Gisela nach der dünnen grauen Windjacke ihres Nachbarn, lässt sie aber sogleich etwas beschämt wieder los, als sie die Situation überblickt. Böse Absichten haben diese Typen bestimmt nicht, höchstens gegenüber ein paar Barschen.

»Tach, Jürgen!« Man kennt sich sogar.

»Tach.« Jürgen nickt. Auch Gisela nickt freundlich. Das mulmige Gefühl ist trotzdem noch da.

»Du, Jürgen«, Gisela beginnt weiter in Richtung Parkplatz und Fahrrad zu spazieren. Der Trick klappt. Jürgen setzt sich ebenfalls in Bewegung, um sich Giselas Anliegen anzuhören. Wenn sie sich jetzt plietsch anstellt, schafft sie es, bis zum Fahrrad in Begleitung zu sein.

»Sag mal, wegen meinen Stadtführungen. Du, viele von den Leuten, die hier oben Urlaub machen, die haben irgendwie ein Faible für Vögel.«

»Kann ich verstehen«, freut sich der Freizeitornithologe.

»Ich hab dich ja schon mal gefragt, ob du dir vorstellen könntest, mal eine Vogeltour mit uns zu machen. Da kannste mit deinem Fachwissen glänzen. Kriegst du natürlich bezahlt.« Gisela kneift die Augen etwas zusammen und guckt in die Luft, als würde dort bereits in Leuchtreklame ihr Vorhaben angekündigt. »Stadtführung mit ornithologischem Extra«, sagt sie. Sie schaut zurück zu ihrem Nachbarn, der brav neben ihr herspaziert. »Heimische Vögel beobachten und so. Die rennen doch auch den Kranichbeobachtungsstationen die Bude ein.«

»Klar«, er nickt, »kann ich machen.«

Gisela hält ihm die Hand entgegen. Er schlägt ein. »Find ich gut. Ich dachte, das hätte sich vielleicht schon erledigt«, sagt er. »Ich hätte gestern auch fast deine Kollegin drauf angesprochen.«

»Welche Kollegin?«

»Die mit den Haaren?«

»Rosi?«

»Wenn sie so heißt.«

»Hast du sie getroffen?«

»Ich hab sie«, er zögert, »… gesehen.«

»Wie meinst 'n das?«

»Ach, guck mal«, sagt Jürgen und zeigt nach vorne, wo schon wieder ein Angler am Ende des Wegs auftaucht. »Der Hoheisen.«

»Was macht der denn hier?«

»Der hat auch sein Boot hier im Hafen. Findet er besser als in Stralsund oder nebenan in Sundhagen. Angeblich, weil er 'n Promi ist und sich hier als Privatmann unbeobachteter fühlt. Ich glaub ja, das hat eher was mit den Liegepreisen zu tun.«

Heiner Hoheisen wirkt aus dem Konzept gebracht, als er die beiden erkennt. »Ah, oh, hallo.«

Gisela findet Heiner Hoheisens Unbeholfenheit außerhalb seines Geschäfts süß.

»Tach, Herr Hoheisen«, sagt Gisela. Und dann ist man auch schon aneinander vorbei.

»Also, ich war kundschaften«, sagt Jürgen. »Wollte Vögel beobachten. Ich saß im Gebüsch, sie kam aus einem anderen Gebüsch.«

»Wer kam aus einem Gebüsch?« Gisela hat den Faden verloren.

»Deine Kollegin. Das hätte mir natürlich komisch vorkommen können, aber wenn man selber ständig im Gebüsch hockt, dann kommt es einem eben nicht gleich komisch vor, wenn plötzlich jemand aus einem anderen Gebüsch kommt. Dann denkt man, die mag vielleicht Vögel. Ich wollte sie dann fragen, ob sich das mit eurem Vogel-Extra erledigt hat, aber dann kam da noch einer aus dem Gebüsch, und wenn wiederum zwei aus einem Gebüsch kommen, dann …«

»Was denn für einer?«

»Na ja, geht mich nichts an.« Jürgen tut ehrenhaft, kann aber gar nicht schnell genug verraten: »Aber das war der Herr Rothbart aus dem Bergamt.«

»Aber dann war es nicht Rosi.«

»Doch, die mit den Haaren war das. Deine Kollegin.«

»Nee, die kennen sich nicht. Olaf Rothbart ist der Mann von Rainers Cousine. Der hockt mit Sicherheit nicht mit Rosi im Gebüsch.«

Gisela guckt Jürgen verständnislos an. Sie bleibt dafür sogar stehen. Jürgen guckt zurück, nicht für einen Cent verunsichert. Das lässt nichts Gutes erahnen.

»Und? Habt ihr schon die neuen Mülltonnen bekommen?«, fragt Gisela und setzt den Weg fort.

Jürgen schüttelt den Kopf. »Ihr?«

»Nee. Sagt einem aber auch wieder keiner was, ne?«

»Ja, nee.«

»Erst groß ankündigen, und dann muss man selber zusehen, dass man den Tonnenwechsel nicht verpasst.«

»Ja.«

»Muss man da noch irgendwo einen Wisch hinschicken?«

»Glaube nicht.«

Gemeinsam betreten sie den kleinen Parkplatz, auf dem gerade ein Auto startet. Die Reifen drehen für einen Moment durch, bevor es davonfährt.

»Da hat es aber einer eilig.«

Jetzt ist der Parkplatz leer. Die beiden Räder lehnen an einem Holzpfahl unter dem gelben Schild mit der schwarzen Eule drauf. Die Weinbergschnecken in Rainers Tüte machen Gisela doch ein ganz schön schlechtes Gewissen, obwohl sie gar nicht anwesend sind.

»Wo is'n dein Rainer eigentlich?«, will Jürgen wissen.

»Der hat's geschafft, sich in dem kahl gekackten Wald zu verlaufen«, antwortet Gisela und beugt sich über das Rad, um ihr Schloss aufzuschließen. »Und jetzt sitzt er in Klausi Klausens Boot.« Sie will nicht glauben, dass Rosi und Olaf – nein! Hinter ihr schnauft Jürgen. Er kramt hektisch in seinem Rucksack. Ein roter Honda biegt auf den Parkplatz.

»Gut, Gisela«, seufzt Jürgen und lässt seinen Rucksack sinken. »Dann grüß mal zu Hause. Und komm mal mit deiner Kollegin wegen der Vögel vorbei.«

»Alles klar. Tschüss, ne!?« Gisela hebt ihr Bein über den Fahrradrahmen und tritt in die Pedale. Sie ist noch immer fassungslos. Rosi und Olaf. Das ist doch wie Fisch und Vogel. Passt nicht. Geht nicht. Darf nicht sein. Im Rhythmus des Tretens denkt sie mantragleich: Das-ist-so-dumm-dreist. Die-ha-ben-sie-doch-nicht-mehr-al-le. O-laf-und-Ro-si-bit-te-nicht!

Als Gisela nach etwas mehr als einer Stunde zu Hause ankommt, weiß sie nicht, über was sie sich mehr ärgern soll, über Rosis dämliche Affäre oder den entspannten Gesichtsausdruck, mit dem Rainer auf dem Sofa sitzt und Joghurt isst. Sein Bein hat er mit dem Recht des Kranken auf dem Tisch hochgelagert. Dass sich sein Fuß in der stinkenden Socke dabei an den Äpfeln in der Obstschale reibt, scheint er entweder nicht zu bemerken, oder es stört ihn nicht. Gisela vermutet Letzteres.

»Wolltest du dich nicht um die Schnecken kümmern?« Gisela ist ausreichend gereizt, um gleich zum Punkt zu kommen, obwohl sie noch ziemlich aus der Puste ist. Seitdem er arbeitslos ist, macht er nie, was er machen will. Erst fand Gisela das widersinnig, aber dann hat sie es begriffen. Statt alle Dinge gleich zu erledigen, um den Tag zu füllen, kann man auch alles, aber wirklich alles auf später verschieben. Theoretisch logisch, aber in der Praxis einer Ehe unglaublich nervtötend.

»Die müssen wir noch zwei Tage aushungern lassen, damit die sich leer kacken und nicht mehr so schleimig sind.«

»Das haben wir doch noch nie so gemacht.«

»Ja, aber man macht das so.«

»Seit wann?«

»Seit wir in einer Demokratie leben. Oder seitdem es das Internet gibt und ich das googeln kann.«

Einen Moment lang fragt sich Gisela, was das mit der Demokratie bedeuten soll, beschließt dann aber, dass es wurscht ist, selbst wenn dahinter irgendein schlauer Gedanke stecken sollte.

»Und wo hast du sie?«

»Wen?«

»Die Schnecken?«

»Hab ich in den Keller gebracht.« Rainer ballt triumphierend die Faust. »Nachdem ich Kati mit den Dingern in die Flucht geschlagen habe.«

Gisela schwitzt noch nach, und ihre Beine sind weich von der Radtour, die sie in einem Mördertempo bewältigt hat. Bei einem regionalen Radrennen hätte sie es so locker aufs Treppchen geschafft. »Und wo isse jetzt?«

»Die Schnecke?«

»Deine Tochter!«

Rainer zuckt gleichgültig mit den Schultern, als wäre es ihm schietegal, dass er seine Tochter mit den dämlichen Schnecken auf den Kirchturm hochgejagt haben könnte, von wo aus jeder, der will, sie runterschubsen könnte.

»Mann, du bist doch …«, schnauzt sie und rauscht ab. Sie knallt die Tür hinter sich zu, was sie das letzte Mal vor sechs Jahren gemacht hat, als Rainer ihr gesagt hat, dass er ohne ihr Einverständnis vier Aktien gekauft hat. Es wurde seither nie wieder über die Aktien geredet, sie kann also nicht wissen, ob ihre Reaktion damals angemessen war oder nicht. Dieses Türenknallen, da ist sich Gisela sicher, ist mehr als angemessen. Sie hält ihr Handy ans Ohr.

»Ich bin's, Mutti. Wo bist'n?«

»Ey, das ist so ekelhaft, was ihr da macht. Die armen Viecher«, meckert Kati gleich los.

»Jaha«, sagt Gisela. »Aber die merken doch nichts.«

»Na und, trotzdem. Das ist einfach widerlich. Hab echt überlegt, ob ich euch anzeige. Das ist doch auch verboten, oder nicht? Die sind doch vom Aussterben bedroht.«

»Ach Quatsch.« Gisela versucht die Ruhe zu bewahren und dabei völlig überzeugend rüberzukommen. »Im Kormoranwald gibt es die in Massen. Da stirbt keine aus.«

»Das ist einfach abartig. Ich komm wieder, wenn da nichts mehr von übrig ist. Guten Appetit.«

»Wir essen die erst übermorgen.«

»Na dann …« Kati legt auf. Gisela schluckt. Wasser! Sie greift nach der Seltersflasche, die ihr durch die schweißnasse Hand rutscht. Sie knallt zu Boden und rollt gegen den Kleiderschrank. Keine Scherben. Kein Glück. Bling. Und zu allem Unglück noch eine SMS von Rosi, die schon mehrfach versucht hat anzurufen: *Wie lief's?*

Für die Fremdgängerin hat Gisela jetzt gar keine Nerven. Für die Vernehmung erst recht nicht. Sie gibt sich einsilbig: *Morgen*, schreibt sie zurück.

Eine Stammtischrunde

»Dit is jut, prima, dit nehm ick.« Die junge Frau ist einverstanden. Da kann sie auch nicht meckern. 27,50 Euro inklusive Bettwäsche und Handtücher, das ist ein fairer Preis. In der Hauptsaison kann Elli den auf 40 Euro hochschrauben. Aber jetzt, in der Vorsaison, sind 27,50 besser als ein Tritt in den Hintern, wie man so schön sagt.

»Gut«, Elli wischt mit dem Tuch einmal über die Theke. »Dann bring ich Sie hoch. Lennart, hast du einen Blick auf die Fluchtwege und passt auf, dass sich keiner von meinen Pappenheimern danebenbenimmt?«

Lennart nickt und nimmt einen Schluck Crémant. Bis vor vier Jahren trank er Bier, wie alle anderen auch. Da wusste noch keiner Bescheid. Abgesehen von Elli natürlich. Sie wusste, er mag gerne Sprudeliges. Seit dem Eklat, der eigentlich keiner war, trinkt Lennart selbstbewusst Crémant in aller Öffentlichkeit. Klar, der Crémant irritiert. Welcher Polizist sitzt schon in einer Hafenkneipe und trinkt Crémant? Aber sonst sieht und merkt man Lennart eigentlich nichts an. Das hat Elli ihm damals gleich gesagt, vor über zehn Jahren war das, als er sich mit 18 vor ihr geoutet hatte. Er war verknallt in einen Mitschüler. Sie ist aus allen Wolken gefallen, aber nur ganz kurz und auch eher, weil er ja damals noch Medizin studieren wollte und sie gedacht hat, Schwule könnten kein Blut sehen. Eines

Abends, aufgrund irgendeines dämlichen Stammtischwitzes, ist er wie von der Tarantel gestochen aufgesprungen und rief: »Na und? Ich bin auch schwul. Nur, damit ihr es wisst. Und jetzt könnt ihr mich alle hassen. Im Sommer heirate ich Detlef Krumbiegel.«

Elli war unsäglich stolz auf ihn. Er hat dabei nicht mal angefangen zu weinen, kein Zittern in der Stimme, nichts. Die anderen rührte das hingegen überhaupt nicht. Es gab einen Moment der Stille. Dann sagte Wolfgang: »Du, Lennart, dat macht jeder, wie er will. Dat geht mich nix an.«

»Nee, mich juckt dat auch nicht, ob du mit dem Krumbiegel oder seiner Schwester …«, pflichtete Helmut bei und zuckte gelangweilt mit den Schultern. Der Rest nickte zustimmend und schob sich die Prinz-Heinrich-Mützen zurecht. Elli freute sich sehr für Lennart, aber der hat damals nur ein launisches »Das Desinteresse an Exotischem hier oben macht auf eine gewisse Art extrem tolerant« dafür übriggehabt.

Nun ist er also verheiratet, zwar nicht mit Detlef Krumbiegel, sondern mit Markus Schulz, und er ist auch nicht Arzt geworden, sondern bei der Polizei, was Ellis Meinung nach ganz gut passt, wegen der Uniform. Und wenn Markus auf Achse ist, dann trinkt Lennart bei Elli Crémant und versorgt sie mit den neuesten persönlichen Katastrophen, die in einem Schwulenleben überdurchschnittlich oft aufzutreten scheinen.

»Hier ist die Koje.« Elli öffnet die Tür und lässt den Schlüssel vor der Berlinerin hin- und herbaumeln. »Jut. Danke. Sieht echt jemütlich aus. Ick würde gleich noch ma kurz runterkomm uff 'n Jetränk, wa?« Sie greift nach dem Zimmerschlüssel.

»Klar.« Elli macht kehrt.

»Ach so, warten Se ma.« Die junge Frau stellt ihren Rucksack ab und zieht ein Handy aus der Hosentasche. »Ick schlach hier ja nich janz unvorbereitet uff. War ja neulich erst hier und hab jehört, dat Se 'ne echte Lokalgröße sind. Immer hier mit Merkel schön am Start und so. Schenken Se mir 'n Lächeln?« Sie hält ihr Handy vor Ellis Gesicht. Elli kann der Aufforderung kaum so schnell nachkommen, wie abgedrückt wird. Zum Glück ist sie als *echte Lokalgröße* im Training und bekommt das mit dem Lächeln ganz gut hin. Dann verschwindet die Berliner Touristin im Zimmer *Kiekut*. Hinter der Tür von *Buhne 2* raschelt es. Was Rosi Hafenmeister dort wohl treibt, so allein? Die Arme! Alle 20 Minuten kommt sie runter, um unten vor der Tür eine durchzuziehen. Elli guckt auf die Uhr. 21:18 Uhr. Wenn sie die Andeutungen richtig verstanden hat, dann ist Rosi zu Hause rausgeflogen. Die hat bestimmt wieder eine Affäre. Vor ungefähr zwölf Jahren hat sie sich hier schon mal für ein paar Tage einquartiert. Elli steigt die Treppe hinab in das Lokal. Auf den alten knarrenden Holzdielen geht sie zurück hinter ihren Tresen, der aus einem halben umfunktionierten Ruderboot zusammengezimmert worden ist. Das ist ihre Heimat. Hier gehört sie hin.

»Keine verdächtigen Vorkommnisse«, sagt Lennart.

»Danke, mein Lieber.« Elli stützt sich mit durchgestreckten Armen auf den Tresen und lässt den Blick durch ihre Kneipe wandern. An einem Tisch spinnen zwei pensionierte Matrosen Seemannsgarn. Am runden Stammtisch, wo sich häufig die Stars und Sternchen der Politik- und Wirtschaftsszene treffen, tagt heute die Dienstagsrunde, ein paar ältere Herren und Frau Übelmuth, die in der Gruppe vor zwei Jahren den Platz ihres verstorbenen Mannes eingenommen hat. Ein weiterer Tisch ist von drei Abiturienten besetzt, die sich selbst als alternativ bezeichnen. In den 90ern sah man den Alternativen ihre sozialpolitischen Überzeugungen an Haar und Klamotte noch an. Heute sehen die allesamt bewerbungsfotoordentlich aus und starren auf ihre Handys, wie alle anderen auch.

Lennart beugt sich ein Stück zu Elli rüber. »Duhu«, flüstert er, »so 'n Hiddenseer beschuldigt ja Fiete Marquardt.«

Elli juckt das nicht. In den letzten Tagen ist hier schon jeder unter Verdacht geraten. Und es hätten auch alle ihre Gründe zu morden. Habgier, Eifersucht, Verzweiflung – das Menschliche hat auch Stralsund fest im Griff. Und wer bei diesen miesen Gefühlen nicht fest im Sattel sitzt, der kommt manchmal auf Ideen. Das kann überall passieren. Lennart schiebt das leere langstielige Glas von sich weg und redet unbeirrt weiter: »Der sagt, dass sich Fiete seit einiger Zeit seltsam verhält. Er, also, den Hiddenseer meine ich, hätte so lange gezögert, weil er ja keinen verpfeifen wolle, aber nach der dritten Leiche sei ihm mulmig geworden.«

»Fiete war es nicht.« Elli stülpt zwei Gläser über die Spülbürste. Draußen scheint der Mond auf Fietes Verkaufskutter, der selig vor sich hin schwankt. Elli liebt ihren Arbeitsplatz. Der Blick auf das nächtliche Hafenbecken ist unübertrefflich. Und nicht einer der Abiturienten, der dort am Tisch gerade auf sein Handy starrt, weiß, dass dieser Hafenblick der ganz große Fang ist. Noch nicht. Wie von einer billigen Angelschnur gehalten, wird die Verbindung in den kommenden Jahren zu reißen drohen. Aber Stralsund wird den Drill gewinnen, und eines Tages, wenn Elli wahrscheinlich schon nicht mehr ist, werden einige dieser jungen Leute hier wieder anlanden.

»Wusstest du, dass der schon eine Zeit lang gar nicht

mehr angelt, sondern den Fisch, den er räuchert, vorher in Vitte kauft?«, fragt Lennart.

»Das weiß doch jeder«, mischt sich Frau Übelmuth ein.

»Was?«, fragt einer der pensionierten Seemänner.

»Nix!« Elli stellt die tropfenden Gläser ins Spülbecken.

»Dass Fiete Marquardt nicht mehr angelt.« Nun ist auch der Teenie-Tisch involviert. »Meine Mutter hat gesagt, der fährt immer nach Vitte und kauft da den Fisch, den er dann hier räuchert.«

»Hä?«, macht sein Nebenmann. »Warum denn das?«

»Der Typ mit seiner dreckigen Wattejacke ist eh gruselig.« Das spargeldürre Mädchen mit hennarot gefärbten Haaren beginnt nun auch, sich seine Gedanken zu machen. Elli würde ihren Gästen gern den Zahn ziehen und vom Lottogewinn erzählen. Fiete und ein Lottogewinn, das ist wie eine milliardenschwere Jacht auf dem Greifswalder Bodden, ein völlig schräges Bild. Aber auf Ellis Verschwiegenheit ist Verlass. Und das soll auch so bleiben.

»Nee«, Lennart drückt den Rücken durch und spricht in die Runde. »Marquardt war's nicht. Ich hab ja nur gesagt, dass …«

»Und warum streust du dann Gerüchte?«, will einer der Jugendlichen in einem aufmüpfigen Ton wissen, den sich früher niemand herausgenommen hätte, schon gar nicht einem Polizisten gegenüber.

»Mach ich doch gar nicht.« Lennart hebt abwehrend die Hände. »Ich sage doch, Marquardt war es nicht. Die haben keine DNA von ihm an den Leichen gefunden.«

»Was für DNA haben die denn gefunden?« Frau Übelmuth ordert Nachschub, indem sie mit ihrem Zeigefinger gegen ihr leeres Glas tippt. »Ihr müsst mal in die Pötte kommen. Sonst wird Elli ihre Zimmer nicht mehr los. Serienmörder und mit Erdöl verseuchte Ostseebäder is ’n büschen zu viel des Guten, stimmt’s, Elli?«

Elli wischt sich ihre Hände am Geschirrtuch trocken und sorgt sich weniger um ihre Zimmer als viel mehr über Lennarts loses Mundwerk.

»Sag mal, darfst du hier überhaupt solche wilden Sachen rumerzählen, mit DNA und so? Du bist doch gar nicht in der Soko.«

»Hey, cool, Soko!« Die Berlinerin erscheint vergnügt im Gastraum. Alles an ihr hüpft; ihre Haare, ihr Busen, ihre Holzkette, die Kreolen, so groß wie Armreifen. »ZDF? Da war doch was mit Stralsund und Soko, oder?« Die anderen versuchen das souverän auszuhalten, aber die Fischköppe können nicht anders, als einfach nur ungehemmt glotzen, wenn da so jemand Fremdartiges auftaucht. Sie glotzen und glotzen, bevor sie beschließen: »Kenn ich nich, will ich nich, brauch ich nich«, und sich wieder ihrem kleinen vertrauten Kreis zuwenden. Einer der Alternativen schafft es jedoch, einen höflichen Rest von Anstand aufzubringen, und reagiert mit einer Nachfrage: »Was ist mit dem ZDF?«

»Ick dachte, dit ihr mir dit erzählen wollt.«

Ihr will aber keiner was erzählen. Niemand scheint je wieder irgendwas erzählen zu wollen. Man starrt vor sich hin, dreht sein Glas zwischen den Händen und ist vermutlich hochgradig irritiert von so viel Unbekümmertheit.

»Ick meinte, Soko klingt, als läuft dit uff’m Zweiten.«

Die Berlinerin lässt sich neben dem sonst eher redseligen Lennart auf den Barhocker fallen. »Prosecco trinkt man hier?«, fragt sie mit Blick auf sein Glas.

»Crémant«, sagt Lennart selbstbewusst. Die Berlinerin guckt Elli aufgeschlossen an.

»Habt ihr Tannenzäpfle?«

»Tannenwat?«

»Zäpfle. So ’n Bier.«

»Nee.« Elli schüttelt den Kopf. »So was Neumodisches haben wir nich. Stralsunder oder Störtebeker.«

»Ick nehm ’n Stralsunder, bitte.« Vergnügt guckt sie Lennart an, aber der kapiert die Doppeldeutigkeit nicht, was bestimmt an seiner sexuellen Orientierung liegt. Mit ihrer weiterhin sprühenden Energie, die das *Goldene Steuerrad* in stürmische Verunsicherung versetzt, guckt sie sich im Gastraum um und ist, wie zu erwarten, ganz entzückt von den älteren Herren mit den dunkelblauen Prinz-Heinrich-Mützen.

»Sind die echt?« Sie deutet mit dem Daumen hinter sich. Elli weiß nicht, ob sie die Mützen, die Männer oder die Bojen meint, die neben den Männern zur Deko an den Wänden hängen. Weil aber alles hier drin echt ist, nickt sie.

»Echt cool hier. Super Tipp. Steht der denn im *Lonely Planet*?«

»Im was?« Elli wird hellhörig. Gibt es etwas, wo man drin stehen kann, von dem sie noch nichts weiß?

»Egal. Wir hatten den Tipp hier jedenfalls von unseren netten Stadtführerinnen. Die warn echt super.«

»Aha?«

»Eine dicke Lustige und eine mit so Haaren, rot und schwarz, was bei uns halt keener mehr trägt, höchstens Brandenburgerinnen.«

»Hafenmeister«, brummt einer der Seebären. Die anderen bestätigen seine Vermutung mit zustimmendem Nicken. Wie aufs Stichwort öffnet sich neben dem präparierten Hechtkopf an der Wand die Tür, hinter der die Treppe hinauf zu den Fremdenzimmern führt. Rosi durchschreitet mit stoischem Geradeausblick die Kneipe, begleitet von einem »Da isse«, gradewegs raus vor die Eingangstür. Elli kann sich noch gut an damals erinnern, als die Zimmer oben nach Herzenslust vollgequarzt werden konnten. Das waren noch Zeiten. Schöne Zeiten. Wenn es nach Elli ginge, könnte jeder rauchen, wo und wie viel er mag. Aber es geht nicht nach Elli. Die Zeiten der großen Freiheit sind vorbei. Jetzt herrscht nur noch die Meinungsfreiheit der Nichtraucher.

»Ja, dit war se doch.« Auch der Berlinerin ist Rosis Auftritt nicht entgangen.

»Glaub, die hat gerade Stress. Privat.« Elli lässt den Zapfhahn los. Das Stralsunder schäumt über. Und Frau Übelmuth will wissen, wo der Nachschub bleibt.

»So!« Die Touristin haut Lennart mit dem Ellenbogen in den Oberarm. »Was geht ab hier?«

Lennart reibt sich die Stelle am Arm und zuckt mit den Schultern. Dass er keine Lust auf die Berlinerin hat, sieht man ihm auf 100 Meter gegen den Wind an. Schade, dass er das mit den Frauen komplett aufgegeben hat, denkt Elli. So eine wie die wäre vielleicht für so einen wie ihn gar nicht schlecht.

»Lesen Sie keine Zeitung?«, fragt Frau Übelmuth forsch.

»Ick hab Handyfasten jemacht.«

»Ich meinte Zeitung.«

»Les ick uff'm Handy, jute Frau.«

Während Elli eine Runde kleiner Gläser mit zwei cl Brackwasser füllt, versorgt ihre Mannschaft die Fremde nun endlich mit allen Informationen über die ungeheuerlichen Vorkommnisse am Sund. Draußen schnipst Rosi Hafenmeister die Kippe weg und zieht fröstelnd die Schultern hoch. Elli hat Mitleid. Aber mehr als Schnaps hat sie, wie immer, nicht zu geben.

»Ui!« Die Touristin sieht nahezu amüsiert aus. »Na, dit is ja spannend bei euch. Is ja 'n ziemlich unsicheres Pflaster, euer Stralsund, wa?«

Die Runde nickt mit gewichtigem Stolz, während Rosi die Tür aufdrückt. Sie geht zackig auf ziemlich dünnen Absätzen und vermeidet jeglichen Blickkontakt. Kein Zweifel, Rosi Hafenmeister will ihre Ruhe haben. Und jeder Stralsunder hätte ihr die gegeben und gegönnt, nicht so jedoch die Berliner Touristin. Die springt in großer Freude über das Wiedersehen mit ihrer Stadtführerin auf und stellt sich der bemitleidenswerten Rosi Hafenmeister in den Weg. »Hey, Frau, weiß nicht mehr, wie Sie heißen, aber wir kennen uns. Erinnern Se sich?«

Rosi blickt kurz auf und schüttelt, ohne nachzudenken, den Kopf. »Tut mir leid, nee.«

»Wir haben doch hier schon zusammen jesoffen«, versucht ihr die Berlinerin auf die Sprünge zu helfen. »Setzen Se sich.« Sie klopft mit der flachen Hand auf den Barhocker neben sich. Rosi zögert. »Hab gerade jehört, was hier so abjeht. Sie haben mir doch jesacht, is nich viel los hier. Und jetzt habt ihr hier 'n Serienkiller. Dit nenn ick ma 'ne krasse Action.«

Rosi setzt sich. Sie lächelt, aber ihr geht's nicht gut. Das sieht Elli. »Und was treibt Sie hier so schnell wieder her?«, fragt Rosi anstandshalber. Elli ist der Konflikt, der ständig zwischen den eigenen Befindlichkeiten und der verpflichtenden Freundlichkeit den Kunden gegenüber entsteht, vertraut.

»Meen Freund«, antwortet die Berlinerin. »Der liegt hier im Krankenhaus.«

Lennart, der etwas in sich zusammengesackt war, rückt sich nun auf seinem Barhocker in eine aufrechte Position. »Auch ein Berliner?«

»Meen Freund? Ja.«

»Hatte der einen Verkehrsunfall?«

»Zu blöde, uff de Beene zu bleiben.« Sie grinst. Lennart setzt sich noch aufrechter hin, drückt seinen Rücken in ein Hohlkreuz. Wenn er so sitzt, sieht man ihm die Homo-Sache doch ein bisschen an.

»Jetzt sagen Se nich, Sie kennen meenen Freund. So was passiert mir ständig, och in Berlin. Die Welt is eben doch 'n Dorf. Ick bin übrigens Kerstin. Wollen wa uns nich duzen? Du bist doch auch nich älter als ich, wa?«

»Lennart Mahnke.« Er streckt ihr ganz förmlich die Hand entgegen. »Sie heißen Kerstin Müller?«

Sie nickt. Aber weil die Welt für die Berlinerin schon länger wie ein Dorf zu sein scheint, wirkt sie nicht sonderlich überrascht. Sie trinkt vergnügt ihr Stralsunder Pils und leckt sich den Schaum von den Lippen. Lennart hält nun nichts mehr auf seinem Barhocker.

»Ich bin von der Polizei, und im Rahmen von Ermittlungen …«

»Du hast doch mit *den* Ermittlungen gar nichts zu tun«, versucht Elli seinen Eifer zu stoppen, bevor er wieder zu ausführlich wird und Interna ausplaudert.

»Du bist von der Polizei?« Kerstin Müller aus Berlin hat schon wieder ihr Handy in der Hand. Sie hält es ihm unter die Nase. »Dit trifft sich aber jut. Lies ma, was ick für 'ne Nachricht bekommen hab.«

Lennart nimmt ihr das Handy aus der Hand. Er zittert, während sich die Aufmerksamkeit aller Gäste zum Tresen hin verlagert hat. Nun ist Stralsund involviert. Es gibt hier oben manchmal diesen ganz speziellen Moment, wenn die Gleichgültigkeit in Neugier umschlägt. Dazwischen gibt es meist nur wenig. Die vorpommerische Neugier kann dabei ziemlich übermächtig sein.

»Wat sagst'n dazu? Blöder Scherz, oder muss ick mir Sorgen machen? Klingt fast nach Morddrohung, wa?« Frau Müller wirkt jeglichen Morddrohungen zum Trotz vergnügt.

Lennart bleibt vollkommen ernst. Er versucht die Sache professionell abzuwickeln. »Meine Kollegen haben schon versucht, Sie zu finden, Frau Müller. Wo waren Sie denn? Die letzten drei Tage jedenfalls nicht in Ihrer Berliner Wohnung.«

»Lennart!«

»Nee, lass ihn doch mal, Elli«, ruft einer vom Stammtisch rüber.

Kerstin Müller lässt sich durch Lennarts besorgte Miene nicht die gute Laune verderben. »Feiern war ick.«

»Drei Tage?«

»Berghain.«

»Drei Tage?«

»Ja, im Berghain. Is 'n Club. Was wollten Se denn von mir?«

»Die haben Fragen an Sie. Und ich muss jetzt erst mal Ihr Handy beschlagnahmen und Sie bitten, mich zur Wache zu begleiten.«

»Das darf der doch gar nicht«, meint einer der Jugendlichen.

»Was darf ich nicht?« Nun steht Lennart in der vollen Souveränität eines Ordnungshüters da, sodass der junge Mann vom Abituriententisch kleinlaut wird:

»Ähm … Ihr das Handy wegnehmen?«

»Gefahr im Verzug, so nennt man das. Es geht um Gefahrenabwehr. Wir brauchen die Identität des Absenders.«

Lennart redet wirklich komisch, in ganz anderem Ton und in anderer Stimmlage. Aber das ist vielleicht immer so, wenn man dienstlich ist. Elli redet ja auch immer so unnatürlich und mit viel zu wenig Atem, wenn die Frau Bundeskanzlerin da ist.

»Dürfen Se mir denn meen Handy wirklich einfach so wegnehmen? Ick hab ja gerade erst 'n paar Tage druff verzichtet. Freiwillig.«

Lennart nimmt die Jacke von der Stuhllehne. Rosi presst ihre Finger gegen die Schläfen. Das sieht nach einem handfesten Migräneanfall aus.

»Frau Müller, Ihr Name wird auf dieser Liste genannt. Ihr Freund steht bereits unter Polizeischutz, und Sie sind auch in allerhöchster Gefahr.«

»Dann beschütz mich doch.«

»Ich verständige die Kollegen.«

»Also, nicht böse sein.« Rosi leitet ihre Verabschiedung ein und steht auf.

»Sitzt dann so 'n schnieker Bulle aufm Höckerchen vor meiner Tür in der Nacht?« Frau Müller bleibt beschwingt.

»So ungefähr. Und wenn Sie ausgeschlafen haben, kommen Sie bitte zur Wache.«

»Prima.«

Während Rosi noch mal »Nicht böse sein, aber ich gehöre ins Bett« sagt und die Biege macht, streckt Lennart Kerstin Müller die Hand entgegen. Sie gibt sich kooperativ und legt ihr Handy hinein. »Aber nüscht zurücksetzen oder so, ja? Ick will alle meene Daten noch haben, wenn Se fertig mit dem Ding sind.«

Die Kronzeugin und Flundern

»Warst du bei der Polizei?« In seiner heillosen Normalität erschüttert steht Rainer im Wohnzimmer. An seinen Schuhen klebt Modder. Er wollte um den Ententeich spazieren und grobe Bratwürste kaufen. Nur das. Jetzt hat er Schweißperlen auf der Nase und eine berechtigte Frage. »Ob du bei der Polizei warst?«

Gisela legt den Flyer für Rostocker Segway-Touren, den sie sich zu Firmenspionagezwecken besorgt hat, auf den Tisch. Sie weiß nicht genau, was sie antworten soll. »Du hast den ganzen Modder mit reingebracht.«

»Ja oder nein?« Rainer ist zu aufgebracht, um sich mit dem von ihm eingeschleppten Dreck zu beschäftigen. Ungewöhnlich engagiert zieht er seinen Reißverschluss nach unten. »Ja oder nein, Gisela?!«

»Wieso?«

»Also, wenn ich weiß, es will mich einer umbringen, dann frag ich nicht, ›wieso‹?«

»Mich will doch keiner …«

»Hermann hat gesagt: eindeutig.«

»Hermann? Welcher Hermann?«

»Kruse aus der Werkstatt.«

»Ach, Hermann Kruse hat gesagt …«

»Dass jemand einen Anschlag auf uns verübt hat. Auf dich.« Rainer zeigt auf Gisela, legt sich dann den Finger an die eigene Brust und schüttelt den Kopf: »Denn ich habe keine Feinde.«

»Ich habe auch keine Feinde.«

»Hermann hat dir gesagt, du sollst sofort zur Polizei gehen. Und ich weiß nichts davon. Wie sieht denn das aus?«

Die manipulierten Bremsen! Das ist doch schon eine gefühlte Ewigkeit her. Als hätte Gisela keine anderen Sorgen. Kati ist weg. »Also, zu mir hat Kruse gesagt, so was ist nur selten ein echter Mordanschlag.«

»Wenn du dich da wegen deinem Kohlhaasen nicht hintraust, geh ich. Das kann doch wohl nicht wahr sein, dass du unser Leben wegen diesem Trottel riskierst.«

»Was hat denn Andreas damit zu tun?«

»*Andreas!?* Ich kann dir sagen, was *Andreas* damit zu tun hat.« Immer wenn Rainer den Namen ausspricht, wackelt er verächtlich mit dem Kopf dazu, was ihn ziemlich albern aussehen lässt. »Wer einem vor die Tür kackt, der bohrt vielleicht auch die Bremsen an.«

»Also, du bist doch plemplem.« Jetzt hat Gisela ihn im Sack. »Da erübrigt sich doch jede weitere Diskussion«, sagt sie. Rainer beeindruckt das nicht. Er guckt sie an, wie er es schon lange nicht mehr getan hat, wild und entschlossen. »Also, wenn du nicht gehst, geh ich.«

Für einen Moment findet Gisela diesen Vorschlag gar nicht so schlecht. Ihn hat der Mörder vielleicht nicht auf dem Kieker. Aber kurz darauf findet sie sich und ihren Gedanken liederlich. Nicht mal den eigenen Ehemann sollte man in den persönlichen Schlamassel mit reinziehen, vor allem dann nicht, wenn es bei dem Schlamassel wirklich ans Eingemachte geht.

»Okay.« Bemüht gelassen beginnt Gisela alle Flyer einzusammeln. Sie hat einen Entschluss gefasst. »Ich gehe.« Die

Sache wird ihr zu heiß. Kati ist immer noch nicht wieder da.

»Zur Polizei?«

»Ja.«

»Jetzt?«

»Mhm.«

»Gut!« Rainer verlässt mit seinen dreckigen Schuhen das Wohnzimmer. »Dann geh auch«, ruft er vom Flur aus.

»Füße heben«, ruft Gisela zurück. »Und mach deinen Dreck weg.«

Und dann passiert es. Einfach so. Das Bild fällt von der Wand. Es ist das Bild, das ihr Rainer gleich nach der Wende bei Allkauf gekauft hat. Abstrakte Kunst, viel Rot, viel Gelb und mittendrin zwei schwarze lange Striche. Irgendwer dachte damals, sie hätten das Bild zu Ehren der deutschen Wiedervereinigung gekauft. Wegen der Farben. Dabei passte das Bild farblich nur so gut zum Teppich. Als der Teppich dann zu oll wurde, musste man einen kaufen, der farblich gut zum Bild passte. Leider hat das nicht so gut geklappt, weil es im Teppichcenter kein natürliches Licht gab. Ein bisschen beißen sich die Farben von Bild und Teppich jetzt, aber man kann es ignorieren. Der Nagel ist aus der Wand gebrochen. Gisela wollte das Bild damals mit Dübeln und Schrauben aufhängen, aber Rainer meinte, ein Nagel würde reichen. Und das stimmte ja auch. Jahrelang hat der Nagel gehalten, und er würde es wahrscheinlich immer noch tun, wenn es kein Unheil anzukündigen gäbe. Fällt ein Bild von der Wand, ist das Unheil ganz, ganz nah. Es wird diejenigen treffen, die auf dem Bild zu sehen sind. Wer sich wohl hinter den schwarzen Strichen verbirgt? Bisher waren das nur die zwei schwarzen Striche auf dem Bild von Allkauf gewesen, aber eben, noch während das Gemälde an der Wand wie in Zeitlupe gen Boden rutschte, da verstand Gisela, was der Künstler mit den zwei schwarzen Strichen sagen wollte. Er wollte sagen: Hier laufen zwei Menschen durch eine rot-goldene Landschaft. Golden hatte sich Gisela die Zukunft mit Rosi vorgestellt. Jetzt ist sie nur noch rot wie Blut. Und weil das mit dem Übersinnlichen alles wahr ist und wirklich funktioniert, meldet sich in diesem Augenblick Rosi, die per Telepathie von Giselas Hirnwellen verständigt worden sein muss.

Gisela, ist WIRKLICH wichtig!, schreibt sie per SMS. *Jetzt ruf mich doch endlich mal zurück.*

Es ist die achte oder neunte Nachricht seit gestern Nacht. Rosi hat auch weitere Male versucht anzurufen. Aber jetzt ist sie mal dran mit Warten. Gisela hat keinen Kopf dafür. Das ist wie nach ihrem Blinddarmdurchbruch. Da musste sie sich mit allen Nerven, Sinnen und Kräften darauf konzentrieren durchzukommen. Sie hat Rainer verboten, sie im Krankenhaus zu besuchen. Als es damals um Leben und Tod ging, hatte sie keine Kapazitäten für die Befindlichkeiten von anderen. Klar könnte Gisela jetzt nach ihrem Strategiewechsel, bei dem sie sich selbst von einer schnöden Zeugin zur Kronzeugin machen oder sich vielleicht in Schutzhaft nehmen lassen will, ein bisschen Beistand von Rosi gebrauchen. Beistand, aber keinen außerehelichen Beischlaf. Wie kann man in Zeiten wie diesen nur an Geschlechtsverkehr denken? Das ist gerade wirklich das Allerletzte, was Gisela in den Sinn käme. Um Rosis Sexleben kann sie sich wirklich erst später kümmern. Jetzt muss sie erst mal zur Polizei. Gisela schiebt ihr Handy in die Hosentasche und steckt den Kopf aus der Tür. Rainers Modderspur führt in die Küche, wo er am Radio herumdreht. Auf Zehenspitzen und im Storchengang schleicht sich Gisela ins Schlafzimmer. Dort stopft sie ein paar Unterbuxen in den kleinen Lederrucksack, der wegen seiner unbequemen, viel zu dünnen Trageriemen fast nie zum Einsatz kommt. Jetzt bekommt er seinen großen Auftritt. Dazu packt Gisela noch zwei Shirts ein, eine Wechselhose, die grüne bequeme, und ein Nachthemd, nämlich das dunkelblaue, an dem nichts falsch ist – falls Andreas Kohlhaase sie irgendwie so zu Gesicht bekommen sollte. Man weiß ja nie. Vom Nachttisch nimmt sie *Die Tote vom anderen Ufer*. Um nach einem anderen Schmöker zu suchen bleibt ihr keine Zeit. Handcreme und Zahnbürste fehlen noch, dann hat sie alles beisammen. Praktisch, nicht in besonderem Maße von irgendwelchen Eitelkeiten abhängig zu sein.

»Also«, ruft Gisela über den Flur, »bis später.«

Leider gibt sich Rainer mit einem *Also bis später* nicht zufrieden. Er überlässt das Radio sich selbst. Es rauscht. Rainer guckt aus der Küche. »Soll ich mitkommen?«

»Nö.«

»Willst du noch irgendwo anders hin?« Er deutet mit dem Kinn auf den Rucksack.

»Woandershin?« Nein, eigentlich nicht, aber für die Erklärung ist jetzt nicht der richtige Zeitpunkt.

»Ach so.« Gisela hebt die Schulter, über der der dünne Rucksackriemen hängt. »Deswegen. Nee, ich treffe mich noch kurz mit Rosi danach.«

»Was ist denn da drin?«

»Äh … Kostüme.«

»Wat'n für Kostüme?«

»Für unsere Tour, so historische.«

»So wat macht ihr jetzt?«

»Vielleicht.«

»Und wann kommst du denn ungefähr wieder? Wegen der Schnecken.«

»Kann dauern«, sagt sie und: »Weiß nicht.« Das ist nicht gelogen. Woher soll Gisela wissen, wie lange die Vernehmung einer Kronzeugin dauert, ob sie vielleicht in Untersuchungshaft kommt, in Sicherheitsgewahrsam, Schutzhaft oder ob man sie stattdessen zum Teufel jagt? Rainer spitzt die Lippen und schließt die Augen. Sein Versöhnungsangebot. Gisela drückt ihre Lippen auf seine; sie, die Kronzeugin, er, Rainer Klawitter, der Weinbergschneckenkoch. »Viel Glück!«, wünscht er. »Du, und wegen Kati!?«

Sie dreht sich noch mal um.

»Mach dir keine Sorgen«, meint Rainer. »Die hat doch schon immer, wenn sie sauer war, bei Anne Ramanowski übernachtet.«

Für den Bus entscheidet sich Gisela aus zwei Gründen. Erstens fühlt sie sich sicherer unter Leuten, und zweitens kann sie nicht drei oder vier Tage, die sie vielleicht bleiben muss, vor der Polizeiwache parken. Da geht's nur mit Parkschein. Mit dem beruhigenden Gefühl, dass die Nachbarn hinter den Gardinen ein wachsames Auge auf sie haben, in diesem Augenblick besonders Jürgen Schlünz von gegenüber, meistert sie zügig den Weg zur Bushaltestelle. Schon von Weitem sieht sie Gabi mit ihren beiden Enkelkindern dort warten. Übermütig vor Erleichterung winkt Gisela ihnen zu. Weil man sich hier an Bushaltestellen für gewöhnlich allerhöchstens mit einem kurzen *Tach* neben die Nachbarn stellt, muss das Winken bei Gabi für größte Irritationen sorgen. Aber gnädigerweise lässt sie sich nichts anmerken und geht in die Knie, um ihre Enkelkinder anzuweisen zurückzuwinken. Beim anschließenden Small Talk mit Gabi stellt sich Gisela nah an die beiden Kinder heran. Ein Scharfschütze hätte es schwerer so. Leider will Gabi mit ihren Enkeln zum Einkaufsparadies Nordost und wartet auf die Linie 2, weshalb Gisela nun die Linie 3 alleine besteigt. Sie setzt sich, wie gewohnt, gleich hinter den Fahrer, aber die Gefahr im Rücken zu spüren ist ihr unangenehm, und sie wechselt noch vor der ersten Haltestelle in die hinterste Reihe. Die anderen acht Fahrgäste schauen ihr verwundert beim Platzwechseln zu, so, wie Gisela das auch tun würde, wenn sie diese merkwürdige Person, die den Platz ganz vorne gegen den ganz hinten tauscht, nicht selber wäre. Man fragt sich ja immer, was in solchen Menschen vorgeht. Jetzt weiß Gisela das. Der Bus rumpelt auf der unebenen Straße in den Kreisverkehr, in dessen Mitte vor anderthalb Jahren eine goldene Schiffsschraube drapiert worden ist. Riesengroß ist die, eine Leihgabe der insolventen Schiffswerft, die die Schraube wiederhaben will, falls es doch noch mal zu einem großen Auftrag kommen sollte. Der Bus schnauft sich den kleinen Berg hoch, den Gisela auf dem Fahrrad jedes Mal verflucht, vorbei an Netto, Getränkemarkt und städtischem Gymnasium. Nach vier Stationen steigt Gisela aus. Der abfahrende Bus gibt den Blick auf das Polizeigebäude frei. Seit Jahrzehnten steht es dort, und doch kommt es Gisela so vor, als hätte es jemand gerade erst dort aufgebaut, nur für sie, damit sie nun dort hineinspazieren und diesem ganzen Grauen ein Ende setzen kann. Sie hat ein Alibi für alle Morde. Aber sie hat auch Angst. Angst, dass alle Polizisten, alle Kommissare und Staatsanwälte dieser Welt sich einig darin sind, dass sie viel früher ein Sterbenswörtchen hätte sagen müssen. Sie hat Angst, dass ihre eigene Schwägerin über die feigen Gästeführerinnen im *Sundblatt* berichten wird und Rosi und sie anschließend Insolvenz anmelden müssen. Aber noch viel mehr Angst hat sie, dass der Psychopath Kati genau im Moment ihrer Beichte irgendwo runterschubst. Anne Ramanowski hat vor fünf Jahren, mit Anfang 30, auch noch den Absprung geschafft und wohnt seitdem in Rostock. Gisela bezweifelt, dass Kati dort Unterschlupf gefunden hat. Und darum wird sie als Allererstes eine Bedingung stellen. Sie wird keine Aussage machen, bevor eine Suchmeldung für Kati rausgegangen ist. Ihr ist selber klar, dass Kati volljährig und noch keine 24 Stunden weg ist, aber möglicherweise erkennt Andreas den Ernst der Lage, wenn er Gisela in die Augen schaut. Wenn da was ist zwischen ihnen, dann wird er den Ernst der Lage in ihren Augen erkennen. Gisela wartet, bis weit und breit kein Auto mehr zu sehen ist, bevor sie die Straße überquert. Sie will jetzt nichts mehr riskieren, kein Stolpern, keine manipulierten Bremsen, nichts soll sie jetzt mehr aufhalten können. Unversehrt erreicht sie die andere Straßenseite. Bis hierher ging alles gut, doch in dem Moment, in dem Gisela die erste Stufe des Treppenaufgangs zum Polizeirevier betritt, wird sie unsanft am Rucksack gepackt und zurückgezogen. Gisela rudert mit den Armen. Eine Hand drückt sich von hinten auf ihren Mund, bevor sie schreiend auf sich aufmerksam machen könnte. Den Geruch kennt Gisela. Die Eulenhandtasche, die gegen ihren Oberschenkel schlägt, auch. Mit Schwung dreht sie sich um und befreit sich aus der Umklammerung.

»Mensch, Rosi!«

»Mensch, Gisela.« Rosi lässt von ihrer Kollegin ab. »Bin ich froh, dass ich dich noch rechtzeitig erwische. Dein Mann hat mir gesagt, dass du auf dem Weg hierher bist. Nicht da reingehen, Schnucki. Auf gar keinen Fall.«

»Oh doch.« Gisela schließt die Augen, um mit all der

Überzeugung, die sie gerade zusammensammeln kann, zu verkünden: »Ich gehe da jetzt rein, und dann mache ich endlich meine Aussage.«

Rosi schüttelt den Kopf. Ihr Kajal ist total verschmiert. »Die sind dir auf den Fersen.«

»Ja, eben drum.«

»Ich meine, die Polizei.«

Gisela versteht nicht. Sie legt ihr glühendes Gesicht in ihre kühlenden Hände. Möwen schreien. Als sie den Kopf wieder hebt, ist Rosi noch da. Der Wind auch. Und natürlich die Möwen. »Ich gehe da jetzt rein, Rosi«, sagt Gisela müde. »Und du solltest dich auch in Sicherheit bringen.« Gisela nimmt zwei Stufen auf einmal. Mit gedämpfter Stimme zischt Rosi ihr hinterher: »Die denken, du hast der Berlinerin eine Morddrohung geschickt. Wie willst'n das erklären? Du brauchst einen Anwalt. Mindestens.«

Gisela hält inne. Ein Anwalt? Ist das nicht möglicherweise der erste vernünftige Gedanke seit Tagen? »Du hast recht«, sagt sie. »Ein Anwalt ist gar keine schlechte Idee.« Manchmal sagt man Sätze im Leben, die man aus dem eigenen Mund nie für möglich gehalten hätte, weil sie so wenig mit dem eigenen Leben zu tun haben wie Gefängnisse mit Freiheit. Gisela hat so was von keine Ahnung von Anwälten. Sie weiß überhaupt nicht, wo man einen finden kann, ob man dann da anruft, wenn man weiß, wo einer ist, oder einfach hingeht, wie zum Arzt, und da im Wartezimmer wartet, ob ein Anwalt 50 oder 500 Euro die Stunde kostet und wie viel man dem von der ganzen Wahrheit erzählen muss. Aber selbstverständlich braucht man einen Anwalt, wenn man zur Polizei marschiert, um eine Aussage zu machen. Da hätte sie selber draufkommen können. Rosi scrollt eifrig auf ihrem Handy hoch und runter. »Hier, Herr

Uhlenmost.« Sie hält Gisela eine Nummer so dicht vor das Gesicht, dass die den Kopf zurückziehen muss, um was zu erkennen. »Das ist die Nummer meines Scheidungsanwalts.«

Giselas Einwand, dass es sich ja bei ihren Problemen genau genommen nicht um eine Scheidung handelt, schmettert Rosi unbeeindruckt ab: »Na und, heutzutage können die alles. Schon mal einen Landwirtschaftsminister gesehen, der Kühe melken kann? Es geht mehr ums Prinzip. Der Anwalt ist außerdem total nett. Den kannst du nehmen.«

»Ich? Wieso ich? Wir! Oder wen nimmst du dann?«

»Ja, was hab ich denn damit zu tun? Habe ich der Berlinerin eine Morddrohung aufs Handy geschickt? *Du* hast doch das mit den Bremsen nicht gesagt, und die Toten haben *deine* Nummer vorher gewählt. *Dein* Kohlhaase will doch von *dir* eine Aussage. *Ich* habe mir nichts zuschulden kommen lassen.«

»Ach nee?«

Rosi überlegt. »Na gut«, gibt sie schließlich zu. »Ich habe betrunken bei der Polizei angerufen. Aber sonst?« Sie schüttelt den Kopf. Dann schlägt sie sich erschrocken die Hand vor den Mund und guckt hoch zum vergitterten Fenster des Polizeipräsidiums. Gisela versucht den gleichen unschuldigen Ton wie sie zu treffen, als es aus ihr herausplatzt: »Na gut, und du schläfst mit Olaf. Aber sonst?«

Rosi starrt sie entsetzt an. Zu Recht. Diese Sache ist wirklich entsetzlich. »Welcher Olaf?«

»Rosi, bitte! Was denkst du dir eigentlich dabei? Ich gehe in den Knast, und du machst dir ein schönes Leben mit dem Mann von Rainers Cousine?«

»Das stimmt doch gar nicht. Woher hast'n das jetzt?«

Gisela zögert. »Jürgen«, gibt sie dann wegen akuten Zeitmangels unumwunden zu. »Mein Nachbar. Hat euch im Gebüsch gesehen, alle beide. Wie bekloppt kann man bitte sein? Im Gebüsch!«

»Wir machen das nicht im Gebüsch!«

»Bei Sundhagen. Natürlich. Hat er gesagt. Ausm Gebüsch seid ihr gekrochen.«

»Na ja, Olaf hatte einen Termin in Sundhagen, mit Oiltec, und da waren wir aber nicht im Gebüsch, nicht direkt und … Warte mal, dein Nachbar? Dieser Schlünz?«

»Ja, du weißt doch, die Nachbarn in Stralsund …«

»Ich hab's!«

»Rosi, lenk nicht ab. Ich finde das echt krass.«

»Du, ich hab's aber.« Rosi hüpft aufgeregt auf der Stelle. An ihrem Hals bilden sich wieder rote Panikflecken. »Ich weiß, woher ich den Typen kenne.«

»Welchen Typen?«

»Von Oiltec. Den ich in Sundhagen gesehen habe. Der Typ aus dem teuren Auto. Mit O und T. Den haben wir zusammen mit deinem Nachbarn Schlünz gesehen, damals bei der Stadtführung. Also bei DER Stadtführung. Woher kennen die sich? Oh Gott, mir wird gerade ganz anders.«

»Also, mir ist auch ganz anders geworden, als ich das von dir und Olaf gehört habe.«

»Weißt du noch, wie der Oiltec-Mitarbeiter zu deinem Schlünz gesagt: ›Halt mir die Schnepfen vom Leib‹? Erinnerst du dich? Oh Gott. ›Halt mir die Schnepfen vom Leib‹, hat er zum Schlünz gesagt, als wir aus dem *Goldenen Steuerrad* rauskamen. Weißt du noch? Da habe ich noch gedacht: Hä? ›Halt mir die Schnepfen vom Leib‹? Und das war nicht irgendein Typ, sondern einer von Oiltec, der zehn Millionen Euro für eine Probebohrung lockermachen kann. Der kann auch was ausgeben, wenn er sich welche vom Leib halten lassen will. Olaf hat auch was von Mauschelei gesagt.« Und dann wiederholt Rosi diesen Satz noch ein viertes Mal: »›Halt mir die Schnepfen vom Leib‹! Warum ist der Schlünz zufällig schon wieder da, wo der Oiltec-Typ ist? Vielleicht haben die ihn ja angeheuert.«

»Ja, ›die Schnepfen‹ hat er gesagt, nicht ›halt mir die Touristen vom Leib‹«, versucht Gisela Rosi auf den Boden der Tatsachen zurückzuholen. Offensichtlich schnappt ihre Kollegin gerade über.

»Aber was soll das bedeuten? ›Halt mir die Schnepfen vom Leib‹?«

»Keine Ahnung.« Gisela zuckt mit den Schultern. »Die Schnepfen vom Bergamt, Heidi und Ute, keine Ahnung, wer da nervt, aber Heidi und Ute leben ja nun noch.« Sie findet, das ist nicht der Moment, sich über Schnepfen zu unterhalten. Sie würde den Faden mit dem Anwalt gerne wiederaufnehmen.

»Ich muss kurz weg, was erledigen«, sagt Rosi. Und während sie mit kleinen Schritten davontrippelt, dreht sie sich noch mal um und befiehlt: »Gönn dir 'ne Henkersmahlzeit bei Hoheisen. Ich hol dich da gleich ab und bring dich zu meinem Uhlenmost. Keine Angst, der ist super.«

Paradiesvögel

»Nimmst mich so mit?«

»Nee, dat sieht nicht aus.«

»Ist doch einwandfrei, die Farbe.« Trudi wirft einen prüfenden Blick auf ihren Rock und dreht sich unter der Küchenlampe.

»Lila steht dir nicht.« Jürgen streift vorsichtig das Gummi über das kleine zusammengerollte Päckchen aus Zeitungspapier. Trudi guckt grimmig. Das kann sie gut. Wenn sie so guckt, kann sie den Leuten manchmal richtig Angst einjagen. Dann kriegt man das Gefühl, gleich tut sie einem was ganz Furchtbares an. Natürlich sieht sie nur so aus. Mit ihm hat sie es jedenfalls in Wirklichkeit nie so grimmig gemeint, auch wenn sie ihn oft so anguckt. Sie hat sich immer bemüht. Von Natur aus ist sie eigentlich lieb. Jürgen legt das Päckchen zur Seite und blättert weiter im Reisekatalog. Die Südsee. Er hat keine Vorstellung davon, aber Hawaii, Haiti – wie das schon klingt! Sein ganzes Leben war er gefangen, wie ein Vogel im Käfig. Da kann es einem doch niemand übel nehmen, wenn man auch mal wegmöchte. Jetzt ist er dran. Nach Hawaii oder nach Haiti soll es gehen, wo er Paradiesvögel aus nächster Nähe beobachten kann, bunte, schräge Vögel, wie er und seine Mutter sie sind. Das ist doch verständlich. Sie haben es verdient. Er vielleicht nicht, aber seine Mutti hat es wirklich verdient. Die Flucht aus dem

Sudetenland, die Arbeit in der Kartonagenfabrik, das Großziehen eines Naseweises. Allein. Wenn einem das Leben nichts schenken will, darf man sich auch mal was nehmen. Und das macht Jürgen jetzt. Er nimmt sich was. Vor dem Fenster sitzt ein Spatz. Der hüpft so unbeschwert. Beneidenswertes Ding. Jürgen klopft mit dem Fingernagel gegen die Scheibe. Der Spatz hält den Kopf schief. Putzig. Trudi hat inzwischen den lila Rock ausgezogen und eingeschnappt ins Spülbecken geworfen.

»Hol doch mal den *Klingel*-Katalog«, schlägt Jürgen zur Versöhnung vor und setzt sich wieder. »Wir suchen dir was Schönes aus. Egal, was es kostet.«

Trudi grinst. Das Gebiss müssen sie ihr vor der Reise auch noch flicken. Sicher, das lohnt kaum auf ihre alten Tage, aber Adel verpflichtet. Sie können ja nicht mit lückenhafter Zahnleiste an Bord eines Luxusliners gehen.

»Hast du das Geld schon, oder wie?«

»Noch nicht. Aber ich bekomme bald eine Anzahlung. Eine halbe Million, Mutti.« Er nimmt ihre Hände in seine, aber sie zieht sie unversöhnlich wieder hinaus.

»Du wirst das Geld nie kriegen, Junge. Ich kenn dich doch.«

Es klingelt an der Tür. Jürgen und Trudi schauen sich einen Moment regungslos an. »Natürlich krieg ich das Geld!« Jürgen stemmt sich am Tisch hoch und geht in den Flur, um durch das kleine Fenster nach draußen zu schauen. Ihm werden die Knie zittrig. Auch das noch!

»Rosi Hafenmeister.«

»Was will die denn hier?«

Jürgen geht zurück in die Küche und schaut seine Mutter ratlos an. »Nu, mach auf«, sagt Trudi. »Und bring es endlich hinter dich.«

»Ich hab dir doch gesagt, ich brauch erst neues Pentobarbital. Ich habe nicht mehr genug.«

»Mimose!«

»Mann, ey. Die rennen uns doch nicht weg. Wo soll ich denn so lange hin mit denen allen?« Wütend stampft Jürgen zur Haustür und öffnet. »Oh, hallo!« Er tut überrascht. Er spürt, wie sich die innere Hitze auf seiner Halbglatze durch die Poren drückt und Schweißperlen bildet.

»Hallo, Herr Schlünz. Sind Sie alleine?«

»Ja«, sagt er, »nur meine Mutter ist da.«

Die Hafenmeister steckt den Kopf herein und schaut nach rechts, wo es ins Innere der Wohnung geht. Seine Bronchien verkrampfen für einen Moment, als er ihr Haarspray einatmet.

»Kann ich Sie mal einen Moment vor der Tür sprechen?«

»Geht's um die Vogelführung?«

»Nein.«

Jürgen nimmt seinen braunen Anorak vom Garderobenhaken und ruft: »Mutti, ich geh kurz raus. Gleich wieder da.«

Er macht die Tür hinter sich zu und zieht den Anorak an. Er will sich nicht erkälten. Im Vogelhäuschen suchen Spatzen vergeblich nach Futter. Die Hafenmeister hält ihre Zigarettenschachtel hoch. »Stört's?«, fragt sie. Er schüttelt den Kopf. Niemals könnte er sie mit bloßen Händen erwürgen. Er könnte sie auch nicht erschießen, kein Messer in sie reinrammen oder sie überfahren. Jahrelang hatte Rosis Mutter Orangen für Schlünzens beiseitegelegt. Aber das ist natürlich nicht der Grund. Der Grund ist, dass er von seinen natürlichen Anlagen her einfach kein Mörder ist und es einem dann bei bekannten Gesichtern eben nicht so leicht von der Hand geht. Wie schlecht hat er sich gefühlt, nachdem er nachts Klawitters Bremsen angebohrt hatte. Er hat die ganze Nacht kein Auge zugetan und war fürchterlich erleichtert, als die Sache am nächsten Tag noch mal glimpflich ausgegangen ist.

»Wäre das okay, wenn Sie meinem Mann nichts sagen?« Hafenmeister verschränkt die Arme vor der Brust und hält die Kippe etwas auf Abstand.

»Ähm …«

»Sie wissen schon.«

»Tja …«

»Das wäre wirklich superduper, wenn das nicht ganz Stralsund erfährt, vor allem mein Mann nicht. Der fänd das echt scheiße. Natürlich.«

»Hm …«

»Und mein Mann ist ein bisschen jähzornig, heißt, wenn der von der Sache Wind bekommt, und der ahnt schon was, kann das auch ein bisschen gefährlich werden, wenn Sie verstehen, was ich meine.«

»Ah.«

»Olaf, also Herr Rothbart vom Bergamt, hat auch gesagt, er würde die Sache mit den Vögeln für Sie noch mal neu prüfen lassen. Sie hatten da ja lange Ihre Einwendungen geschickt, also, wenn Sie schweigen könnten, wäre schon gut. Und wie gesagt, Herr Rothbart würde noch mal eine Prüfung in Auftrag geben.«

»Mhm.«

»Abgemacht?«

Er zuckt gleichgültig mit den Schultern. Noch mal neu prüfen lassen ist ungefähr das Allerletzte, was er will. Idioten. Wenn ihm da noch eine Uferschnepfe durch die Lappen gegangen ist, hat er ein Problem. Und er glaubt sogar, neulich auch eine Zwergdommel gesehen zu haben. Die steht auch auf der roten Liste. Die dürfen da auf keinen Fall neu prüfen. Die finden dann da bestimmt so ’nen Vogel, und er kann sich seine Million abschminken.

»Gut.« Die Hafenmeister taucht die glühende Zigarettenkippe in die Vogeltränke auf dem Fensterbrett, dass es zischt. »Supi, danke«, sagt sie noch mal. Den durchnässten Stummel wirft sie in die Mülltonne und lässt den Deckel fallen. Jürgen hat es kommen sehen, schreckt aber trotzdem zusammen, als es rumst. Rosi Hafenmeister streckt ihm die Hand entgegen. Jürgen greift danach und besiegelt damit die Vereinbarung zum Stillschweigen. Es ist ihm völlig gleichgültig, mit wem sie im Gebüsch verschwindet, solange sie nicht so rücksichtslos im Naturschutzgebiet alles niedertrampelt. Zufrieden geht die Ehebrecherin Richtung Gartentor. In den Ritzen seiner Jackentaschen findet Jürgen einige Körner. Er pult sie raus und streut sie ins Vogelhäuschen.

»Hier«, sagt er, »hackt euch die Augen aus.«

»Alle haben es gesagt. Schon immer. Schon als du ganz klein warst, haben alle gewusst, dass du ein Versager bist. Ich hab’s auch gewusst, aber ich habe so getan, als würde ich das nicht merken.« Trudi sitzt in Nylonstrumpfhose auf dem Küchenstuhl und blättert in *Meine Melodie*. »Und als du mit dieser Kreuzfahrt ankamst, da habe ich mich geschämt, dass ich geglaubt habe, was die anderen Leute über meinen Jungen sagen. Ich habe wirklich gedacht, du bist doch kein Versager.«

»Hör auf, Mutti!«

»Ich bin so blöd. Ich habe echt geglaubt, dass wir beide in die Südsee fahren.«

»Wir fahren auch, Mutti.«

»Du hast es vermasselt, du Schwachkopf.«

»Habe ich nicht.« Hat er nicht. Er hat fast alles wieder im Griff.

»Erst baust du Mist, und dann bringst du es nicht wieder in Ordnung«, sagt sie.

Und wie er es wieder in Ordnung bringt! Er bringt sogar Leute um dafür. Zur Sicherheit. Die haben es ja gehört. Dieser ganze Touristentrupp von seiner Nachbarin hat's gehört, dass er dem Oiltec-Typen die Uferschnepfen vom Leib halten soll. Und manchmal kommt's ja dümmer, als man glaubt. Hätte ja bloß bei einem von denen irgendwann klick machen müssen. Wie, da soll einer Uferschnepfen aus dem Weg schaffen? Uferschnepfen killen? Das sind doch so seltene Viecher! Vom Aussterben bedroht. Die gibt es da? Ausgerechnet da, in so einem Gebiet, wo Erdöl gefördert werden soll? Ist denn das rechtens? Dürfen die das denn überhaupt? Jürgen war das zu heikel gewesen. Wegen der Million. Die kriegt er schließlich nur, wenn er das Gebiet uferschnepfensauber hält. Und als ihm dann die Teilnehmerliste damals sprichwörtlich aus Hafenmeisters Hosentasche in die Hände geflattert war beziehungsweise er sich die Liste geistesgegenwärtig aus dem Mülleimer gefischt hatte, nachdem Rosi sie dort achtlos hineingeworfen hatte, konnte er sein Schicksal und das dieser Touristengruppe selbst in die Hand nehmen. Er hat fast alles unter Kontrolle gebracht. Und das war ganz schön aufwendig gewesen. Die ganzen Hotels musste er durchtelefonieren, aber der Einsatz hat sich bezahlt gemacht. Es gibt nicht mehr viele, die sich wundern und ausquatschen können, dass es sehr wohl noch Uferschnepfen dort gibt, wo Oiltec Bohrtürme hinstellen will. Nur die zwei aus Berlin sind ihm durch die Lappen gegangen. Die andere Touristin, die auf dem Klo war, hatte ja nichts gehört. Die kann nichts ausquatschen. Jürgen muss lachen; ein rhythmisches Geschnaufe ist das. Wenn die wüsste, dass ihr ihre dämliche Blase das Leben gerettet hat. Und wegen den Berlinern ist noch nicht aller Tage Abend. Noch hat keiner von denen was gesagt.

»Ich kriege das wieder hin«, sagt er. »Ich brauche nur neues Pentobarbital. Es ist nicht so einfach, an solche Mengen zu kommen.«

»Ach«, macht Trudi. »Du kriegst doch gar nichts hin.« Sie schiebt die Leberwurststulle von sich weg und verlässt eingeschnappt die Küche.

»Na, wer hat's denn vermasselt?«, ruft Jürgen ihr hinterher. Kann nicht mal so eine schwäbische Oma ordentlich festhalten. Wie sollte er bei der Rangelei die Spritze ordentlich setzen? Wenn die nicht glücklicherweise so doof gewesen wäre, sich an ihre betäubte, bereits abstürzende Freundin zu klammern, dann hätten sie wirklich ein Problem gehabt. Und der Lkw? Vor einen Lkw sollte sie den Typen aus Berlin schubsen, nicht vor einen bremsenden Toyota. Auch das hat sie versaut! Aber er kriegt das schon wieder hin. Am Ende des Monats werden sie 1 000 965 Euro auf dem Konto haben.

Jürgen nimmt das kleine Päckchen vom Küchentisch. Liebevoll hält er es in der Hand. Ja, natürlich tun ihm die Morde in der Seele weh. Aber er betäubt die Uferschnepfen, bevor er ihnen das Genick bricht. Sie merken es nicht. Und die Population erholt sich gerade auch auf der westlichen Seite des Boddens. Es kommt nicht so sehr auf eine mehr oder weniger an. Klar, am Anfang kam es ihm drauf an, aber seitdem Oiltec ihm dieses unmoralische Angebot unterbreitet hat, kommt es nur noch drauf an, dass er die Million auch wirklich bekommt. Jürgen bringt die eingewickelte Uferschnepfe nach draußen und stopft sie neben die Kippe der Hafenmeister, etwas weiter nach unten in die Mülltonne. Man weiß ja nie. Manchmal treten Vollidioten die Mülltonnen um, und der Müll verteilt sich auf der Straße. Manchmal kommt es dumm. Es braucht ja bloß jemand vorbeizukommen, der sich auskennt. Wenn der hier eine tote Uferschnepfe auf der Straße findet, schlägt der Alarm. Die Uferschnepfen würden das ganze Projekt sprengen. Die stehen unter Naturschutz. Wie nervös die damals alle geworden sind, als Jürgen von seinen ersten Sichtungen berichtet hat. Gehasst haben sie ihn und seine Uferschnepfen. Eigentlich erstaunlich, wie lange es gedauert hat, bis mal einer auf die Idee mit der Bestechung gekommen ist. Das muss doch bei Firmen wie Oiltec an der Tagesordnung sein, bei den Summen, um die es geht. Die legen sich doch mit den ganz großen Fischen an, mit der Regierung und so. Und da lassen die sich vom kleinen Mann wochenlang so eine Angst einjagen. Jürgen schließt den Mülleimer und schlägt sich die Faust in die Magengrube. Das hilft zu entkrampfen. Jede Schnepfe schlägt ihm auf den Magen. Jedes Mal.

Mit der Leberwurststulle und einem Glas Milch in der Hand steigt Jürgen hinunter in den Keller. Er bekommt schlecht Luft da unten, wegen der Schimmelsporen. Wenn er als Kind im Keller eingesperrt wurde, löste das manchmal einen Asthmaanfall bei ihm aus. Er folgt dem Gang nach links, vorbei an dem Regal mit den sauer eingelegten Kürbissen, den Fisch-in-Tomatensoße-Konserven, dem Spargel im Glas, dem Toilettenpapier.

»Hallo«, sagt er und tastet mit dem Ellenbogen die feuchte Wand nach dem Lichtschalter ab. Es raschelt in der

Ecke neben der Waschmaschine. Noch bevor er den Schalter drückt, klingelt es erneut an der Haustür. Er horcht. Oben bewegt sich nichts. Trudi ist bockig. Jürgen stellt das Glas auf den Boden und legt die Stulle auf dem Glas ab. »Komm gleich wieder«, sagt er ins Dunkel.

Langsam steigt er die Treppen hoch. Mit dem Zeigefinger schiebt er die Gardine des kleinen Flurfensters zur Seite. »Mann, was denn noch?«, schimpft er, als er Rosi Hafenmeister sieht. Sie lächelt ihm durch das Fenster zu. Jürgen nickt. Er öffnet die Haustür.

»Ich bin's noch mal«, sagt Rosi Hafenmeister, als wäre das übersehbar. »Ich habe mal 'ne ganz doofe Frage. Die Tasche da am Garderobenhaken«, die Hafenmeister deutet mit dem Daumen um die Ecke, »die vorhin unter Ihrer Jacke hing. Gehört die Ihrer Mutter?«

Jürgen tritt einen Schritt zurück und guckt, welche Tasche die Hafenmeister meinen könnte. Weil da nur eine Damenhandtasche hängt, versteht er die Frage nicht ganz.

»Mir gehört sie nicht«, sagt er.

»Kann ich Ihre Mutter mal kurz sprechen?«

»Warum?«

»Ich will sie was fragen. Wegen der Tasche.«

»Trudi? Trudi!« Er macht die Tür weiter auf. »Kommen Sie rein«, sagt er. »Schuhe können Sie anlassen.« Sie kommt rein.

»Mutti«, ruft er noch mal. »Frau Hafenmeister will was von dir.« Es rührt sich was oben. Im Keller dagegen bleibt es still. Rosi Hafenmeister bahnt sich auf ihren Stöckelschuhen den Weg in die Küche. Sie hinterlässt Abdrücke im Linoleum. Jeder kann sehen, dass sie hier war. Sie lehnt sich gegen die Spüle, hat offensichtlich nicht vor, lange zu bleiben. Hinter ihr liegt der lila Rock im Spülbecken. »Mutti!«

»Wirklich nur ’ne ganz fixe Frage«, sagt die Hafenmeister zu ihm, als würde das was ändern. Aber Trudi ist eingeschnappt, und er kann nichts dagegen tun.

»Was trinken?«, fragt er. Rosi Hafenmeister schüttelt den Kopf. Sie will nur Trudi sprechen. Es rumpelt was im oberen Stockwerk. »Ich glaub, sie kommt«, sagt er.

Die Stufen knarren. Trudi kann schneller, wenn sie will. Es dauert, und die Hafenmeister guckt sich währenddessen ungeniert um. Das Abwasserrohr der Spüle führt in den Keller. Jemand dort unten könnte sich mit Dagegenklopfen bemerkbar machen. Nervös pult Jürgen an der Haut neben seinem Daumennagel. Bis er abrutscht und die Haut einreißt.

»Tach, Frau Hafenmeister.« Trudi hat sich einen anderen Rock angezogen. Ihr verächtlicher Blick trifft Jürgen wie eine Backpfeife.

»Wegen Ihrer Handtasche«, sagt die Hafenmeister, »und wegen einem kleinen Unfall.« Sie guckt Trudi an und dann zu Jürgen. Sie wartet ab. Jürgen schätzt, er soll die beiden alleine lassen. Woher weiß die Hafenmeister von dem *kleinen Unfall*?

»Wegen dem kleinen Unfall«, sagt die Hafenmeister noch mal und wartet, dass es bei irgendwem klingelt. Trudi starrt die Wand an, als würde sie versuchen sich zu erinnern. Jürgen starrt Trudi an, als könne er damit alles anhalten in diesem Moment, den ganzen Wahnsinn. Er möchte vielleicht in der Südsee bleiben, wenn sie dort sind. Für immer. Und wenn seine Mutter wieder zurückwill, dann wird er vielleicht trotzdem dableiben. Allein.

»Was meinen Sie denn?« Trudi schaut Rosi Hafenmeister an.

»Also«, druckst die Hafenmeister herum, »haben Sie vielleicht, nicht dass Sie denken, ich will Ihnen was unterstellen, ich weiß inzwischen ja, dass das ein Versehen war, weil, na ja, also, Sie haben das vielleicht auch gar nicht mitbekommen, aber kann es sein, dass Sie aus Versehen jemanden im Straßenverkehr angerempelt haben?«

»Sie rempelt dauernd jemanden an«, sagt Jürgen geistesgegenwärtig.

»Na ja, weil, also, jemand, den ich kenne, der liegt im Krankenhaus. Habe erst gedacht, dass er absichtlich vor ein Auto geschubst worden ist, aber er hat mir so eine, also eigentlich genau diese Tasche beschrieben, so eine rote mit Lederblume dran, und so was hat ja nicht jeder, ich habe auch so eine besondere Handtasche, an der mich jeder erkennt, darum, also, wenn Sie das jetzt waren, also, das Rempeln, würde mir das wirklich in einer Sache helfen, dann weiß ich, dass, na ja, Sie das waren und kein, ähm, keiner, der es mit Absicht gemacht hat.« Trudi guckt Jürgen an. Und wie sie ihn jetzt um Hilfe anfleht. Wie schwach sie jetzt ist. Wie sie ihn jetzt braucht, ihren Sohn. Hilflos hängt ihr Blick an ihm, dieser Blick, der so gemein sein und einen so fest im Griff haben kann. Und er soll die Sache jetzt in Ordnung bringen.

»Meine Mutter hat doch niemanden vor ein Auto geschubst. Wie kommen Sie denn darauf?« Jürgen reibt an seinen Koteletten. Sie sind feucht. Oben, wo keine Haare mehr sind, verdampft der Schweiß, wie immer.

»Es wäre ja nicht schlimm«, findet die Hafenmeister, »kann ja mal passieren. Es wäre nur wichtig für mich zu wissen.«

»Also, Ihre Eltern waren ja schon plemplem«, sagt Trudi, »aber Sie schießen den Vogel ab.«

Die Hafenmeister wird rot. Flecken bilden sich auf ihrem

Hals. Es ist Trudi, die wieder mal die Nerven verliert. Jedes Mal. Und Jürgen muss das in Ordnung bringen. Und zwar jetzt.

»Komme gleich wieder«, sagt er betont gelassen. Die darf jetzt keinen Verdacht schöpfen.

»Also, ich geh«, sagt prompt Rosi Hafenmeister. »Wenn Sie mir dumm kommen wollen, sage ich es eben der Polizei. Die sucht Sie nämlich, weil Sie einen vor ein Auto gerempelt haben. Mit Ihrer blöden roten Ledertasche.«

Jürgen muss sich beeilen. Er stolpert über die Türschwelle in sein Zimmer. Scheiße, sein Zeh. Irgendwo hat er noch das zweite Paar Handschellen von eBay. Hektisch kramt er in seiner Nachttischschublade. Er hat sie gerade erst *gut weggepackt*. Er weiß bei den gut weggepackten Dingen nie, wo er sie finden kann.

»Scheiße«, flucht er, während sich Rosi Hafenmeisters Schritte der Haustür nähern. »Tschüss, Herr Schlünz«, ruft sie. Und er findet diese blöden Handschellen nicht. Die Hafenmeister ist im Flur. Jetzt oder nie. Er stürmt aus dem Zimmer. Sie hat die Haustür bereits geöffnet. Er stürzt die Treppe runter, ruft »Momentchen«, drängelt sich an Trudi vorbei, dann vorbei an der Hafenmeister, berührt dabei aus Versehen ihren Busen, aber das ist egal jetzt. Er wirft sich gegen die Haustür, bevor sie ihm entwischen kann.

»Was soll dat denn jetzt?« Empört versucht sie ihn zur Seite zu schieben. Die hat wohl noch nicht den Ernst der Lage erfasst, noch keine Ahnung, mit wem sie es hier zu tun hat.

»Du bleibst schön hier«, sagt er und dreht, den Rücken an die Tür gepresst, den Schlüssel hinter sich um. Er zieht ihn ab und steckt ihn sich in die Hosentasche. »Mutti«, ruft er. »Hol mal was zum Fesseln.«

»Ja, was denn, Trottel?«, ruft sie zurück.

»Ihr habt doch ’n paar Schrauben locker«, glaubt Rosi Hafenmeister und versucht Jürgen noch mal mit mehr Kraft zur Seite zu schieben. Er hustet, wegen des vielen Haarsprays.

»Wäscheleine oder so«, ruft er. »Oder das Handrührgerät, irgendwas mit Kabel dran.«

Showdown

»Stimmt was nicht?«, fragt Heiner Hoheisen. Gisela guckt auf die Uhr und zuckt mit den Schultern. Was heißt denn das: ›Gleich wieder da‹? Seit fast einer Stunde sitzt sie vor den beiden Flundern und von Rosi keine Spur. Selbst Hoheisen hat bemerkt, dass da was nicht stimmen kann, wenn man so lange vor zwei Flundern sitzen gelassen wird.

»Meine Kollegin wollte mich eigentlich wieder abholen«, sagt Gisela, damit er nicht denkt, dass mit seinen Fischen was nicht stimmt. Mit denen ist bestimmt alles in bester Ordnung. Aber was ist mit Rosi?

»Rufen Sie sie doch mal an«, schlägt Heiner Hoheisen vor, der die letzte Stunde versucht hatte zu ignorieren, dass hier was nicht so ganz stimmen kann, indem er mit seinen rauen Seemannshänden stillschweigend Rollmöpse rollte. Es ist nicht so, dass Gisela nicht bereits selber auf die Idee gekommen wäre, Rosi anzurufen, aber ihr Akku ist schwach, und sie hat heute einen langen Tag vor sich, der ihr vermutlich noch einige Telefonate mit zu Hause abverlangen wird. Gisela piekt die Gabel in eine Bratkartoffel. Sie versucht sich vorzustellen, wie das wäre, wenn sie mit einem Anwalt auf dem Polizeirevier erschiene, während Rainer vor den gratinierten Weinbergschnecken säße und sich wundern würde, wo seine Frau so lange bleibt.

»Soll ich die Flundern noch mal in die Pfanne hauen?«

»Danke, nee!« Gisela schüttelt den Kopf. »Ich bezahl die aber natürlich«, beeilt sie sich zu versichern. Nicht, dass der Hoheisen denkt ... Was auch immer er denkt! Gisela wird jetzt hier bei ihm bleiben, in Sicherheit, bis Rosi mit ihrem Scheidungsanwalt kommt und sie da rausholt.

Aber Rosi taucht nicht auf, und der Handy-Akku verliert währenddessen zwei weitere wertvolle Prozent. Gisela bleibt nicht mehr viel Zeit. Sie entscheidet sich, Heiners Rat zu folgen, und wählt nun endlich Rosis Nummer. Es klingelt. Aber es klingelt nur dreimal, dann meldet sich der Anrufbeantworter. Weggedrückt! Das wird ja immer besser. Es ist nicht die feine englische Art, jemanden anderthalb Stunden in Heiner Hoheisens Fischladen vor einem Teller Flundern mit Bratkartoffeln sitzen zu lassen, um ihn dann am Telefon auch noch wegzudrücken. Das geht zu weit! Das ist keine Grundlage, auf der man zusammenarbeiten kann. Hier gibt es nichts mehr zu verlieren. Entschlossen wählt Gisela eine weitere Nummer. Hoheisen filetiert inzwischen.

»Hallo, Gisela!«

»Wo ist sie?«

»Wer?«

»Olaf, bitte! Die soll sich endlich herbequemen. Ich sitze hier wie bestellt und nicht abgeholt. Also, ehrlich mal!«

»Ich weiß gar nicht, wovon du redest, Gisela.«

»Von Rosi.«

»Wer ist denn ... ach, du meinst ...«

»Olaf, lass es! Ich weiß Bescheid. Und ich finde das unmöglich.«

»Ich weiß zwar nicht, was du jetzt genau von mir willst, aber bei mir ist keine Rosi.«

»Ja, aber wo ist sie?«

»Keine Ahnung. Woher soll ich denn ...«

»Weil du mit ihr manchmal im Gebüsch Sex hast. Hör auf, und sag mir, wo sie ist.«

»Oh, Gisela. Es ist so schrecklich. Es tut mir so leid. Aber ich kann nichts dafür. Weißt du, wo die Liebe hinfällt …«

»Ich weiß nur, dass man was dafürkann, mit wem man wo in welches Gebüsch reinfällt«, unterbricht sie sein aufkommendes Gejammer. Ihr Akku!

»Ich liebe sie.«

»Wen?«

»Beide.«

»Und welche von den beiden ist gerade bei dir?«

»Ach, Gisela …«

»Reiß dich mal zusammen. Es ist wirklich wichtig. Wenn du weißt, wo sie ist …«

»Sie war nur ganz kurz hier, hat mir alles erzählt und wollte dann noch fix mit deinem Nachbarn sprechen.«

»Mit Jürgen?«

»Dieser Vogeltyp, der uns erwischt hat. Der mich wochenlang mit seinen Uferschnepfen genervt hat, wegen der UVP. Schlünz. Heißt der Jürgen?«

»Was ist denn UVP? Sprich mal Deutsch mit mir.«

»Umweltverträglichkeitsprüfung. Da wird geguckt, ob umweltmäßig was dagegenspricht, in einem bestimmten Gebiet Erdöl zu fördern. Schlünz hat behauptet, dass da, wo Oiltec fördern will, vom Aussterben bedrohte Vögel leben. Wochenlang hat der genervt wegen irgendwelcher Schnepfen. Wir haben das inzwischen überprüfen lassen und da ist gar nix. Inzwischen hat der Schlünz aufgegeben. Und jetzt ist Rosi zu dem hin und soll ihm sagen, dass ich das von mir aus noch mal überprüfen lasse, wenn er wegen uns dafür die Klappe hält.«

Gisela legt grußlos auf. Sie muss rausfinden, wo Rosi abgeblieben ist. Heiner Hoheisen hat recht. Da stimmt was nicht. Und Geld darf in so einer Situation keine Rolle spielen. Hoheisen soll denken, was er will, aber Gisela bestellt sich jetzt ein Taxi, und die Flundern bezahlt sie, ohne sie gegessen zu haben.

»Hast du meine Kollegin gesehen?«

»Welche?« Jürgen stinkt. Nach Schweiß oder vergammeltem Obst. Ganz merkwürdig. Oder ist das Fisch? Vielleicht ist das Gisela selber, die so stinkt, weil sie einen Tick zu lange beim Hoheisen rumgesessen hat.

»Die mit den Haaren. Rosi Hafenmeister.«

»Nö.«

»Ach so.«

Sie schauen sich in die Augen, dann wendet Jürgen den Blick ab und fummelt sich nervös an der großporigen Nase herum. Ganz klar, hier riecht's nicht nur faul. Hier ist auch was faul.

»Du«, sagt Gisela, »kann ich kurz reinkommen? Muss mal mit dir reden.«

»Mutti schläft gerade«, murmelt Jürgen, ohne aufzublicken. Wie ein kleiner Bengel, der was ausgefressen hat.

Gisela kommt näher. Doch, er ist das, der so stinkt. »Wegen den Schnepfen«, flüstert sie.

Jürgen zieht fragend die Augenbrauen tiefer ins Gesicht und tut verwundert. Ein schlechter Schauspieler. Gisela hat den Nagel auf den Kopf getroffen.

»Erpresst er dich?«, flüstert sie und bekommt selber eine Gänsehaut von ihrer gespenstischen Art zu fragen.

»Wer?«

»So 'n Typ von Oiltec.«

»Kenn ich nicht«, lügt Jürgen und greift sich wieder an die Nase.

»Du musst zur Polizei, denn der macht vielleicht noch viel schlimmere Dinge als Erpressungen. Wenn die dich erpressen, weil du ja diese Schnepfen da gesehen hast, dann …«

»Ich kenne kein Oiltec«, behauptet Jürgen stoisch, als würde der Oiltec-Mann mit einer geladenen Waffe hinter der Tür auf ihn zielen. Für den Fall, dass er das wirklich tut, gibt Gisela Jürgen jetzt die Chance, ihr ein Zeichen zu geben, indem sie versucht, ihm bestimmt und fragend in die Augen zu schauen. Aber er will seine Chance nicht nutzen. Oder er kann nicht. Er guckt rüber zur leeren Vogeltränke auf dem Fensterbrett.

»Noch was?«, nuschelt er. »Vielleicht können wir sonst später …« Er spricht den Satz nicht zu Ende, als wäre nicht so ganz klar, was man später zusammen tun könnte. Gisela kann jetzt unmöglich wieder gehen. Hier braucht einer Hilfe. Sie spürt das. »Kann ich nicht doch mal ganz kurz reinkommen, Jürgen? Mit mir kannst du doch reden.« Gisela ist drinnen, ob er will oder nicht. Sie ist entgegen allen Regeln der Höflichkeit einfach reingegangen und steht jetzt im Flur. Erschrocken über die Aufdringlichkeit, guckt Jürgen seine Nachbarin an. Giselas Blick bleibt am Garderobenhaken hängen, verwundert über die rote Ledertasche mit Blume. Jürgens Boot, mit dem Kati und Christoph früher mal mit zum Angeln gefahren sind, das ist doch grau, oder? Plötzlich geht alles ganz schnell. Rote Ledertasche, graues Boot, Oiltec – Gisela greift rücklings nach der Haustür, dabei rutscht ihr der Rucksack von der Schulter auf ein Paar Gummistiefel. »Na ja, ich muss …« Er packt sie fest an den Oberarmen. »Muttiii!«, schreit er wie ein verängstigter Vierjähriger, der aus Versehen ein Schreckgespenst zu fassen bekommen hat und nun nicht weiß, was er damit machen soll. »Jürgen, sag mal! Hör auf.« Gisela versucht sich aus seinem klammernden Griff zu befreien, aber er ist stärker, als er aussieht. Er stinkt und ist stark. Er presst sie an die weißen Wandpaneelen, bis seine Mutter mit einem Verlängerungskabel erscheint. Mit einem zur Vernunft mahnenden »Frau Schlünz …« versucht Gisela Ordnung in dieses absurde Kasperletheater zu bringen. Aber die beiden sind wie von Sinnen. Niemals hätte Gisela gedacht, dass sie Gertrude Schlünz jemals mit voller Wucht und absichtlich gegen das Schienbein treten würde. Aber sie tut es. Völlig unberührt von dem Tritt, wickelt Trudi mit ihren alten sehnigen Fingern das Kabel weiter um Giselas Handgelenke, die ihr Jürgen auf dem Rücken zusammenhält. Gisela tritt noch mal mit den Füßen nach links und nach rechts, erwischt aber nur den Holzhirsch, der mit seiner stattlichen Größe von bestimmt einem Meter den Schlünz'schen Flur bewacht und ins Wackeln gerät. »Was macht 'n ihr für 'nen Scheiß?«

Jürgen zieht das Kabel um ihre Handgelenke fester.

»Das tut weh«, beschwert sich Gisela. »Hallo, das tut weh, Jürgen!« Mit einem Ruck zieht er das Kabel noch fester und wickelt den Rest der Verlängerungsschnur um Giselas Körper. In Filmen nehmen die dafür Kabelbinder, aber das hier ist bittere Realität. Trudi reibt sich jetzt das Schienbein. Immerhin. Fassungslos guckt Gisela ihr dabei zu. Jetzt bewahrheitet es sich doch noch, dieses Gefühl! Jahrzehntelang hatte man bei den beiden so ein Gefühl, die könnten auch mal jemanden gefesselt in ihrem Keller sitzen haben. Und ausgerechnet Gisela ist zur Stelle, wenn bei Schlünzens die Sicherungen durchknallen. Als hätte Gisela keine anderen Sorgen. Jürgen und seine Mutter schieben sie Richtung Kellertür. Der Keller, natürlich, wie man es sich bei den beiden eben schon immer gedacht hat. Trudi öffnet die Tür. Modergeruch. Steil führt die Treppe hinab ins Dunkel. Gisela widersetzt sich Jürgens Händen, die versuchen, sie da runterzudirigieren.

»Geh«, sagt Jürgen.

»Nee«, wehrt sich Gisela. Aber vielleicht meint es das Schicksal auch gut mit ihr. Im Schlünz'schen Keller ist sie womöglich gerade sicherer als irgendwo sonst auf der Welt. Es sei denn …

»Wenn du nicht gehst, schubs ich dich runter.« So abgebrüht, wie Trudi das sagt, lässt sie keinen Zweifel daran, dass sie es auch wirklich tun würde. Es dämmert Gisela was. Und trotzdem will sie immer noch an ein Missverständnis oder einen richtig bescheuerten Scherz glauben und nicht daran, dass Schlünzens irgendwas mit der stralsunderischen Mörderschubserei zu tun haben. Gisela beginnt langsam, Stufe für Stufe, hinunterzusteigen. Vielleicht hat sie irgendwas gewonnen? Eine überraschende Teilnahme an einer Quizshow, und unten gehen gleich mit lautem Jubelgeschrei die Scheinwerfer und Kameras an? Konfettiregen! Reingelegt!? Es bleibt dunkel. Es bleibt still, und Jürgen stinkt noch immer. Er schiebt sie an dem Raum vorbei, in dem Gisela und Rainer mal geholfen haben, Wasser rauszuschöpfen. 1987 muss das gewesen sein, kurz nachdem Gertrude das Haus von einer kinderlosen Tante geerbt hatte. Kaum war sie mit ihrem damals bereits 25-jährigen Sohn eingezogen, begann es für Wochen ohne Unterlass zu regnen, eine wahre Sintflut war über die Straße hereingebrochen. Jürgen hustet. Trudi sagt, er solle damit aufhören. An der Wand bröckelt der Putz, und dahinter gammelt der Rest vor sich hin. Durch die verschimmelten Gardinen des Kellerfensters dringt schwaches Licht. Die Fenster sind an den Rahmen zugebohrt und wurden wahrscheinlich das letzte Mal zur letzten Kohlenlieferung irgendwann Anfang der 80er geöffnet. Es ist so muffig hier. Gisela will nicht sterben.

»Da lang!« Jürgen drängt Gisela weiter, vorbei an einem Regal mit Konserven, Übertöpfen und etlichen Flaschen Mann-und-Fru-Kümmel. Zu kaum einer Gelegenheit hatte Gisela ein stärkeres Verlangen nach Mann und Fru als in diesem Moment. Ob sie diesen Keller jemals lebend wieder verlassen wird? Sie wirft einen sehnsüchtigen Blick zurück in die wirkliche Welt vor dem Kellerfenster, wo gerade ein Polizeiwagen drüben vor ihrer Haustür zum Halten kommt. Gisela kann kaum glauben, was sie sieht. Erleichtert pustet sie Todesangst durch ihre trockenen Lippen. Zwar sind die Polizisten auf der falschen Straßenseite, aber sie sind da. Vielleicht kriegen sie es ja einmal hin, ein einziges Mal. Vielleicht kommen sie mit Spürhunden wieder, wenn Rainer erzählt, sie sei schon heute Morgen los und Kati seit gestern verschwunden.

»Los!« Trudi schubst Gisela um eine weitere Ecke. Gisela stößt gegen etwas, das klirrend über den Boden rollt. »Scheiße, die Milch«, sagt Jürgen und schaltet das Licht ein. Milch bahnt sich ihren Weg zur Waschmaschine, wo auf einer Seite Janne Oldenburg und auf der anderen Rosi Hafenmeister angelehnt sitzen. Keine Kati. Beide sind mit Handschellen an den dahinterliegenden Heizungsrohren festgekettet, ihre Blicke angsterfüllt. Die Münder sind ihnen mit Paketband verklebt. Gisela unterdrückt den Impuls, Rosi Vorwürfe zu machen, sie beim Hoheisen so lange sitzen gelassen und sie dann auch noch am Handy weggedrückt zu haben. Nun sieht das hier natürlich nach einem handfesten Argument aus.

»Ich bring euch gleich was Neues zu trinken«, sagt Jürgen. »Hier will doch keiner was zu trinken, Jürgen. Mach die los, Mensch!« Entgeistert schaut Gisela ihren Nachbarn an. Mit einem lauten Ratsch reißt er Paketband von einer Rolle. »Und wir vergessen die ganze Sache«, beeilt sich Gisela zu versprechen, solange sie noch kann. Und dann kann sie nicht mehr. Jürgen hat ihr das Paketband über den Mund geklebt und sie neben die Schleudertrommel von anno dazumal gestoßen. »Hinsetzen!« Er drückt auf Giselas Schultern. Sie mag sich wegen ihrer Anfälligkeit für Harnwegsinfekte nicht auf den feuchtkalten Boden setzen. Jürgen drückt noch mal. »Das mit dem Fesseln muss sein. Wir können die Kellertür nicht abschließen.« Gisela bleibt standhaft und hält dagegen.

»Dann bleib halt stehen«, meckert er und knotet das freie Ende des Verlängerungskabels an das dicke Plastikrohr. Was wohl Rainer in diesem Moment von ihr denkt, in dem er von der Polizei erfährt, dass seine Gisela jemandem eine Morddrohung geschickt hat? Und wie lange wird die Polizei brauchen, um zu kapieren, dass die wahren Mörder auf der anderen Straßenseite wohnen? Hoffentlich holen die ihre Spürhunde. Jürgen zieht und zerrt am Verlängerungskabel, es scheint fest jetzt. Wortlos dreht er sich um, schaltet das Licht wieder aus und folgt seiner Mutter, die bereits die Kellertreppe wieder hochsteigt. Es ist totenstill, nur der Gaszähler surrt, und Janne Oldenburg atmet geräuschvoll durch die Nase. Klingt nach Polypen, wie Christoph sie als kleiner Junge mal hatte. Und nu? Gisela versucht an dem Kabel rumzufummeln, aber ihre Hände sind zu nah am Rohr dran, als dass sie Spielraum zum Knotenlösen hätte.

Ihre Augen haben sich schnell an die Dunkelheit gewöhnt. Sie kann ihre Mitgefangenen gut erkennen. Rosi und sie tauschen vielsagende Blicke aus, auch wenn der Inhalt dieser Unterhaltung Gisela nicht ganz klar wird. Sie würde Rosi gerne sagen, dass sie in Zukunft öfter ans Telefon gehen muss, aber das ist natürlich nicht der Moment. Janne Oldenburg starrt vor sich hin und versucht mit dem Fuß das Milchrinnsal zu stoppen. So sieht das also aus, wenn man dem Tod auf der Schippe sitzt.

»Ich will mein Geld«, hört man Jürgen jetzt oben vor der offenen Kellertür schimpfen. »Ich hab sie alle ... Nein, die werden keine einzige Uferschnepfe finden ... Wie verabredet. Doch! Sie schulden mir ...«

»Die werden dir das Geld nicht geben«, mault Trudi dazwischen.

»Sei ruhig«, fährt er sie an. »Eine Million ... Ich habe getan, was Sie verlangt haben. Ganz sauber. Wie 'n Profi. Ich habe sogar noch mehr getan als nötig. Ich habe auch Zwergdommeln entdeckt und abgemurkst. Und wer weiß, vielleicht finde ich auch noch eine Knäkente. Ja, die hab ich auch ... Eine Million ... Ich will mein Geld. Ich muss die Reise buchen ...«

»Er gibt dir das Geld nicht«, funkt Trudi wieder dazwischen.

»Er gibt es mir. Sie geben es mir. Oder etwa nicht? Ich habe sie alle umgebracht, alle Vögel, meine ich. Und es gibt keine Zeugen. Die habe ich ... Also, niemand hat mich je mit einer Uferschnepfe gesehen. Und niemand hat je von einer Uferschnepfe gehört. Die, die davon gehört haben, die habe ich, also, die habe ich im Griff ... und«

»Er hat sie alle um die Ecke gebracht«, sagt Trudi ziemlich laut.

»Sei ruhig, Mutti. Okay. Morgen. Sie geben es mir morgen, alles. Sonst … Hallo? Hallo, Herr Neumann! Idiot!«

»Selber Idiot«, flucht Trudi.

Während jemand die Treppe ins Obergeschoss hinaufsteigt, versucht sich Gisela einen Reim auf das alles zu machen, einen Reim auf Zwergdommeln und Uferschnepfen. Fakt ist, es ging nicht um tote Touristen. Vielleicht ist sie hier unten im Schlünz'schen Keller doch sicherer als anderswo. Vielleicht aber wird gleich ein Mafioso kommen und ihnen dreien den Garaus machen. Oh Gott, oder übernimmt das Jürgen am Ende sogar selber? Niemals. Nein. So was kann der nicht. Aber Gertrude Schlünz könnte vielleicht!?

»Da ist ein Polizeiwagen«, brüllt Jürgen, der Blitzmerker, oben. Rosi reißt die Augen auf. Janne hebt den Kopf. Gisela nickt wild. Ja, den hat sie auch gesehen. Der ist wirklich da! Ja! Ja! Ja!

»Mutti, die Polizei!« Sie hören, wie Jürgen die Treppe ins Obergeschoss hochtrampelt. Giselas Blick fällt auf das Milchglas. Es liegt nur wenige Zentimeter von ihr entfernt. Sie streckt ihr Bein aus. In der Hüfte knackt es. Mit der Fußspitze rollt sie das Glas zu sich heran. Mit der Hacke haut sie drauf. Sie erinnert sich an ähnliche Bewegungen in ihrer Probe-Pilatesstunde vor einigen Jahren. Das Glas bekommt sie so aber nicht kaputt. Mit ordentlichem Karacho kickt sie das Glas gegen die Wand, sodass es tatsächlich zersplittert. Janne Oldenburg zuckt zusammen. Rosi spricht was Unverständliches gegen das Klebeband. Da liegt die Rettung in etlichen Scherben! Die würden bestimmt verheißungsvoll glitzern, wenn Sonnenlicht hereinschiene. Gisela streckt den Fuß wieder aus, so weit sie kann. Sie kommt aber nicht dran. Sie rutscht am Rohr weiter nach unten und macht eine harsche Kopfbewegung, die bedeuten soll, dass sich die anderen bitte auch mal bemühen möchten. Nun sitzt Gisela doch auf dem kalten Kellerboden, und immer noch fehlen ein paar Millimeter. Rosi bemüht sich. Janne Oldenburg auch, und die kommt sogar dran. Leider ist sie ungeschickt und schafft es irgendwie, die rettende Scherbe für alle Beteiligten in unerreichbare Entfernung zu schieben. Das arme Mädchen verliert die Nerven und beginnt zu weinen.

»Fahren wieder weg«, ruft Jürgen oben. »Fahren weg!« Es vergeht ein Augenblick, in den Janne Oldenburg noch mal herzzerreißend hineinschluchzt. Gisela lässt die Stirn auf die angezogenen Knie sinken. Ihr kommt der Waldspaziergang in den Sinn. Ein Waldkäuzchenruf hat erst kürzlich den Tod eines Nachbarn vorhergesagt. Da hat Gisela noch an die 103-jährige Frau Eisert von nebenan gedacht. Jetzt fällt ihr auf, dass man aber immer auch selber der Nachbar eines anderen ist und dass der eigene Tod manchmal viel näher ist als der aller anderen.

»Die Bullen sind weg!« Jürgen lacht wie ein gehässiges Wesen aus einem russischen Märchenfilm. »Alles Idioten!«

Die holen nur ihre Spürhunde, um eine flüchtige Gisela Klawitter zu finden, versucht sich Gisela zu beruhigen. Hoffentlich hat Rainer erzählt, dass sie einen Rucksack mitgenommen und sich seltsam verhalten hat. Sie werden eine große Suchaktion starten, und die Schäferhunde werden sie im Schlünz'schen Keller erschnüffeln. So Gott will und mit ganz viel Glück werden Rosi, Janne und sie zu diesem Zeitpunkt noch am Leben sein.

»Hmhmhm«, versucht Rosi auf sich aufmerksam zu machen. Sie hält ein Feuerzeug in der Hand, das sie gerade aus der hinteren Hosentasche gefummelt haben muss. Gisela versteht sofort, nickt wild und presst ein euphorisches »Ja« gegen das Klebeband. Ein Feuerzeug kann vielleicht keine Handschellen durchkokeln, ein Verlängerungskabel hingegen schon. Man müsste es nur schaffen, sich dabei nicht gleichzeitig die Handgelenke zu verbrennen. Rosi gibt wirklich alles, aber aus Mangel an Schwungholmöglichkeiten landet das Feuerzeug denkbar ungünstig, zum Greifen nah und doch so entsetzlich weit weg wie die Glasscherbe. Gisela versucht sich noch ein Stück länger zu machen. Theoretisch müsste es gehen, aber dann hätte sie in der Praxis nicht den Yogakurs 60+ so schnell wie den Pilatesunterricht aufgeben dürfen. Das können sie vergessen. Sie kommt nicht dran. Gisela stemmt sich mit den Beinen wieder in eine aufrechtere Position. Etwas knirscht. Knochen? Noch mal mit ein bisschen Schwung. Steinchen rieseln die Wand hinunter. Putz. Gisela greift mit beiden Händen das dicke PVC-Rohr hinter sich. Es lässt sich drehen. Das ist ja auch nur Plaste. Das muss man doch … und wie man das kann! Mit einem starken Ruck gelingt es Gisela, das Abwasserrohr von den anderen Rohrstücken abzureißen. Sie fällt zur Seite. Aus dem Rohr, welches noch oben in der Decke steckt, tropft trübe Flüssigkeit. Schlünzens Kloake.

»Scheiße!«, sagt Gisela, nachdem sie sich mittels Hüpfen, Winden und Verrenken von Rohr und Klebeband befreit hat. Hektisch fummelt sie am Verlängerungskabel, das noch ihre Hände zusammenhält. Rosis Fingernägel könnte sie jetzt gut gebrauchen. Die schimpft gerade irgendwas durch ihren verklebten Mund. Gisela reißt ihr mit verbundenen Händen das Paketband ab, wie sie früher ihren Kindern das Pflaster von den Knien riss, ohne Rücksicht auf Verluste.

»Mann, ruf doch erst mal die Bullerei!«, ist das Erste, was

Rosi zu meckern hat. Es ist nicht einfach, mit verbundenen Handgelenken ein Handy aus der Hosentasche zu ziehen, aber es gelingt Gisela. Dafür hat sie ein anderes Problem, und das heißt drei Prozent.

»Na los«, drängelt Rosi.

»Bin so aufgeregt, mir fällt die blöde Nummer nicht ein. 55irgendwas. Ach Gott!« Gisela kneift die Augen zusammen, in der Hoffnung, sich mit Ausblendung des Kellers besser konzentrieren zu können.

»110!«

»Aber die darf man doch nur, wenn …«

»Wenn man sonst innerhalb der nächsten Minuten abgemurkst wird. Also, mach jetzt«, drängelt Rosi.

Natürlich. Auch wenn sie hier eigentlich bloß in Jürgens Keller sitzen, ist dies zweifellos ein Notfall. Gisela wählt und ist kurz darauf tatsächlich mit der deutschlandweiten Einsatzzentrale verbunden. Sie flüstert: »Bitte Beeilung. Wir brauchen dringend Hilfe. Bei Schlünz.« Sie versucht an die W-Fragen zu denken: wo, wer, wie und wann. »Sofort!«, sagt Gisela noch mal nachdrücklich. »Hallo?« Fassungslos guckt sie das Handy an, hält es noch mal ans Ohr, aber das Ding ist tot.

»Was ist?«, will Rosi wissen.

»Akku alle. Weiß nicht, ob die die Adresse noch gehört haben.«

»Du hast die Adresse noch nicht mal gesagt, Menschenskinder.«

»Gib mal schnell deins.« Gisela hält ihrer Kollegin die gefesselten Arme entgegen.

»Ha! Ha!«, macht Rosi, womit klar ist, dass Schlünz ihr das abgenommen haben muss.

Gisela guckt Hilfe suchend zu Janne Oldenburg. Die

muss aber erst noch vom Klebeband befreit werden. Mit einem Ruck zieht es ihr Gisela von den Lippen. »Handy?«

Janne schüttelt den Kopf. »Bin hier schon fast drei Tage. Mir ist einfach nur kotzübel.« Sie würgt. Durch die Umständlichkeit, mit der Gisela versucht, ihr Handy zurück in die Hosentasche zu stopfen, löst sich die Kabelfessel ohne weiteres Zutun. Und ohne sich lange darüber zu wundern, rüttelt sie an den Handschellen ihrer Mitgefangenen. Aber gegen die Metallfesseln ist sie machtlos. Selbst eine Büroklammer würde ihr nichts nützen, weil die ja bei *Aktenzeichen* oder *Polizeiruf* nie so genau zeigen, wie man das macht.

»Okay!« Gisela atmet tief ein. Immer mit der Ruhe. »Durchs Kellerfenster pass ich nicht.«

»Ey, Gisela, du musst jetzt aber echt irgendwas machen.«

Gisela stürmt zum Lichtschalter. An. Aus. An. Aus. An. Irgendwer wird vielleicht aufmerksam. Und was ist mit der speziellen Verbindung, die Gisela schon immer zu ihrer Tochter gehabt haben will? Indianer haben ihre telepathischen Nachrichten über mehrere Kilometer verschickt. Und wenn auch nur der Zufall hilft, der dafür sorgen könnte, dass Kati just in diesem Moment nach Hause kommt und den Lichtnotruf aus dem Schlünz'schen Keller bemerkt. Gisela wischt sich kalten Schweiß von der Stirn. Mit einem gurgelnden Geräusch kündigt sich weiteres Unheil an. Ein Wasserschwall rauscht kurz darauf aus dem kaputten Rohr.

»Oh nein«, jammert Janne Oldenburg, die das Problem mit erstaunlich scharfem Intellekt sofort begreift. »Der bringt gleich was zu trinken.«

»Wenn der uns hier so sieht«, stellt Rosi nüchtern fest, »dann ist Polen offen.« Recht haben sie, alle beide. Gisela spurtet zum Regal und bewaffnet sich mit Rostocker-Korn-Flaschen. Sobald Jürgen hier auftaucht, könnte sie hinter dem Wandvorsprung vortreten und ihm eine Flasche vor den Latz knallen. Sie darf dann keine Hemmungen haben, muss voll durchziehen. Aber was, wenn er Trudi vorschickt? Wenn Gisela der Alten zuerst eine Flasche auf den Kopf hauen müsste, dann würde die ja Geräusche dabei machen. Der Überraschungsmoment für den Angriff auf Jürgen wäre dahin. Er hätte genug Zeit, Gisela ein zweites Mal zu überwältigen. Und wenn so ein Verbrecher erst mal angefangen hat mit dem Durchdrehen, dann hat er beim zweiten Mal sicher schon sehr viel weniger Geduld und sehr viel weniger Hemmungen. Es klingelt an der Haustür. Halleluja. Die Polizei, die einem Klischee entsprechend in Vorpommern vielleicht ein paar Augenblicke länger braucht als im Rest der Republik, aber dann doch kommt? Oder Kati, die Jürgen erzählen will, dass sein Kellerlicht flackert? Niemand öffnet. Trudi und Jürgen verhalten sich mucksmäuschenstill. Die Polizei wird gleich das Haus stürmen, und wer ist dann die Einzige hier unten, die nicht gefesselt ist und somit schon wieder zum verdächtigen Personenkreis gehört? Aber Rosi und Janne könnten, solange sie noch leben, das Missverständnis schnell aufklären. Doch es stürmt nichts. Niemand hämmert nachdrücklich an die Tür und ruft: »Bitte öffnen Sie die Tür. Hier ist die Polizei!«

»Das Licht«, sagt Rosi. »Mach noch mal mit dem Licht.«

Gisela drückt den Lichtschalter: an, aus, an, aus. Ein Schatten huscht am Kellerfenster vorbei, das leider zu weit oben liegt und zu weit hinten in der dicken Wand eingefasst ist, als dass sie dagegenklopfen könnte. Die Kellertür quietscht. Jemand nimmt die ersten knarzenden Stufen. Gisela klammert sich an die Korn-Flaschen. Es klingelt wieder. Jürgen bleibt auf der Treppe stehen, einen Moment lang, kehrt schließlich um.

»Wer ist denn das?«, ruft Trudi mit gedämpfter Stimme.

»Das ist dieser Typ«, antwortet Jürgen. Mutter und Sohn scheinen nicht vorzuhaben, *diesem Typen* zu öffnen. »Der haut schon gleich wieder ab.«

Gisela versucht durch das Kellerfenster etwas zu erkennen. Aber sie sieht nur eine beige Hose und braune Schuhe. Kohlhaase ist das nicht. Kati erst recht nicht. Aber wer kann das sein?

»Was hat'n Olaf für Schuhe?«, fragt Gisela, denn das ist der Einzige, der außer den Spürhunden auf die Idee kommen könnte, Gisela und Rosi hier zu suchen.

»Ist das Olaf?«, japst Rosi aufgeregt. »Ist das Olaf?«

»Was der für Schuhe hat?«

»Normale.«

»Braune.«

»Ja, ganz normale.«

»Beige Hose?«

»Bestimmt. Hey, der weiß, dass ich hierherwollte. Wenn der nur ein bisschen das Gefühl hat, dass hier was faul ist, dann ruft der sicher die Polizei. Das ist ja ein Beamter.«

Erneut nähern sich Schritte der Kellertür. Plumpe Schritte. Jürgens Schritte. Wenn er zuerst in den Keller kommt, haben sie eine Chance. Gisela macht sich bereit, stellt sich hinter den Wandvorsprung neben die Treppe, hält die Luft an, zieht den Bauch ein.

»Ich bring denen Wasser runter«, sagt Jürgen vor der offenen Tür zu seiner Mutter.

»Wozu denn?«

»Damit sie nicht …« Auch diesen Satz beendet Jürgen nicht. »Ich besorge morgen früh mehr Pentobarbital«, sagt er stattdessen. »Anders geht's nicht. Bis dahin …«

»Morgen früh ist zu spät«, motzt Trudi. »Du musst das

jetzt erledigen. Und außerdem sehe ich Gisela da unten. Sie steht hinter der Wand. Ihr Bauch guckt raus.«

Gisela durchfährt ein brennend heißes Gefühl. Es könnte Adrenalin sein. So könnte sich aber auch Gewissheit anfühlen, die Gewissheit des letzten Stündleins. Zur Sicherheit bleibt Gisela einfach da stehen. Vielleicht blufft Trudi nur. Vielleicht hat sich Gisela unter diesen prekären Umständen auch verhört. Vielleicht hat Trudi gesagt, dass es Zeit wird, das Späßchen aufzulösen und die Konfettibombe zu zünden.

»Verdammt!« Jürgen scheint stehen zu bleiben.

»Auch noch zu blöd, die ordentlich zu fesseln«, sagt Trudi, und dann rumst und rumpelt es gewaltig. Gisela gibt vor Schreck ihr Versteck auf, macht einen Schritt vor und wird Zeugin von Jürgens Furcht einflößendem Treppensturz. Trudi muss ihrem Sohn einen heftigen Stoß verpasst haben. Reglos bleibt Jürgen vor Giselas Füßen liegen. Kein Blut. Aber ein unnatürlich abgewinkeltes Bein, und auch das Handgelenk sieht nicht ganz unbeschadet aus. »Jürgen?« Gisela nimmt seinen Kopf in die Hände und schaut hoch zu Trudi.

»Schwachkopf!«, sagt die bloß und macht die Kellertür zu. Was hat sie vor? Gisela schluckt kräftig gegen ihren Herzschlag an, den sie im Hals spürt. Was macht Trudi jetzt? Waffe holen oder Koffer für den Knast packen? Jürgen öffnet die Augen einen kleinen Spalt, gibt aber keinen Mucks von sich. Ist der unglaublich tapfer oder vor lauter Schmerz irgendwo im Nirgendwo?

»Gisela?«, ruft Rosi von der anderen Ecke des Kellers. »Was'n da los?« Gisela öffnet die Flasche und nimmt einen kräftigen Schluck Korn. »Ich hol uns hier raus«, ruft sie zurück. Sie überlegt, Jürgen auch etwas Mann un Fru einzuflößen, versucht dann aber, der Realität ins Auge zu blicken, und schenkt ihm stattdessen einen letzten verständnislosen Blick, bevor sie ihn mit den gebrochenen Knochen seinem Schicksal überlässt. An Weglaufen oder Sichwehren ist für Jürgen so oder so nicht zu denken. Gisela eilt die Treppe nach oben. Sie stößt die Kellertür auf. Nichts wie raus hier! Ein schwerer Schlag durchkreuzt den Plan. Er trifft Gisela in die Magengrube. Sie krümmt sich. Noch ein Schlag gegen die Schulter. Gisela torkelt rückwärts. Sie weiß, dass da irgendwo gleich hinter ihr die Kellertreppe beginnt, kann aber der Wucht, mit der der schwere Gegenstand sie nun zum dritten Mal trifft, kaum standhalten. Sie stolpert rückwärts über die Türschwelle, zwei, drei Stufen die Kellertreppe hinab. Mit schmerzverzerrtem Gesicht greift sie nach dem Handlauf, schafft es mit übermenschlichen Kräften, sich daran zu halten. Vor ihr steht die alte Gertrude Schlünz, ihr Schatten an der Kellerwand Furcht einflößend verzerrt, als wäre sie der Bösewicht in einem Comic. In ihrer Hand baumelt ein Fernglas. Gisela schaut nach unten. Dort liegt die Kornflasche. Heile. Wo ist Jürgen?

»Rosi?« Gisela bricht die Stimme weg. »Rosi!«

»Ja!«, ruft ihre Kollegin zurück. Nur »ja«.

Trudi steigt eine Stufe näher, holt mit dem Fernglas Schwung. Gisela duckt sich. Das Ding knallt gegen die Wand. Gisela bekommt es zu fassen und zieht ruckartig daran, sodass Trudi kurz das Gleichgewicht verliert und das Fernglas polternd die Treppe hinunterfällt. Trudi, die jetzt zwei Stufen über ihr steht, drückt gegen Giselas Schultern, aber Gisela hält sich am Geländer fest.

»Gisela«, ruft Rosi. »Was machst du da?«

Ja, was macht sie hier? Sie hat den sicheren Handlauf losgelassen und stemmt sich nun mit den Armen gegen die Kraft einer alten Frau, die versucht, Gisela die Treppe hinunterzustürzen. Hier wirken die Überlebenskräfte einer 60-Jährigen gegen die Hebelkräfte einer 80-Jährigen. Gisela versucht Gertrude Schlünz auf ihre Stufe hinunterzuziehen.

»Was hast du denn davon, wenn ich da jetzt auch noch runterpurzele?«, stöhnt Gisela, womit die trotz Nachbarschaft geltende Förmlichkeit der Siezerei aufgegeben ist.

»Ruhe!«, schnauft Trudi.

Mit einem judotauglichen Ruck gelingt es Gisela, die Alte von hinten zu umklammern und ein paar Treppenstufen weiter nach unten zu befördern. Sie spürt, dass Trudi der Umarmung kräftemäßig nicht mehr viel entgegenzusetzen hat. Gisela hievt ihre Widersacherin bis nach unten, bringt sie dort mit einer groben Drehung auf die nackten Fliesen und setzt sich auf sie drauf. Das Spiel ist aus. Aber wo ist Jürgen? Zitternd greift Gisela nach den gelben Säcken, die sie neben sich im Regal entdeckt hat. Hektisch versucht sie Trudi mit der dicken gelben Rolle zu umwickeln. Trudi wehrt sich nicht, auch nicht, als Gisela von ihr vor Schreck ablässt, als sie Jürgen entdeckt. Er sitzt unter der Treppe. Regungslos. Der Kopf hängt ihm auf die Brust. Neben ihm liegt ein kleines Fläschchen mit verschüttetem Pulver.

»Spatzenhirn«, stöhnt Trudi. »Mit der Dosis bekommt der seine Schnepfen tot, aber doch nicht sich selber. Der wacht gleich wieder auf.«

»Der wacht gleich wieder auf«, wiederholt Gisela leise für sich selbst, und im selben Moment wird ihr klar, was das bedeutet: *Mach hinne!* Gisela lässt die halbwegs in gelbe Säcke gewickelte Alte und den schlafenden Jürgen, wie und wo sie sind, und hastet die Treppe hoch. Gleich geschafft. Die Freiheit brüllt. Gisela reißt die Haustür auf. Augenblicklich werfen sich drei vermummte Polizisten auf sie. Begraben unter den dick gepolsterten Westen hört sie den einen beinahe vorwurfsvoll sagen: »Wir wollten gerade stürmen!«

O je! Wie sieht das denn jetzt aus? Alle da unten im Keller sind gefangen oder betäubt, nur Gisela nicht.

»Ich wollte aber nicht flüchten«, versucht sie sofort jeglichen Verdacht von sich zu schieben. »Ich war das alles nicht. Ohne meinen Anwalt Herrn Uhlenmost sag ich kein Wort.«

Als Gisela wieder einen klaren Gedanken fassen kann, sitzt sie vor Schlünzens Haus auf einem Steinblumenkübel. Jemand hat ihr eine Decke über die Schultern gehängt und ein Bier in die Hand gedrückt. Wer das war, weiß Gisela nicht. Vielleicht Kati, die neben ihr hockt, oder ein Polizist, zu dessen Aufgaben es gehört, befreiten Geiseln als Erstes eine Decke und was zu trinken zu geben. Falls Gisela hier überhaupt als Opfer und nicht als Täterin gehandelt wird. Ein paar Schritte entfernt sind Rosi und Janne im Gespräch mit Polizisten, allerdings beide ohne Decke.

»Mensch, Mutti!« Kati nimmt ihr das Bier aus der Hand, um selbst einen Schluck zu trinken. Sie rülpst ungeniert. »Hast recht gehabt. Hier geht ganz schön was ab.«

Das ist auch Gisela nicht entgangen.

»Wie kommt ausgerechnet ihr in den Keller von Schlünz?«, wundert sich Kati. Sie scheint aber keine Antwort zu erwarten, stattdessen nimmt sie lieber noch einen Schluck aus der Flasche.

»Hast du meinen Lichtnotruf gesehen?«, fragt Gisela.

»Nö.« Kati schüttelt den Kopf.

»Und wer hat dann die Polizei gerufen?«

»Keine Ahnung.« Kati hebt den Kopf und gibt die Frage an eine Polizistin weiter, die sich neben den beiden Notizen macht. Die Polizistin verzieht entschuldigend den Mund und hebt die Schultern. Da scheint sie nicht weiterhelfen zu können. Gisela ist das alles so wahnsinnig egal in diesem Augenblick. Sie schnappt sich ihre verdutzte Tochter und presst sie ans Herz.

Ausblicke

Die Touristen sind für alle da. Und es sind ja im Grunde auch noch genug übrig geblieben. Touristen sind schwer zu schrecken. Laut der Oiltec-Umfrage in Hotels würde sich kein einziger von einem Bohrturm davon abhalten lassen, hier oben Urlaub zu machen. Jedoch ist das erstens nicht verwunderlich, wenn man bedenkt, dass es nicht einmal ein Serienmörder geschafft hat, die Touristen fernzuhalten, und zweitens werden hier in absehbarer Zeit nun sowieso keine Bohrtürme aufgestellt, zumindest nicht von der Firma Oiltec, die mehrere Bestechungsversuche unternommen haben soll. Nachweislich haben sie unter anderem Familie Schlünz dazu angestiftet, bedrohte Vogelarten aus dem Weg zu schaffen, um keine Probleme mit der Umweltverträglichkeitsprüfung zu bekommen. Für die Morde ist Oiltec angeblich nicht verantwortlich, da hatten sie einfach das Pech, an den psychisch angeknacksten Schlünz geraten zu sein, den die Aussicht auf so viel Geld ziemlich überfordert haben muss.

Heiner Hoheisen stellt die beiden Eimer auf die Stufe und schließt seinen Laden ab. Er hat befürchtet, dass es eines Tages so kommen würde. Eines Tages würde es nicht mehr nur ihn und Elli aus dem *Steuerrad* geben, eines Tages würden sie zu dritt oder sogar zu viert sein. Heiner nimmt den Eimer Heringe in die eine Hand und in die andere den

Eimer mit Zwiebeln, Gurken, Piment, Lorbeer und allem, was noch dazugehört. Ein paar Wochen hat er die Sache nervös beobachtet. Das Konzept klang von Anfang an erfolgversprechend: Stadtführungen der besonderen Art. Ohne *besondere Art* geht ja heutzutage kaum noch was. Und wenn man sich im Anschluss an eine Stadtführung nicht mindestens an einem Gummiseil von der Rügenbrücke gestürzt oder wenigstens einen Rollmops selber gerollt hat, ist die Sache nichts wert gewesen. Aber ein gutes Konzept allein macht niemanden berühmt. Man braucht schon eine gewisse Persönlichkeit oder ein Quäntchen Glück. Bei ihm war es vor allem die Persönlichkeit, die ihm zum Erfolg verholfen hat, bei Gisela Klawitter und Rosi Hafenmeister hingegen war es sehr großes Glück und eine Tochter, die in ihrem Studium der Werbepsychologie wohl ein bisschen aufgepasst hat.

Heiner Hoheisen überquert mit seinen zwei Eimern die Mönchstraße. Das Wetter hat sich stabilisiert. Die Aussichten sind gut. Es hätte schon mit dem Teufel zugehen müssen, wenn die Ereignisse der letzten Wochen der Klawitter und der Hafenmeister nicht zu größerem Bekanntheitsgrad verholfen hätten. Dass das Ganze aber so ausufern würde, hätte Heiner nicht für möglich gehalten. Die haben das verdammt schlau angestellt. Gisela hat ihm verraten, dass es die Idee ihrer Tochter gewesen sei, die Geschichte auf diese Art an die Medien zu verkaufen. *Hier haben wir es mit zwei naiven Stadtführerinnen zu tun, die für Touristen Kopf und Kragen riskieren.* In Interviews behaupten sie, *irgendwie überhaupt keine Zeit für Angst gehabt zu haben*, einem *diffusen Gefühl* gefolgt und damit auf unerklärliche Weise schneller bei dem Serienmörder gelandet zu sein als die Polizei, die man schließlich vom Keller des Mörders aus benachrichtigt habe. Das LKA wiederum behauptet, man sei bei der Suche nach Janne Oldenburg den Schlünzens mit eigenen Ermittlungen auf die Schliche gekommen und bei der Wohnungsstürmung des Tatverdächtigen überraschenderweise über Gisela Klawitter gestolpert. Und dann gibt es noch die Version, jemand, der aus privaten Gründen anonym bleiben wolle, habe den Tipp gegeben, dass sich in Schlünzens Keller vermutlich Geiseln befänden. Der Mythos um die furchtlosen Gästeführerinnen zog immer größere Kreise und landete mit der Überschrift *Bei diesen Stadtführerinnen sind Sie mordsmäßig sicher* auf dem Titelblatt einer überregionalen Zeitschrift.

Heiner glaubt nicht an dieses *diffuse Gefühl*. Es muss mehr dahinterstecken. Ob mit Jürgen und Gertrude Schlünz alle Täter weggesperrt worden sind? Heiner hat Gisela und Rosi damals mit mehreren der späteren Opfer gesehen. Zufall? Oder ist am Ende alles für den großen Medienauftritt inszeniert worden? Zugegeben, da geht vielleicht ein bisschen die Fantasie mit ihm durch, aber so ist die Welt doch inzwischen. Auch er musste über Leichen gehen, bevor die Sache mit seinem mittlerweile weltberühmten Rollmops richtig ins Rollen kam. Und damit sich das zu etwas noch Größerem rollt, muss Heiner nun Kompromisse machen. Er hat ein Rollmopswettrollen vorgeschlagen. Gisela behauptet zwar, das sei schon vor geraumer Zeit ihr Vorschlag gewesen, aber Heiner ist sich doch einigermaßen sicher, dass er von alleine daraufgekommen ist. Jedenfalls lassen ihn die beiden mitmachen. Es bleibt ihnen auch kaum etwas anderes übrig. Die wissen sich ja vor lauter Touristen kaum noch zu retten, und Fiete Marquardt hat keine Zeit mehr. Der verkauft jetzt »Kunst im Kutter«.

»Tach!« Heiner stellt die Eimer ab und schüttelt Gisela

und Rosi die Hand. Rosi Hafenmeister setzt sich zurück auf den Poller und schiebt den Träger ihres *I-love-Touris*-Tops zurück auf die Schulter. Sie steckt sich einen Nikotinkaugummi in den Mund.

»Na also«, sagt Gisela und lächelt schelmisch. »Jetzt haben wir Sie endlich mit im Boot!«

Heiner Hoheisen seufzt. Im Prinzip mag er Gisela Klawitter. Und noch gibt es hier oben am Sund ja auch genügend Touristen für alle.

Wir sind ganz oben!

*Cover- und Preisänderungen vorbehalten

Ariane Grundies

Gebrauchsanweisung für Mecklenburg-Vorpommern und die Ostseebäder

Piper Taschenbuch, 208 Seiten
€ 15,00 [D], € 15,50 [A]*
ISBN 978-3-492-27569-9

Schon während ihrer Kindheit wollte Ariane Grundies auf Hiddensee leben, in einem der weißen Reetdachhäuser – am liebsten als Sanddornpflückerin oder Bernsteinjägerin. Und bis heute sehnt sie sich zurück. Nach Mecklenburg-Vorpommerns sprödem Charme und nach Ostsee satt. Nach Herrenhäusern und Schlössern, nach Schwerin und Wismar mit ihren gotischen Backsteinbauten. Nach Kranichen, die über leuchtende Rapsfelder fliegen. Nach Kastanienalleen, Plattdeutsch und den jährlich stattfindenden Saunameisterschaften. Und nach dem Wind auf Rügen, der über den Pommesstand beim Kreidefelsen weht.

Leseproben, E-Books und mehr unter www.piper.de

Wer hat Angst vorm bösen Mann?

*Cover- und Preisänderungen vorbehalten

Kirstin Warschau

Ostseewut

Ein Kiel-Krimi

Piper Taschenbuch, 320 Seiten

€ 9,99 [D], € 10,30 [A]*

ISBN 978-3-492-30387-3

Als eine Urlauberin von einem Ausflug nicht zurückkehrt, wendet sich ihr Mann an die Kieler Polizei. Kriminalhauptkommissarin Olga Island findet heraus, dass die verschwundene Frau mit dem Rad zu einem Künstler unterwegs war, doch dort kam sie offenbar nie an. War der Streit des Ehepaars am Vorabend wirklich so harmlos, wie der Mann der Vermissten behauptet? Dann melden sich immer mehr verschreckte Radfahrer, die eine Gestalt mit Wolfsmaske in der Nähe des Radwegs gesehen haben wollen ...

PIPER

Leseproben, E-Books und mehr unter www.piper.de